4

Yomu Mishima
미시마 요무

illustration
토모조

라이엘은 시선을 떨구고는
모기 같은 목소리로 말했다.

"허, 헌팅…… 인데요."

세븐스

라이엘은 지금……
연인 동반으로 여성에게
사죄하러 온 한심한 남자가 되었다.

"뭐야,
그랬구나."

미란다 씨는
웃음을 보였다.

설마 노엘, 아리아,
소피아 세 사람이
같은 찻집을 이용할 줄은
생각도 하지 못했다.

"정말로……
죄송합니다!"

한 팔이 없다.
그걸 들고
소녀 ― 클라라 블루머 ―
의 왼팔을 봤다.

오토마톤이
침대에서 일어났다.

그리고 스커트를
손가락으로 들어 올리며
고개를 숙였다.

학술도시 아람사스로 활동 거점을 옮긴 라이엘 일행.

지하 미궁에 들어가기 위해 학원의 허가를 얻으려 하지만,

동료가 적고 실적도 없는 라이엘 일행에게 허가는 나오지 않는다.

어떻게든 지하 미궁에 들어갈 방법을 고민해봤지만, 곤란해하던 소녀를 구해주는 바람에

길드와 학원 학생들과 사이가 나빠지고 말았다.

도와준 의수 소녀 클라라 블루머는 우수한 서포트로 아람사스에서는 유명인.

그녀에게 아람사스에서 학원에 다니는 귀족을 화나게 해서는 안 된다는 걸 배운다.

의욕을 보이지 않는 역대 당주들에게 화를 내면서도,

조언을 시끄럽게 느끼게 된 라이엘은 반항기에 접어들고 있었다.

역대 당주들이 반대하는 가운데, 라이엘이 지하 미궁으로 들어가기 위해 취한 행동은—

설마 하던 헌팅?!

거기서 만난 미란다는 월트 가와 인연이 있는 사크라이 가 출신이며,

라이엘의 약혼자가 되었을지도 모르는 여성이었다.

미란다의 안내로 여동생을 소개받은 라이엘.

여동생의 이름은 샤논 사크라이…… 눈이 보이지 않는 덧없는 소녀였다.

그러나 그런 샤논을 본 역대 당주들이 비정한 결단을 내린다.

「샤논의 눈을 뭉개라.」

미궁에서 기다리는 진실이란—?!

세 븐 스

7th

4

미시마 요무 지음

토모조 일러스트

이경인 옮김

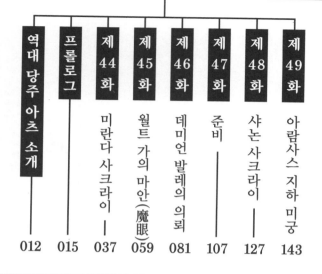
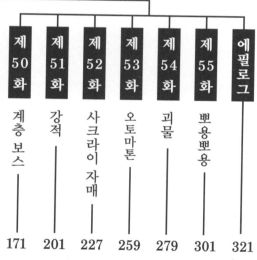
CONTENTS

초대

버질 윌트

1단계 풀 오버

육체 강화. 자신의 신체능력을
1할에서 2할 향상시킨다.

2단계 리미트 버스트

한계를 넘어선 힘을 끌어내지만,
몸에 걸리는 부담은 무시.

3단계 풀 버스트

몸에서 푸른 불꽃을 뿜어내며
신체능력을 배로 끌어올린다.

2대

크라셀 윌트

1단계 올

타인에게 아츠를 사용하게 해주는 아츠.
자신을 중심으로 구형으로 된 공간을
인식하는 것도 가능하기 때문에 사각을
없앨 수 있는 부차적인 효과가 메인.

2단계 필드

집단이 아츠를 동시에 사용하게 해줄 수 있다.
올보다 범위가 더욱 넓어진다.

3단계 ???

3대

슬레이 윌트

1단계 ???

2단계 ???

3단계 ???

4대

마크스 윌트

1단계 스피드

이동속도의 안정적인 향상.

2단계 ???

3단계 ???

역대 당주 아츠 소개

5대

프레더릭스 월트

1단계　　맵

주변의 지도를 머릿속에
선명하게 볼 수 있다.

2단계　　???

3단계　　???

6대

파인즈 월트

1단계　　서치

주변의 적과 아군을 판별.
드롭 같은 위치도 확인할 수 있다.

2단계　　???

3단계　　???

7대

브로드 월트

1단계　　???

2단계　　???

3단계　　???

라이엘 월트

1단계　　익스피리언스

더욱 많은 경험을 손에 넣는다.
성장이 빨라진다. 주변에도 효과가 미친다.

2단계　　???

3단계　　???

프롤로그

책임이란 무거운 것이라고 생각한다.

통일감 없는 거리를 걷는 우리 네 명은 다리온에서 이곳 학술도시 아람사스로 활동 거점을 막 옮긴 모험가다.

다리온이라는 초심자에게 편의를 봐주던 도시에서, 지식이나 기술을 익히는 이들이 모이는 아람사스로 이동한 것에는 이유가 있다.

나 【라이엘 월트】는 전 귀족— 백작가의 적자(嫡子)였다.

그런데 여동생인 세레스와의 승부에서 패배하여 집에서 쫓겨나 모험가에 투신했다.

그런 데다 친가에서 오랜 연금 생활을 보내와서 세간 사정에 어둡기 때문에 철부지 도련님 취급. 그게 주변에서 보는 나의 평가다.

그런 내가 모험가 파티의 리더…… 책임 있는 지위다.

마치 경쟁하듯이 하늘을 찌르는 높은 건물들이 기발한 구조를 자랑하듯이 줄지어있다.

그런 건물 그늘을 걸어서 내리쬐는 땡볕을 피하고 있지만, 그래도 여관에서 모험가 길드로 향하는 우리는 땀을 흠뻑 흘렸다.

푸른 머리를 손으로 만지니 땀으로 조금 젖었다.

너무나 더워서 상의를 옆구리에 끼웠다. 셔츠 위에는 가보인 은색 펜던트. 그 펜던트 톱에는 푸른 보옥이 박혀있다.

오늘도 꺼림칙할 정도로 빛난다.

햇살을 피하면서 벽돌이 깔린 길을 걸었다. 조금 전까지는 돌바닥이었다.

"정말로 통일감이 없네."

내 뒤를 걷는, 붉은 머리가 활발한 인상을 주는 【아리아 록 워드】 역시 똑같은 감상을 품은 모양이었다.

"안에도 그렇지만, 바깥에서 봤을 때는 남자아이의 장난감 상자로 보였어."

장난감 상자. 확실히 아람사스에 들어가기 전 멀리서 바라보니, 외벽에서 수많은 건물이 고개를 내민 게 보였다.

다들 특징적인 건물이라, 이런 정리되지 않은 느낌은…… 장난감 상자가 연상되기도 한다.

검은 로브를 입고 등에 가보인 배틀 액스를 짊어진 【소피아 라우리】는 계속 땀을 닦고 있었다.

아리아 씨가 그런 소피아 씨를 보라색 눈동자로 귀찮은 듯이 바라봤다.

"그 두꺼운 로브, 벗지 그래? 보기만 해도 후덥지근한데."

긴 흑발과 드세 보이는 붉은 눈. 소피아 씨는 모험가치고 너무 고지식하다. 배신(陪臣) 귀족 출신이라는 입장이 있으니, 그 영향일지도 모른다.

본인이 말하기를, 피부 노출에는 저항감이 강하다고 한다.

"피부를 드러내지 않기 위한 것하고, 타는 걸 방지하기 위해서입니다. 게다가 로브 속은 아리아처럼 몸의 라인이 드러나는 복장이니까요. ……밖에서 드러낼 수는 없어요."

로브 속에는 당연하지만 움직이기 쉬운 옷을 입고 있다. 부끄러움이 많은 소피아 씨와는 대조적으로 아리아 씨는 자신의 차림새를 아랑곳하지 않았다.

아리아 씨도 원래는 궁정 귀족 남작가 출신— 소피아 씨의 친가보다 격식 있는 곳일 텐데 이 차이는 대체 뭘까?

소피아 씨가 커다란 가슴을 가리는 자세를 취하자 그걸 본 아리아 씨가 자기 가슴에 눈을 돌렸다. 비교해서는 안 되겠지만, 역시 소피아 씨보다는 작다.

두 사람의 가슴을 비교하던 나를 놀리는 목소리가 들렸다.

남성들의 목소리. 주변을 걷는 사람들이 나를 놀리는 게 아니다.

그 목소리는 보옥에서 들려왔다.

보옥에 기억된 아츠— 그 소유자들의 기억이며, 아츠 사용법을 가르쳐주는 존재가 이렇게 내게 말을 걸어온다.

그러나 그런 그들— 월트 가의 역대 당주 여섯 명은 빈말로도 전원이 성인군자라고는 말할 수 없었다.

초기의 월트 가를 아는 2대가 사냥꾼 차림으로 어이없어했다.

『바보 둘이 뭘 하는 건지. 그리고 라이엘, 가슴을 너무 보잖아. 노웸이 어이없어하고 있다고.』

금발의 미남자이자 가벼운 성격의 3대가 부추겼다.

『라이엘은 가슴을 좋아하는 거야? 나는 역시 엉덩이가 중요하다고 생각하는데. 그래도 라이엘처럼 빤히 바라보는 실례는 저지르지 않아.』

역대 당주들은 확실히 모두가 멋진 일면을 가졌다. 그러나 친척이라 그런지, 아니면 내가 직계 자손이라 그런지는 몰라도…… 내게 너무 가차 없이 말한다.

안경을 쓴 무뚝뚝해 보이는 4대가 내게 한숨을 내쉬었다.

『하아, 정말이지 너무나 실례되는 태도로군요. 라이엘, 여성의 마음을 생각하세요.』

여성의 마음 같은 건 배우지 않았다. 아니, 연금 생활이 길어서 애초에 사람과 어울리는 법조차 모른다.

묘하게도 열 살 전후부터 기억이 없다는 것도 문제다. 옛날에는 활발하고 예의 바르고 총명한 아이였다고 한다. 지금의 나하고는 다르다.

평소에는 말수가 적고, 흥미 없이 넘기는 일이 많은 5대도 어이없어했다. 단지, 대상은 내가 아니라 4대다.

『아내에게 불평 한마디 못했던 누구는 하는 말이 다르네.』

보옥 안에서 5대와 4대 사이에 긴장감이 생겨났다.

이 역대 당주들. 생전 기억을 갖고 있어서 각자의 관계도 이어지고 있다.

즉, 과거에 있었던 가족 간의 문제도 그대로 이어받았다.

내게는 형 같은 존재인 6대가 호쾌하게 웃는다. 다른 역대 당주들보다 조금은 다정하다.

덥수룩한 머리와 수염이 특징적이고, 역대 당주들 중에서 가장 덩치가 크다.

『라이엘도 남자니까 저런 것에 흥미가 생긴 거겠죠. 나도 젊은 시절에는 정말—.』

듣고 있으면 부끄러워진다. 친척 모임에서 웃음거리가 된 기분이다.

마지막으로 7대. 내 조부가 헛기침을 했다.

엄격한 표정에 올백 머리. 귀족다운 분위기를 가진 게 7대다.

『역시 방탕하던 사람은 하는 말이 다르군요.』

6대에게 가시 돋친 발언.

오늘도 보옥은 내 마력을 빨아들이며 떠들고 있었다. 단지, 이 대화— 좋은 건지 나쁜 건지 나 말고는 들리지 않는다.

주변에 있는 동료들도, 그리고 지나치는 사람이나 같은 방향을 걷는 사람들도 듣지 못한다.

그러므로 그들에게 섣불리 말을 걸면, 나는 혼잣말을 중얼거리는 위험한 사람 취급을 받게 된다. 불합리하다.

떠들썩한 보옥을 다물게 만들고자 움켜쥐려 하는데, 마지막 동료— 전 약혼자가 내 얼굴을 들여다봤다.

보라색 눈동자가 나를 비췄다. 가슴을 보던 걸 주의하려는 건가 싶어 경계했다.

"뭐, 뭐야. 노엠."

여우색으로 빛나는 긴 머리를 사이드 포니테일로 묶은 마법사. 감색 로브를 입고, 손에는 친가에서 가져온 은색 지팡이를 쥐었다.

이름은 노웸─【노웸 폭스즈】. 월트 가와도 오랜 관계에 있는 남작가의 차녀로, 나를 따라와 준 전 약혼자.

노웸이 없었다면 지금의 나는 없겠지. 그런 생각이 들 정도로 돌봐주는, 고개를 들 수 없는 존재다.

용모도 뛰어나고, 마법 실력도 우수하고, 모든 것이 완벽……하지는 않지만, 아무튼 믿음직하다.

"아뇨. 아까부터 피곤한 표정을 보이셔서요. 그리고 라이엘 님. 필요한 서류는 갖고 계신가요?"

짐에서 서류나 길드 카드─ 은색 판을 꺼냈다.

길드 카드는 두 장이 한 쌍. 한 장을 모험가가 소유하고, 다른 한 장은 길드가 보관한다. 소유자가 죽으면 길드 카드에 새겨진 이름에 가로줄이 그어져서 사망을 알려주는 편리한 도구다.

그리고 어찌 된 영문인지 길드 카드는 미궁에 삼켜지지 않고, 마물이 먹어도 소화되지 않는다.

"모험가 길드에 내는 서류는 갖고 있어. 너무 걱정하지 마."

노웸의 헌신은 고맙지만, 그만큼 내가 미덥지 못하게 보인다고 생각하니 화가 나기도 한다.

노웸이 「죄송합니다」라고 말하며 앞을 향해 걸어가자, 보옥 안에서 2대의 목소리가 들려왔다.

『너무 화내지 마라. 확인했을 뿐이잖아.』

3대가 묘하게 납득한 듯이 말했다.

『그건가? 그거, 슬슬 거칠어질 시기 아냐?』

역대 당주들의 놀리는 목소리, 그리고 지시가 최근에는 아무래도 시끄럽게 느껴진다.

4대가 납득했다.

『아~ 있을 법하군요. 복잡한 나이대니까요.』

나는 보옥을 손끝으로 굴리며 역대 당주들에게 침묵을 요청했다.

"네? 미궁에 들어갈 수 없다?"

모험가 길드 접수창에서 나는 아람사스에서 활동하는 데 필요한 서류를 제출해서 수속을 밟고 설명을 들었다.

그러나 거기서 알게 된 것은 아람사스의 유명한 지하 미궁 — 규모도 크고, 많이 벌 수 있다는 평판인 그 미궁에 우리가 들어갈 수 없다는 사실이었다.

동그란 안경을 쓴 길드 직원은 홀쭉하고 머리털이 조금 쓸쓸하다. 다리온에서 친절하고 정중하게 대응해준 직원과는 달리 명백하게 얕잡아보는 태도로 대한다.

"신용도 실력도 없는 모험가를 미궁에 들일 수는 없지요. 그게 이곳의 규칙입니다."

이건 곤란한데.

가진 자금에는 여유가 있고, 아람사스에는 이것저것 배우러 왔을 뿐이라 딱히 미궁에 들어가지 못하더라도 문제는 없다. ─라고 할 수는 없다.

"어떻게 좀 안 될까요? 어떻게 해야 미궁에 들어갈 수 있죠?"

직원은 내 말을 듣자 귀찮은 듯이 대답했다.

"착실하게 바깥으로 나가 마물을 쓰러뜨리고 일정 마석을 길드에 팔면 신용을 얻을 수 있죠. 그리고 인원이 안 됩니다. 고작 네 명이서 미궁에 들어가실 생각인가요? 장비는 좋아도 숫자가 부족하네요."

인원. 4인 파티로는 적다는 말을 듣고 말았다.

원래 아람사스에서 동료를 찾을 예정이었으니까.

나는 고개를 수그렸다. 무엇보다, 이래서는…….

"이 땡볕에서 밖으로 나가 마물 퇴치를 해야 하나……."

무심코 중얼거렸지만, 직원의 반응은 차가웠다.

"그게 모험가의 일 아닌가요? 불평하지 말고 마석을 모아주세요. 정말이지, 여름이나 겨울이 되면 마석이 잘 모이지 않아서 곤란하건만."

그렇다. 계절은 여름. 내리쬐는 뜨거운 태양 아래서 마물을 잡는 건 무척 힘들다.

땡볕에 무거운 장비를 들고 마물을 찾아 돌아다니고, 마물과 싸우는 우리를 상상해봤다. 당연하지만 평소보다 많은 휴식을 취해야 한다. 그러지 않으면 쓰러지니까.

체력 소모도 격하고, 어떤 마물과 싸우느냐에 따라 다르겠지만…… 별로 많이 벌 수 있을 것 같지는 않았다.

직원은 수속을 마치자 당장 접수대에서 나가라는 듯이 나를 쏘아봤다.

이곳 직원은 모험가에게 무척 차갑다.

길드는 2층 구조로, 그리 크지 않다. 1층 접수 로비에는 의뢰를 붙인 게시판 몇 개가 설치되어 있었다.

나는 접수대를 나와 기다리던 세 명에게 가서 사정을 설명했다.

노웸이 표정을 흐렸다.

"그건, 곤란하네요. 그런 사정은 듣지 못했어요."

그러나 아리아 씨와 소피아 씨는 이해가 가지 않는 모양이다. 고개를 갸웃한 아리아 씨가 노웸에게 물었다.

"다리온에서는 꽤 벌었잖아. 한동안은 괜찮지 않아?"

확실히 다리온을 나가기 전, 미궁 토벌에 참가해서 상당한 수익을 얻었다. 그러나 그걸로는 충분하다고 할 수 없다.

노웸이 아리아 씨에게 설명했다.

"다리온에서도 그랬지만, 아람사스에서도 여관에서 생활하게 될 거예요. 일정 수준의 여관을 찾는다면 역시 값이 꽤 나가겠죠. 게다가 이곳에는 여러 가지를 배우러 왔으니까요."

소피아 씨가 끄덕였다.

"네. 그러니 너무 일에 고집하지 않아도 되는 것 아닙니까?"

그 말을 듣자 보옥 안의 2대가 조금 거친 목소리를 냈다. 2대는 아무래도 아리아 씨와 소피아 씨에게 태도가 엄하다.

『아무것도 하지 않고 공부만 할 만큼 유복하지는 않다는 걸 모르는 건가? 게다가 감각은 바로 둔해진단 말이다. 줄곧 아람사스에서 놀 생각인 거냐?』

일을 해야 할 이유는 많다.

애초에 아람사스에서는 동료도 찾을 생각이다. 그러려면 평소에도 길드에 출입해서 정보를 모으는 편이 좋다.

또한, 그저 배우기만 해서는 2대의 말처럼 전투에 대한 감각이 둔해진다.

게다가 지금이야 우리 네 명이지만, 바로 다섯 명, 여섯 명으로 동료가 늘어날지도 모른다.

생활비는 여관을 이용하는 데다 대부분 외식이다. 지출이 무척 많다.

평소에 사용하는 도구도 돈을 잡아먹는다. 그것들은 설령 사용하지 않더라도 손질할 필요가 있다. 나로 따지면 사브르다. 쓰지 않는다고 손질이 필요하지 않은 건 아니다.

중요한 목숨을 맡기는 도구. 평소에도 손질이 필요하다. 그리고 손질하기 위해서는 돈이 든다. 유지비라는 거지.

"……지식도 그렇고, 기술도 그렇고, 필요성이 높고 수준이 높을수록 돈이나 시간이 드니까요. 적절하게 일도 해야만 하는데…… 바깥에 나가게 되면 큰일이네요."

노웸도 이 계절에 바깥에 나가는 게 얼마나 큰일인지를 이해한 모양이다.

소피아 씨도 이해한 듯이 인상을 찡그렸다.

"그러고 보니, 계절상 지금부터는 큰일이겠군요. 그리고 앞으로는 더욱 더워진다는 걸 생각하면, 바깥에 나가는 건……."

그러나 미궁이라면 위험도 많지만 그런 문제는 해결된다.

사실 미궁은 사람을 안으로 끌어들이기 위해 은근히 사람이 들어가기 좋은 환경을 갖춘 경우가 많다. 아람사스 지하 미궁도 그런 부류의 미궁이라고 들었다.

게다가, 한정된 공간 안에 일정 숫자의 마물이 확실하게 있기 때문에 돈 벌기가 매우 쉽다.

밖으로 나가 마물을 찾아 돌아다니는 것보다도 당연히 효율이 좋다.

한 달에 한 번에서 두 번. 그렇게 미궁 안에 들어갈 수 있다면 우리는 자금이라는 문제를 해결할 수 있는데…….

"설마 미궁에 들어가기 위해 길드의 허가가 필요할 줄은 몰랐어. 아니, 이 경우에는 심사가 엄한 게 문제인가?"

동료의 숫자와 길드의 신용이 부족하다.

아리아 씨가 사정을 이해하고 중얼거렸다.

"아람사스는 귀찮은 곳이네."

동감이다.

그러나 정말로 어떻게 하면 좋을까?

짐작은 빗나갔고, 넷이서 곤란해하고 있는데 소동이 벌어졌다.

시선을 소동이 벌어진 곳으로 돌리자 모험가 집단이 눈에 들어왔다.

3대가 보옥 안에서 휘파람을 불면서 가벼운 말투로 상황을 설명했다.

『아무래도 귀족 도련님 같네. 모험가를 고용해서 미궁에라도 들어가려는 건가? 척 봐도 실랑이를 벌이고 있잖아.』

7대는 흥미 없다는 듯이 내뱉었다.

『라이엘. 네가 신경 쓸 것 없다. 바로 밖으로 나가거라.』

그렇지만 명백하게 험악한 분위기라서 신경이 쏠리고 만다.

한 소녀를 앞두고 거들먹거리는 젊은이들이 떠들고 있다. 주변은 그런 집단에 얽히려고 하지 않고, 카운터에서 나온 직원들도 거들먹거리는 젊은이들 편을 들고 있었다.

보고 있자니 무척 기분이 나쁘다.

소피아 씨도 소동을 듣고 불쾌한 표정을 지었다.

이유는 간단하다.

"서포트 따위가, 보수를 받는 것만으로도 고맙다고 생각하시지. 이쪽은 목숨을 걸고 너를 지켜줬단 말이다!"

고압적인 젊은 남자는 보기만 해도 비싼 장비를 착용하고 있었다. 비싸다는 걸 확실하게 알 수 있는 이유는 장식품이 많기 때문이다.

싸우는 데 불필요한 장식이 너무 많다.

반면 서포트라 불린 모험가 소녀는 특징적인 장비를 하고 있었다.

위팔에서 손끝까지, 마치 갑옷의 팔 부분만 착용한 것처럼 보인다. 그러나 그건 왼팔뿐이고, 그것 말고는 천이나 가죽제의 움직이기 쉬운 옷을 입었다.

푸른 머리는 난잡하게 잘렸고 딱히 손질을 하지 않는지 부스스했다. 안경 렌즈 속에 보이는 붉은 눈동자는 졸린 듯이 반쯤 감겼다.

작은 체구는 가녀리게 보이지만, 그 몸이 쏙 들어갈 만큼 크고 무거운 배낭을 태연하게 짊어졌다.

어깨 벨트를 각각 양손으로 움켜쥐고, 딱히 눈에 띄는 무기를 가지지 않은 소녀.

"서포트로서의 일은 완수했어요. 그리고 받은 보수로는 준비한 짐 등의 필요 경비를 제외하면, 나머지는 미비한 금액만 남게 돼요. 계약했던 금액을 요청합니다."

드세 보인다기보다는 덤덤한 말투.

거들먹거리는 젊은이가 이마에 푸른 핏줄을 띄우며 침묵하자 직원이 끼어들었다.

"자네, 실례되는 말을 하면 안 돼! 모처럼 귀족님과 일을 할 수 있었던 거다. 여기서는 얼굴을 알렸다고 생각하고—."

그러나 소녀는 물러서지 않았다. 아니, 물러서지 않을 모양이었다.

"길드에서의 의뢰라 반쯤 강제로 참가한 건데요. 이걸로 세 번째예요. 제게도 생활이 있어요."

조그만 소녀의 말에 이번에는 직원이 짜증을 냈다.

6대가 웃었다.

『조그만데도 말 한번 잘하는군. 하지만 저래서는 적을 너무 만들겠는데. 살아가기 힘든 타입이야.』

소피아가 입을 열었다.

"이야기를 들어보면, 저 소녀에게 잘못은 없는데요. 어째서 이런……."

그러자 거들먹거리는 젊은이가 목소리를 높이며 허리춤의 검을 뽑아 소녀에게 칼끝을 겨눴다. 소녀가 움찔 반응했다.

졸려 보이는 눈이 살짝 뜨였지만, 그래도 그 자리에서 움직이지는 않았다.

"내 말을 듣지 못하겠다는 거냐! 네가 조금 유명하다고 하니 써준 거다. 한 팔이 없는 꼬마 한 명인 주제에, 그것만으로 만족하면 될 것을!"

한 팔이 없다. 나는 그걸 듣고 소녀의 왼팔을 봤다. 2대의 아츠를 사용해 그녀의 팔을 응시하자 보인 건—.

"……의수인가."

마치 갑옷의 왼팔처럼 보였던 팔은 의수였다. 그러나 그 손은 배낭의 어깨 벨트를 꽉 움켜쥐고 있다.

그냥 움직이지 않는 의수는 아니겠지.

어떻게 움직이는 건지 신경이 쓰이지만, 그 전에 내 몸이 움직였다.

그러자 3대가 놀랐다.

『어라? 끼어들 거야? 상대는 귀족에다 자존심이 높아 보이니까, 그만두는 게 좋지 않을까? 도와주고 싶다면 지금이 아니더라도—.』

그러나 3대의 말이 끝나기도 전에 팔을 잡혀서 멈추고 말았다.

돌아보자 노웰이 고개를 가로저었다.

"라이엘 님. 사정을 잘 모르는데 끼어들어선 안 돼요. 게다가, 저 아이는 안 돼요."

노웸이 말하는 「안 된다」― 그건, 노웸의 큰 문제점이기도
했다.

완벽하고 무척 믿음직한 노웸이지만, 하렘 사고를 가졌다.
내 주변에 여성을 두려고 한다. 게다가 월트 가에는 혼인 조
건이 있기 때문에, 그 가훈을 충족하는 여성을 골라서 곁에
두려고 하고 있었다.

실제로 이미 아리아 씨와 소피아 씨…… 두 사람을 두고 있다.

나는 노웸의 그런 부분을 이해할 수 없었다.

"안 된다거나 그런 건 상관없어. 나는……. 이제 됐어, 거기
있어."

설명을 그만두고 노웸의 팔을 뿌리쳤다. 소란을 부리는 집
단으로 다가가자 전원의 시선이 내게 모였다.

그대로 거들먹거리는 젊은이가 가진 검을 걷어찼다.

"앗! 넌 뭐냐! 내가 누구인 줄 아냐! 궁정에서 벼슬에 오른
자작가의 아들이란 말이다. 그런 내게 이런 짓을 하고도―."

나는 상대를 보며 덤덤하게 말했다.

"계약을 맺었다면 그걸 실행할 뿐이야. 위법한 금액을 청구
한 건가?"

내 말에 거들먹거리는 젊은이가 인상을 찌푸렸다.

"고작 서포트에게 금화 몇 닢이나 지불할 수 있겠냐! 은화
면 충분해!"

얼굴을 붉히는 상대를 보며 3대가 웃었다.

『궁정 귀족은 이러니까 곤란해. 그래서 싫다니까. 라이엘, 말해줘…… 궁정 귀족의 도련님이 금화 몇 닢이 아까운 거냐고, 말이지.』

귀족은 크게 분류해서 두 종류가 존재한다.

지방에서 영주를 맡고 있는 귀족과 왕궁에서 왕을 모시는 귀족 두 종류다. 하지만 쌍방은 이런저런 일이 있어서 사이가 나쁘다.

월트 가도 그건 똑같나 보다.

"훌륭하신 자작가의 도련님은 금화 몇 닢이 아까운 건가?"

그 말을 듣자, 거들먹거리는 젊은이는 얼굴을 더욱 붉히며 혈관을 띄웠다. 너무 흥분해서 혈관이 끊어지지 않을까 걱정이다.

동시에 주변에서 웃음소리가 들려왔다. 구경하던 모험가들이 내 말을 듣고 웃었다.

거들먹거리는 젊은이는 웃음거리가 되자 지갑에서 금화를 꺼냈다.

"바, 바보 취급하지 마라! 그렇게 갖고 싶으면 주마!"

소녀는 바닥에 떨어져서 흩어진 금화를 줍고는 자기 지갑에서 은화나 동화를 꺼내서 거들먹거리는 젊은이에게 내밀었다.

"아직도 볼일이 있는 거냐!"

거들먹거리는 젊은이는 내게 바보 취급을 당한 데다 웃음거리가 되어 짜증을 내고 있었다.

"이래서는 보수가 너무 많으니까요."

즉, 보수 이상은 받을 수 없다는 것이리라. 그러나 거들먹거리는 젊은이는 소녀의 손을 뿌리쳤다.

"그런 건 필요 없어. 바보 취급하지 마라!"

그렇게 내뱉으며 집단인 길드에서 나가자, 주변에서 박수가 쏟아졌다. 그러나 바로 직원이 그런 구경꾼들을 노려봐서 조용하게 만들고는 우리를 보며 고함쳤다.

"무슨 짓을 하는 거냐! 상대는 귀족이라고! 모처럼 소개했는데…… 앞으로는 좀 더 입장을 생각하라고!"

직원은 보폭을 크게 벌리며 길드 안으로 사라졌다. 우리가 멍하니 그 뒷모습을 바라보자 소녀가 내게 고개를 숙였다.

"고맙습니다."

"아, 아니. 그렇지는……."

감사의 말을 듣자 조금 쑥스러워졌다. 좋은 일을 해서 기분 좋네…… 그렇게 생각했는데.

"그렇지만—."

소녀는 고개를 들더니 내게 충고했다.

"조금 전 상황…… 제게 얽히지 말았어야 했어요."

나는 도와준 상대에게 「얽히지 말았어야 했다」라는 말을 또렷하게 듣고 말았다.

장소를 옮겨서, 길드에서 떨어진 위치에 있는 식당.

길드는 외벽 문 바로 옆에 설치되어 있고, 사람의 출입이 많고 먼지도 심하다. 근처에는 마구간도 있기 때문에 짐승이나 똥오줌 냄새가 나서 도저히 이야기를 나눌 상황이 아니었다.

도와준 소녀【클라라 블루머】가 사례를 하고 싶다면서 향한 곳이 이 식당이다.

주변에는 모험가의 모습이 많아서, 모험가에게 인기가 많은 가게라는 걸 알 수 있었다.

그런 곳으로 안내해준 클라라 씨의 말은—.

"아람사스에서 가장 권력이 강한 건 학원이에요. 여기서는 교수라 불리는 사람들이 도시 운영을 맡고 있죠. 그래도 도시 관리를 하는 건 교수 중에 절반에도 미치지 못하지만요."

아람사스의 상황을 간단하게 설명해준 클라라 씨는 평소였다면 길드에서 보인 태도를 취하지 않는다는 모양이다. 지금까지도 몇 번이고 똑같은 일이 있었고, 그때마다 어쩔 수 없이 단념해왔던 것 같다.

"다음으로 권력을 가진 게 귀족들이에요. 아람사스는 학술도시니까, 공부에 힘쓰기 위해 이곳에 왔다는 구실을 대는 게 가능하죠. 학원 학생 중에 귀족 자제가 많은 건 관록을 늘리기 위해서라고 해요. 뭐, 대부분은 놀고 있지만요."

가문을 잇지 못하는 귀족 자제들은 아람사스에서 배웠다고 하며 궁정에서 관직을 얻는다. 아니면 독립해서 가문을 일으킨다.

학원에 온 귀족 후계자와 알게 되어 인맥도 생긴다. 장가나 시집을 가는 것도 불가능하지 않다. 학원은 그런 만남의 자리로서 편리하다고 한다.

최근에는 그런 귀족 자제가 고용주가 되는 일이 많아서, 이번에도 길드에서 반쯤 억지로 떠안겼다고 한다.

그 탓에 제대로 된 보수를 받지 못해서 곤란했다는 게 조금 전 태도의 이유다.

아무리 그래도 몇 번이나 제대로 된 보수를 받지 못하면 살아갈 수 없다. 그래서 이번만큼은 반론했다고 한다. 딱히 익숙하지도 않은 일을 했다는 건 자신도 잘 아는 모양이다.

클라라 씨는 그런 이야기를 하면서 늘어선 대량의 요리를 차례차례 먹어치웠다. 저 조그만 몸 어디에 이렇게 많이 들어가지? 신기하기 그지없다.

"마지막은 모험가 길드예요. 학원이나 귀족에 비해 지위가 무척 약한 게 아람사스 길드의 특징이죠."

클라라 씨의 식사량에 놀라던 아리아 씨가 질문했다.

"그래서 모험가를 경시한다는 건 이상하지 않아? 우리가 없으면 마석이나 소재를 입수할 수 없으니까, 좀 더 잘 대해주는 게……."

클라라 씨가 더러워진 입가를 테이블에 놓인 냅킨으로 닦았다.

"아람사스에는 미궁이 있어요. 거기서 얻을 수 있는 마석이나 소재로 충분히 보충되죠. 학원은 독자적으로 미궁에 들어가는 전투 집단을 갖고 있으니까 모험가는 경시되기 일쑤예요. 밖으로 나가 마석을 모아오는 모험가들은 덤 정도로밖에 생각하지 않아요. 여름이나 겨울에는 밖에서 벌어오는 모험가가 일을 하지 않는다며 투덜댈 정도니까요?"

7대가 그 설명을 들으며 좋아했다.

『그렇지. 관리해야만 하는 미궁을 모험가나 길드에게만 맡겨두는 건 어리석음의 극치. 아람사스에는 영주가 없다고 하던데, 그런 것치고는 실로 올바른 판단을 내렸군.』

소피아 씨가 고개를 갸웃했다.

"즉, 길드는 우리 모험가가 없어도 별로 곤란하지 않다, 그건가요?"

클라라 씨가 소피아 씨의 해석을 정정했다.

"정확하게는 미궁에 들어가는 모험가만 있다면, 다른 이들은 필요 없는 것까지는 아니지만 덤으로 생각하고 있는 거죠. 가만히 있어도 모험가가 대량으로 모여드니까, 품에 넣을 수 있는 세력 말고는 필요가 없는 거예요. 뭐, 문제는 우수해진 파티가 차례차례 아람사스에서 나가는 것 정도일까요."

아람사스의 모험가 길드는 뭔가 문제가 많은 것 같다.

"미궁에 들어가는 자격이라는 것도, 길드가 추천한 모험가들을 학원 측이 심사해서 허가를 내줄지 결정해요. 단지…… 학원 측에서 귀족 자제는 학생이지만, 동시에 도시에 많은 돈을 내주는 존재이기도 해요."

설명의 흐름이 수상해졌다.

"당신들이 미궁에 들어갈 생각이라면, 그 자리에서 저를 도운 건 잘못이에요. 길드와 귀족의 기분을 상하게 만든 셈이니까요."

그 말을 듣고 노웸이 이야기를 정리했다.

"즉, 미궁에 들어가기 어려워졌다는 거군요."

클라라 씨가 끄덕이고는 내게 자신의 마음을 전했다.

"도와주신 건 솔직하게 기쁘고, 감사하기도 해요. 고맙습니다. 하지만 향후를 생각하면, 역시 길드나 귀족을 적으로 돌린 건 당신들에게는 문제가 될 거예요. 학원에 뭔가 연줄이 있으신가요?"

나는 힘없이 고개를 가로저었다.

보옥 안에서는 3대가 부추기는 소리가 들려왔다.

『반항기 애들처럼 노웸에게 거슬러서 큰일이 벌어졌네. 하지만 이것도 자업자득…… 스스로 어떻게든 해야겠지.』

클라라 씨는 한숨을 내쉬며 내게 제안했다. 「그다지 추천은 하지 않지만」이라는 전제를 덧붙이면서.

"최단거리로 미궁에 들어가고 싶다면, 역시 귀족에게 접근하는 게 빠를지도 몰라요. 저는 지인의 부탁을 받아 미궁에 들어갈 수는 있어도, 개인으로는 자격을 갖지 못했으니까요. 게다가 지인들의 대다수도 사람을 늘릴 생각은 하지 않고 있어서 소개도 드릴 수 없어요. 그렇다면 학원 학생인 귀족의 의뢰를 받아야겠죠."

클라라 씨가 가르쳐준 방법, 그건 귀족의 의뢰를 받는다는 것이었다. 그렇게 해서 개인적으로 지인이 되라는 거다.

"귀족의 의뢰?"

클라라 씨가 끄덕였다.

"네. 학원 학생은 모두 미궁에 들어갈 자격이 있어요. 상대방의 마음에 든다면 호위로서 고용되기도 하죠. 단지, 상대를 그르친다면……."

노웸이 한숨을 내쉬었다.

"클라라 씨 같은 일이 벌어질 수도 있는 거군요."

"네. 그러니 별로 추천하지는 않아요. 개중에는 제대로 된 분도 있지만, 전원이 제대로 된 사람이라고는 할 수 없으니까요. 제 쪽에서도 가능한 한 협력하겠지만, 거의 프리로 활동하는 서포트에요. 큰 도움은 될 수 없겠죠."

클라라 씨는 서포트 전문 모험가. 싸우지는 않지만 주로 운반이나 그 밖의 일로 동료를 서포트하는 역할이다. 어느 파티에 소속된 게 아닌 솔로― 기본적으로 혼자고, 누가 말을 걸어주면 협력하는 프리 모험가였다.

모험가로 북적대는 식당 안에서 나는 머리를 감싸 쥐며 고민했다.

"……어떻게 하지."

내 행동으로 미궁에 들어가기 곤란해졌다.

이 상황…… 어떻게 좀 안 될까?

제44화 미란다 사크라이

—학원.

아람사스 중앙에 위치하는 건 아람사스가 품고 있는 지하 미궁과 대륙에서도 유명한 도서관. 그리고 학술도시라 불리는 유래가 되는 학원이다. 원래는 학자들이 모이는 곳이었지만 언제부턴가 학생을 모아 교육을 하게 되었다.

지금은 왕도 센트럴이나 지방 귀족 자제들도 모일 만큼의 지명도를 자랑한다.

그런 학원에 다니는 【미란다 사크라이】는 궁정 귀족인 사크라이 자작가의 장녀다.

웨이브가 진 연녹색 머리는 어깨 부근에서 가지런히 잘랐다. 녹색이라기보다는 비취색이라 부르는 편이 좋을 약간 푸르스름한 눈동자색. 그리고 단정한 얼굴이나 동성이 봐도 매력 있는 체형은 학원 남자들의 선망을 한몸에 모은다.

단지, 미란다의 인기는 그저 여성으로서 아름답기 때문만은 아니다.

사크라이 가는 남자가 없이 3자매였다.

그건 즉, 장녀 미란다와 결혼한다면 자작가를 이을 가능성이 있다는 뜻이다. 가문을 이을 수 없는 귀족 남자들은 그런 흑심을 가지고 미란다에게 접근했다.

계단 모양으로 좌석이 배치된 큰 교실.

수업이 끝나자 미란다는 교과서를 정리해서 가방에 넣고 일어났다. 곧바로 여자들이 모였다.

"미란다. 오늘 돌아가는 길에 잠깐 어디 들르지 않을래?"

"치사해~! 저기, 나랑 쇼핑하러 갈래?"

"나랑 가자, 미란다."

학원에 있을 때 모여드는 건 같은 귀족 출신 여자들이다.

미란다는 애매한 미소를 지으며 여느 때와 같은 이유로 권유를 거절했다.

"미안해. 여동생이 기다리고 있기도 하고, 고용인이 그만둬서 가사도 해야 하거든. 서둘러 돌아가야지."

그러자 세 여자들이 「에이~」라고 말하며 유감스러운 표정을 지었다.

그때, 이번에는 남자들이 모였다.

"그럼, 내가 함께 갈까? 쇼핑할 거면 짐꾼이 필요하잖아?"

"나, 나! 내가 좋다니까, 미란다!"

"너희는 닥치고 있어. 여기서는 백작가 출신인 내가—."

노골적으로 어필하는 남자들.

미란다는 그런 남자들에게도 웃으며 대처했다.

"고마워. 하지만 나 혼자라도 괜찮으니까."

그렇게 말하며 교실을 나선 미란다는 복도를 걸어가면서 잊어버린 물건이 있는 걸 깨달았다.

'아뿔싸. 가지러 돌아가야겠네.'

왔던 길을 돌아가 교실 입구로 다가가던 중 목소리가 들려왔다. 조금 전 권유를 거절했던 남녀가 짜증을 내며 소리를 질렀다.

"뭐야, 그 여자! 이쪽이 권유해줬는데."

조금 전 웃으며 다가왔던 여자가 불만스러운 목소리로 주변에 불평을 쏟아냈다.

"친가인 사크라이 가가 권력을 갖고 있으니까 친하게 지내주고 있는 건데. 그런 게 아니었다면 저런 여자한테 말도 안 붙였을 거야."

남자 중 한 명이 혀를 찼다.

"칫, 너희 방해야. 내가 올라서기 위해서는 그 여자가 필요하다고! 사크라이 가라면 상당한 관직을 가진 튼실한 가문이야. 그곳에 장가를 간다면, 나도─."

교실 안에서는 조금 전 미란다에게 몰려든 여섯 명만 남아 있었다.

"근데, 그 여자의 여동생은 눈이 안 보인다며? 사고라고 하지만, 원래는 태어나면서부터 안 보였다고 하더라. 그런 거, 귀족으로서 문제 아냐?"

화제는 미란다의 여동생─ 샤논으로 옮겨졌다.

느끼한 청년 한 명이 앞머리를 손끝으로 매만지면서 다 안다는 말투로 말을 시작했다.

"3녀야. 두 명이 사는 집은 원래 3녀를 가둬두기 위한 거라더라고. 사크라이 가가 숨기고 싶은 사실이라는 거지."

미란다는 샤논의 화제가 나오자 아랫입술을 깨물었다.

'그 아이도…… 그 아이가 잘못한 건…….'

귀족, 그리고 지위, 입장. 그런 것들이 방해를 해서 샤논은 센트럴에서 아람사스로 쫓겨났다. 그러나 사크라이 가에 태어나지 않았다면 샤논이 지금까지 무사히 살아갈 수 있었을지 의문스럽다.

샤논은 친가의 힘이 있었기에 살아왔다고 할 수 있다. 만약 빈곤한 가문이었다면 태어나자마자 버려졌을지도 모른다.

"잘 아네?"

"친가에 조사해달라고 했지. 내가 사크라이 가에 장가를 들면 친가에도 이익이 될 거라 판단했을 테니까. 그러니 너희는 포기하라고. 실은 나한테 계획이 있는데―."

"웃기지 마! 3남인 내가 친가를 다시 보게 하려면, 그 녀석의 가문에 장가를 들 필요가 있다고!"

남자들이 미란다에게 접근하는 이유는 명백하다. 장가를 들겠다는 단 하나 때문이다.

그건 친가인 사크라이 가가 목적이지 미란다 개인은 덤에 지나지 않는다.

'뭐, 알고는 있었으니까―.'

학원에는 귀족 출신이 아닌 학생들도 많지만, 기본적으로 유복한 경우가 많다. 그렇기에 미란다에게 접근하는 남자들 대부분이 그들과 이유가 비슷했다.

단지, 갑자기 자작가에 장가를 들 거라고는 생각하지 않는지 여동생을 소개해줬으면 좋겠다며 말한다.

　귀족 집 딸을 신부로 삼아 귀족 지위를 사든가, 친가에 가치를 인정받는 것이 목적이었다.

　'뭐, 다른 것에 비하면 그나마 귀여운 편이지.'

　떠드는 남자들은 그런 유복한 가문의 남자들에 비하면 그나마 귀여운 부류다. 예전에 상인의 아들이 여동생과의 혼담을 마치 장사 이야기처럼 말한 적이 있었다.

　게다가 미란다도 귀족 가문에 태어난 여자다.

　'귀족이라면 가문이 있어야만 하니까. 질책할 순 없어.'

　사정을 짐작하고 있기 때문에 교실 안에 있는 여섯 명에게 불평할 생각은 없었다.

　미란다는 발길을 돌려 그대로 떠나기로 했다―.

　―사크라이 자매의 집.

　언니가 돌아오길 기다리는 건, 사크라이 가의 3녀【샤논 사크라이】였다.

　붉은 옷을 입었다. 연보라색으로 물결치는 긴 머리는 손질이 잘 되어서 아름답다.

　평소에는 노란 눈동자가 지금은 황금색으로 빛난다.

　아무도 없는 집 안에서 샤논은 혼자 콧노래를 부르고 있었다.

　콧노래에 맞춰 움직이는 건 티포트다. 침실에 있는 작고 둥근 테이블 위에 놓인 티포트가 멋대로 떠올라 컵에 차를 따랐다.

샤논은 붉은 암 커버를 쓴 손으로 자기가 앉은 휠체어 팔걸이를 손끝으로 미드미킬하게 두드렸다. 가녀린 몸이고 하얗기는 하지만, 그곳에 덧없는 소녀의 모습은 없었다.

오른 손가락을 입술에 댔다. 컵에 차가 부어지자 콧노래를 멈추고 일단 심호흡을 했다. 지쳤는지 천장을 올려다본 샤논의 눈동자는 광채를 잃고 노란색으로 돌아왔다.

어두운 방 안에서, 샤논은 손을 뻗어 컵을 찾고 양손으로 잡아 입가로 가져갔다.

"역시 지치네."

차를 마시면서 지금까지의 일을 떠올렸다.

샤논이라는 소녀는 태어나면서부터 눈이 보이지 않았다.

하지만 어느 사건을 계기로 그녀는 남들에게는 보이지 않는 『마력의 흐름』을 볼 수 있는 눈을 손에 넣었다.

그건 3년 전의 일이었다.

"……그날로부터 벌써 3년인가."

낮고, 그리고 무척 쓸쓸한 감정이 목소리에서 느껴졌다. 그 정도로 분통함을 느꼈던 샤논은 그날의 일을 지금도 선명히 기억했다.

"이제…… 이제 얼마 남지 않았어."

당시 샤논은 아직 센트럴에 있는 사크라이 가 저택에 살고 있었다—.

—3년 전.

샤논은 평소처럼 자기 방에서 지내고 있었다.

태어날 때부터 눈이 보이지 않았지만, 그걸 숨기기 위해 사고를 당했다고 날조했다.

샤논이 태어나자마자 바로 어머니가 사망했다. 차녀【도리스】는 샤논이 어머니를 빼앗았다고 생각하며 원망했다. 그 때문에 저택에서 만나도 태도가 무척 나쁘다.

도리스를 옹호하자면, 샤논이 태어났을 당시의 그녀는 아직 어리고 응석을 부리고 싶은 나이였다.

어머니도 다정하고 가정은 원만하다 할 수 있었다.

그러나 그런 어머니가 샤논을 낳고는 죽었다. 어머니를 잃은 뒤부터 사크라이 가는 불이 꺼진 것처럼 변했다.

현 당주, 미란다나 샤논의 아버지는 어머니를 몹시 사랑했기 때문에 이후에는 후처를 맞이하지 않고 일에 몰두하게 되었다.

샤논에게 다정하게 대해주는 것은 장녀인 미란다뿐. 샤논에게 미란다는 뭐든지 할 수 있는 자랑스러운 언니이자 어머니 대신이기도 했다.

그런 어느 날의 일이다.

변함없는 매일이 이어질 줄 알았던 그때.

"조만간 중요한 손님이 올 거다. 너도 파티에 나오거라."

아버지에게 그런 말을 들었다.

사크라이 가 저택에 중요한 손님이 온다. 평소였다면 방에서 나갈 허락을 받지 못하는 샤논도 그날만큼은 앞으로 나오라는 말을 들었다.

그게 부끄러웠지만, 그래도 샤논은 기뻤다고 기억한다.

'어, 어쩌지. 눈이 보이지 않으니까, 뭔가 실수하지 않을까? 여, 역시 나가지 않는 게……'

평소부터 가족과 거리를 두고 있던 샤논은 가족에게 인정을 받은 게 기뻤다.

중요한 손님이기에 실패하지 않도록 미란다에게 어떻게 해야 좋을지 몇 번이고 물었다.

"언니. 제가 나가도 괜찮을까요?"

미란다는 그런 샤논을 따스하게 격려했다.

"괜찮아. 샤논. 그리고 나도 도와줄 테니까."

도리스는 불만스러워 보였지만 아버지가 샤논을 참가시키기로 결정했기에 불만을 표할 수 없는 모양이었다.

샤논은 저택에 중요한 손님을 맞이하는 파티에 참가하는 게 무척 기대됐다.

'앞으로는 밖에 나갈 수 있을까? 저택 안이나 뜰만이 아니라, 밖에……'

반쯤 연금 생활을 강요받아온 샤논에게는 무척 의미가 있는 날.

파티 당일에 그것이 일어났다.

"잘 찾아오셨습니다."

저택의 넓은 방을 사용한 파티는 무척 호화로웠으리라. 눈이 보이지 않는 샤논도 평소보다 세심하게 준비했다는 것을 분위기로 느꼈다. 저택 안의 고용인들도 바빠 보였다.

그리고 맞이한 손님이라는 게ㅡ.

"뭘요. 초대해주셔서 기쁘게 생각합니다."

"그럼요. 인연이 있는 사크라이 가의 초대라면 거절할 이유가 없으니까요. 자, 『세레스』도 인사하렴."

ㅡ백작가인 월트 가였다.

"처음 뵙겠습니다. 세레스 월트입니다. 자작가에 대해서는 부모님께 들었습니다. 만나 뵙게 되어 기뻐요."

막힘없이 인사한 세레스에게 아버지가 딸에게도 보이지 않는 부드러운 목소리로 대답했다. 그런 대응에 샤논은 조금 질투심을 품었다.

"똑 부러진 따님이시군요. 아니, 월트 가라면 공주님이라 불러드리는 게 좋을지도 모르겠습니다."

샤논은 공주님이라는 부분을 잘 이해할 수 없었다.

거기에 담긴 의미를 생각하는 사이, 언니 두 명이 순서대로 월트 백작, 부인과 세레스에게 인사했다.

그리고 샤논 차례가 돌아왔다ㅡ.

"처, 처음 뵙ㅡ."

"어라? 이 아이는?"

샤논이 인사를 하려고 하자 세레스가 막았다. 그리고 샤논에게 다가와 얼굴을 들이밀었다. 평소 익숙하지 않은 타인의 냄새가 바로 옆으로 다가왔다.

'뭐, 뭐야?!'

갑작스러워서 어떻게 대응해야 좋을지 몰랐다. 곤혹스러워 하는 사이, 세레스는 한숨을 내쉬었다.

"—뭐야. 시시하게. 그냥 고물딱지네."

샤논은 놀랐다. 지금까지 저택에 갇혀있어서 사람을 많이 접해보지 못한 샤논이지만, 얼굴을 맞대고 이런 심한 소리를 듣는 건 처음이었다.

"……어? 고, 고물딱지?"

샤논이 주변에 도움을 요청하자, 미란다가 다가오는 기척이 났다.

그러나 그 이외의 사람들은 세레스의 말에 동조해서 샤논을 비웃고 있었다.

"샤논. 괜찮으니까, 나하고 물러나자."

미란다가 귓속말을 하고는 휠체어를 밀어 그대로 회장에서 나왔다. 회장에 등을 돌리자 뒤에서 여러 목소리가 들려왔다.

"세레스. 그래도 그런 태도는 좋지 않단다."

"네. 아버님."

마치 작은 장난을 쳐서 혼난 듯이 세레스가 사과하자, 주변 어른들이 웃으며 용서해줬다.

"뭐, 괜찮지 않습니까."

"그렇고말고요. 그리고 사실이니까요."

"그나저나 당주께서는 어째서 저런 아이를 앞에 내보내셨는 지……."

친척이나 자신과 가까운 이들이 자신을 질책하고 있었다.

감싸주기는커녕, 세레스와 함께 샤논을 깎아내렸다.

'어째서…… 어째서!'

미란다는 휠체어를 가능한 한 힘껏 밀면서 조금이라도 빨리 이 자리에서 떠나려 했다.

마지막으로, 아버지의 목소리가 들려왔다.

"이거, 부끄러운 딸이라 죄송합니다."

'부끄럽다고…… 내가?'

아버지가 주변 분위기에 맞추듯이 웃으면서 한 말은, 샤논의 가슴에 깊게 새겨졌다.

눈물이 펑펑 쏟아졌다.

"샤논? 괜찮아? 바로 방으로 돌아가자."

샤논은 휠체어를 억지로 멈추고는 눈물을 흘리며 스스로 움직였다. 샤논은 원래 스스로 걸을 수 있다. 그러나 휠체어에 타라는 말을 들어서 타고 있을 뿐이다.

"샤논, 위험해!"

미란다가 황급히 말을 걸면서 손을 내밀려 했지만 그것조차 짜증이 났다. 눈물이 펑펑 쏟아지고, 분통함이 솟구쳤다.

마치 웃음거리가 된 듯한 대우에 격렬한 분노와 슬픔이 느껴졌다.

'나는…… 나는 이런 대우를 받기 위해서…… 나 같은 건, 태어나지 않는 게 나았어!'

거기서부터 어떻게 방으로 돌아왔는지 모르겠다.

단지, 저택 구조는 몸으로 기억하고 있어서, 방에 들어와

문을 닫고는 침대에 뛰어들어 베개에 얼굴을 묻고 울었다.

울고, 또 울고…… 그러다 샤논은 고개를 들었다.

"……뭐야?"

결코 보이지 않던 어둠 속에서, 붉은 알갱이가 빛을 발했다. 주변에 떠올라 물건에 붙어서 형태를 만든다. 그것들은 암흑밖에 모르던 샤논에게는 놀라움이었다.

자기 주변에 떠오른 빛의 입자들.

"뭐, 뭐야 이게!"

샤논이 거칠게 외치자, 그것들은 일제히 움직여 주변 가구나 방의 벽, 바닥, 천장에 달라붙어 물건의 형태를 샤논에게 보여줬다.

"……어?"

샤논은 주변을 돌아봤다. 붉은 선이 형성한 광경은 몸으로 익히고 있는 물건 배치와 완전히 똑같았다.

자신의 손을 봤다.

그러자 붉은 빛이 맴돌면서 색을 바꿔 자신을 노란색…… 아니, 황금색으로 보여줬다.

처음으로 보는 자신의 형태에 샤논은 넋을 잃었다. 보인다는 것에 감동했다.

"굉장해. 굉장해!"

조금 전까지 눈을 새빨갛게 부을 때까지 울고 있던 샤논은 크게 기뻐했다. 방 안에서 자기 발로 서서 돌아다녔다.

방에 있는 작은 테이블 앞에 서서 건드려보니 확실히 그곳에 테이블이 있었다.

작고 붉은 알갱이들은 샤논의 의지에 따르며 신나게 돌아다녔다. 숨을 내쉬면 먼지처럼 떠오르고, 공중에서 소용돌이를 그리며 회전하기 시작한다.

방 안에 바람이 불자 황급히 샤논은 그 바람을 멈췄다.

자신의 생각대로 움직인다는 걸 알게 되자, 어째서인지 붉은 알갱이들이 귀엽게 보였다.

"뭘까, 이거…… 어라? 조금 아프네."

점차 눈이 아파치자 샤논은 눈을 문질렀다. 그러자 조금 전까지 보이던 붉은 알갱이들이 보이지 않게 되었다.

갑자기 어둠 속으로 쫓겨난 듯한 감각에 황급히 빛의 알갱이들을 찾아보자, 다시 천천히 붉은 빛의 알갱이들이 보였다.

그러나 눈이 아프다.

"보이긴 하지만 엄청 지치네."

침대에 돌아가 눈을 감고 호흡을 가다듬었다. 신나게 돌아다닌 탓에 몸이 조금 땀에 젖었다.

이마의 땀을 닦으며 샤논은 생각했다.

"맞아. 언니한테 알려줘야지."

이 기쁜 상황을 빨리 미란다에게 전하고 싶었다. 그러나 아직 파티가 계속되고 있는지 떠들썩한 소리가 들려온다.

샤논은 파티가 끝나기를 기다렸다.

'조금 전 일도 사과하고, 그리고 눈이 보이게 되었다는 것도 전하고…… 그러면, 언니는 기뻐해 줄까?'

파티에서 웃음거리가 된 복잡한 감정을 품으면서도, 샤논은 언니 미란다에게만큼은 마음을 터놓고 있었다.

그대로 조금 자버린 모양이었다. 눈을 뜨자 저택은 조용해졌다. 고용인들이 파티 뒷정리를 하는 소리가 들린다. 시간적으로는 딱 좋았다.

샤논은 눈에 힘을 줬고, 붉은 빛의 알갱이들이 보이게 되자 그대로 방 밖으로 뛰쳐나왔다.

신기하게도 통로나 벽을 사이에 두고도 사람의 위치를 알 수 있었다. 각자 다른 빛을 발하고, 특징이 다르다.

그런 가운데 샤논은 좋아하는 미란다의 빛을 찾아냈다. 처음 봤지만, 감각으로 미란다라는 걸 알 수 있었다.

'저기다!'

회장 근처에 있는 방으로 향했다. 누구에게도 들키지 않도록 숨어서 나아갔다. 그렇게 미란다 근처까지 오자, 이번에는 미란다가 있는 곳에 사람이 다가갔다.

'누구지? 아버님일까?'

분위기로 보아 아버지라는 걸 깨닫고 옆방에 숨어 엿듣기로 했지만 들리지 않았다. 그러나 샤논이 소리를 듣고자 의식을 집중하자 붉은 빛의 알갱이들이 떨리며 샤논에게 옆방의 소리를 들려줬다.

'굉장해! 나 실은 굉장했구나!'

샤논은 몰래 기뻐했다. 그러나 들려온 것은 잔혹한 진실이었다.

아버지가, 세레스에게 했던 말투와는 정반대인 차가운 말투로 말했다.

『그게 도움이 될 것 같았다만, 저쪽에서 너와의 혼담을 거절했다. 아무래도 폐적(廢嫡) 이야기는 사실인 모양이더군.』

미란다의 목소리가 어둡게 가라앉았다.

『네. 하지만, 굳이 샤논을 이용하지 않더라도─.』

『그 정도로 지금의 월트 가에 접근하는 건 위험했다. 그나저나 세레스라는 소녀…… 상상 이상이군. 저게 샤논과 같은 나이라고 하니 놀라워.』

『아버님. 너무 샤논을 꾸짖지 말아주세요.』

『너도 오늘 일은 알고 있었을 텐데? 좀 더 가문에 대해 생각하거라.』

두 사람의 대화가 이어졌지만, 샤논은 아연실색했다.

"……처음부터. 나를 웃음거리로 만들 생각이었어? 언니도 그걸 알고 있었고?"

크게 부릅뜬 샤논의 눈이 빛나며 힘을 늘렸다.

눈물이 넘쳐났고, 샤논은 목소리를 내지 않고 계속 울었다.

이어서 아버지는 샤논의 향후에 대해 이야기했다.

『저걸 저택에 놔둘 이유도 없지. 아람사스에 공부를 위해 보내기로 하마. 사정을 아는 고용인을 붙일 테니, 너도 잊으려무나.』

그건 저택에서 쫓아낸다는 것.

자신을 버린다는 것을, 샤논은 그때 깨달았다.

"아하, 아하하하…… 파티에 나갈 수 있다며 들떴던 내가 바보 같아. 뭐야, 버릴 생각이었구나."

그러나 미란다가 아버지에게 반박했다.

『그럴 수가! 저는 인정할 수 없어요! 꼭 그러시겠다면, 저도 아람사스에 가겠어요! 계속 샤논 곁에 있을 거라고요!』

아버지가 꺼낸 말은 딸에게 향한 것이 아니었다.

『……마음대로 해라. 도리스가 데릴사위를 받으면 되는 이야기니. 너에게는 기대했다만, 유감이구나.』

샤논은 미란다가 방을 뛰쳐나가는 걸 옆방에서 보고 있었다.

그리고, 눈물을 흘리며 웃었다.

"뭐야. 전부 알고 있었던 주제에, 나를 웃음거리로 삼은 주제에…… 믿고 있었는데. 언니만큼은 믿고 있었는데!"

양손으로 얼굴을 누르며 눈물을 닦았다. 미처 닦이지 않은 눈물이 뚝뚝 바닥에 떨어지는 가운데, 샤논은 맹세했다.

"좋아. 절대로…… 절대로 용서 못해. 아버님도, 도리스 언니도, 미란다 언니도…… 그리고, 나를 바보 취급한 모두도! 그리고, 그 여자도!"

그날, 그 여자─ 세레스에게, 샤논은 강한 분노와 복수심을 품었다─.

─현재.

아람사스 상점가에서 장을 본 미란다는 갈색 봉투에 물건을 담아 끌어안고 걸었다.

모두 식재료로, 자신과 샤논 몫이다.

무거운 짐을 들고 집에 돌아가는 건 센트럴에서는 경험해보지 못했다. 그러나 아람사스에 오고 나서는 수도 없이 반복해온 일이다.

지금은 장을 보는 것도 익숙해져서 상점가에서 가게를 연중년 여성과도 아는 사이가 되었다.

때때로 서비스를 받는 사이다.

"하아, 새로운 고용인을 고용해야지."

그러나 미란다로서는 본의 아닌 부분도 있다.

원래는 고용인을 고용해서 장보기나 집안일을 대부분 맡길 생각이었다.

그 정도의 자금은 친가에서 보내주고 있으며, 실제로 몇 번 고용했지만 다들 바로 그만두었다.

'조건은 나쁘지 않은 것 같은데. 다른 곳보다 봉급을 더 줘도 안 되나.'

일하는 시간, 휴일, 그리고 봉급— 어느 것을 봐도 다른 가문보다는 대우가 좋을 거다.

아람사스에는 많은 젊은이가 학원에 입학하기 위해 찾아온다. 그 때문에 젊은이들을 위한 아파트도 많이 있다.

유복한 귀족이나 상인 등을 위해 커다란 뜰이 딸린 단독주택이 나오고, 셋집만이 아니라 판매도 하고 있다.

대다수는 몇 년 안에 가주가 바뀌지만, 개중에는 집을 계속 보유하는 귀족도 있다.

사크라이 가도 그런 집을 사서 미란다와 샤논에게 주었다.

그러나 학생으로 보내면서 여동생을 돌보고, 가사도 하게 되니 미란다도 큰일이다.

아무리 애써도 손이 닿지 않는 부분이 나오고 만다.

'차라리 친가에 부탁해서 고용인을…… 안 되겠네. 바로 의지하려고 하다니.'

고개를 가로저으며 자신의 무른 생각을 꾸짖은 미란다는 집으로 가는 길을 서둘렀다.

장을 보는 데 조금 시간이 들고 말았다. 기울어지는 태양의 밝기가 서서히 저녁놀로 변해갔다.

'서둘러 돌아가야지. 샤논이 기다릴 거야.'

문득 바라보니, 전방에서 푸른 머리와 눈동자가 특징적인 청년이 걸어왔다.

얼굴은 약간 앳된 인상이 들어서 자기보다 한두 살 연하로 보였다.

소년에서 갓 청년이 된 듯한 남성은 허리에 사브르를 찼다. 상의를 손에 들고, 셔츠는 가슴팍을 크게 트고 있었다.

'아, 그러고 보니 학원에도 이런 남자가 있었지.'

가슴팍에는 은색 펜던트에 푸른 보석…… 옥이 빛났다.

'희귀한 걸 갖고 있네. 모험가일까?'

부츠를 신고, 그리고 흐트러트린 복장에 거꾸로 세운 머리.

조금 더 침착한 느낌이었다면 성실해 보이고 나이에 맞게 보일 텐데. 미란다는 그런 생각을 하며 지나치려 했다.

그러나 눈앞의 청년은 미란다의 앞길을 차단하려는 듯이 벽에 손을 대고 팔로 미란다의 앞을 막았다.

"……어?"

미란다가 당혹스러워하자, 청년이 말했다.

"아가씨. 어디로 가시는 거죠?"

어딘가 어색하고, 시선이 왔다 갔다 돌아간다. 조금 땀도 흘리고 있었다. 긴장하고 있다는 모습이 미란다에게도 전해진다.

"어, 으~음…… 집에 돌아가는데요."

그러자 청년이 대답했다.

"그, 그렇군요."

미란다는 생각했다.

'……응? 이 사람, 뭘 하고 싶은 거야?'

미란다는 곤란해졌지만, 그건 상대도 마찬가지인지 무척 허둥대는 모습이었다. 긴장한 얼굴에서도 그런 게 전해진다.

"저기, 뭘 하고 싶은 거야?"

미란다가 물어보자, 청년은 시선을 떨구고는 모기 같은 목소리로 말했다.

"허, 헌팅…… 인데요."

그 대답을 듣고 미란다는 한동안 말이 나오지 않았다. 상대도 곤란해졌는지 침묵했고, 두 사람은 그 자세로 굳어지고 말았다.

'어? 헌팅? 헌팅이라니…… 이런 느낌이었던가?'

남성이 말을 걸어온 적은 몇 번 있었지만, 미란다는 이렇게

나 처참한 헌팅은 지금까지 받아본 적이 없었다.

벽에 손을 짚고 있던 청년은 아무래도 그 자세가 싫었는지 손을 떼고 미란다 앞에 우두커니 섰다.

때때로 가슴팍의 옥을 쥐고, 굴리는 등 안절부절못하고 있다.

그리고 겨우 입을 열더니만…….

"안, 될까요? 뭐, 안 되겠죠."

……느닷없이 스스로 부정해버렸다.

아무리 미란다라도 보고 있을 수가 없어서 어드바이스를 주기로 했다. 남을 잘 돌봐주는 성격이 화근이 되었다.

'왠지, 이대로 끝나면 불쌍한 것 같아.'

"저기…… 헌팅이라면서? 그럼, 어쩌고 싶은지 말해야지. 차를 마시고 싶다거나, 놀러 가고 싶다거나 이것저것 있잖아."

청년은 조금 고민하고는 대답했다.

"차가 좋겠네요."

"응. 그래. 차가 좋은 거네! 그럼 그렇게 말해야지."

'어라? 왠지 내가 권유하는 것처럼 되지 않았나?'

어째서 자신이 듣도 보도 못한 청년을 상대로 헌팅하는 법을 지도하고 있는지 고민한 미란다는 겨우 이야기가 진전됐기에 일단 청년의 반응을 기다렸다.

"그럼, 차라도 마시러 갈까요?"

"미안. 바쁘니까 차는 무리."

미란다가 거절하자 청년은 끄덕였다.

"그럼 식사로. 고기 요리면 괜찮을까요?"

"아냐. 그게 아니고! 알아줘, 지금 대답은 거절한 거야!"

"아, 그렇군요! 차는, 이라고 말씀하셔서 그냥 차는 안 되는 줄 알았네요."

미란다는 평소처럼 붙임성 있는 미소를 지으며 거절하고 끝 내려 했으나, 오늘은 자신도 이유를 잘 모르겠지만 상대와 이 야기를 나누고 말았다.

눈앞에서 곤란해하는 청년을 보던 미란다는 왠지 우스워졌 다. 지금까지 봐온 남자, 그리고 주변에 모이는 남자들과는 다른 청년에게 흥미가 생겼다.

"……너, 재미있네."

"그런가요?"

상대가 곤란해하며 머리를 긁적이자, 조금 앞쪽 모퉁이에서 어째서인지 학원에 다니는 조금 나르시시스트 끼가 있는 남자 가 느닷없이 등장했다. 긴 앞머리를 손끝으로 어루만지고 있 었다.

"기다리시지!"

외치면서 이쪽을 향해 달려온 남자는 그대로 사정을 하나 도 모를 헌팅하던 청년에게 주먹을 내질렀다.

청년이 날아갔다. 미란다는 바로 짐을 바닥에 놓고 달려가 서 일으켜 세웠다. 뺨을 얻어맞은 모양이지만 그리 큰 상처는 입지 않았다.

"괘, 괜찮아?!"

나르시시스트 청년이 미란다 옆으로 다가왔다.

"위험할 뻔했네. 미란다. 그래도 내가 왔으니 이제 괜찮아. 자, 여기는 위험해. 집까지 바래다줄게."

그러며 내민 남자의 손을 미란다가 떨쳐냈다.

"도와주려고 한 건 고마워. 하지만 갑자기 때리다니 무슨 생각이야? 이 사람은 얻어맞을 만한 사람이 아니야."

남자는 미란다의 말을 듣고 얼빠진 표정을 지었다.

"아니, 하지만, 저기…… 잠깐 기다려. 미란다!"

허둥대기 시작한 남자를 방치한 미란다는 청년을 일으켜 세우고 부상이 어떤지 살폈다.

"괜찮은 것 같지만, 일단 치료를 하자. 우리 집으로 와줘."

"……네?"

청년도 남자도, 그런 미란다의 말을 듣고 어안이 벙벙해졌다—.

제45화 월트 가의 마안(魔眼)

이야기는 조금 거슬러 올라간다.

그날, 여관에서 보내던 나는 사설 학원이나 도장 등의 전단지를 모아서 흥미로워 보이는 것을 찾고 있었다.

역시 아람사스에 막 온 사람들도 알기 쉽게 많은 전단지가 마련되어 있었다.

침대 위에 앉아서 한 장 한 장 확인했다.

"검술 지도소 베켄스…… 이걸로 당신도 믿음직한 전열. 함께 검술을 갈고닦지 않겠습니까?"

검술 도장 전단지를 읽자 3대가 코웃음 쳤다.

『도장에서 배우는 대련 검술이 실전에서 도움이 될까?』

나는 전단지를 읽었다.

"그래도 실제로 모험가로서 10년의 실적이 있다고 적혀있는데요?"

5대가 다음을 읽으라고 재촉했다.

『너는 이미 검술을 배웠고 상당한 실력이야. 필요 없으니까 다음.』

다음 전단지를 들었다.

"마법의 심연을 들여다봅시다. 대마법사 클라리스가 가르치는 물마법. 이걸로 당신도 파티 공격력의 핵심! 믿음직한 화력 담당."

6대가 웃었다.

『물마법으로 화력 담당이라니! 아니, 하고 싶은 말은 알겠지만…… 다음!』

다음 전단지를 들었다.

"파티의 핵심은 척후. 그 기술, 가르쳐드립니다. 척후 마스터."

2대가 한숨을 내쉬었다.

『너, 척후 마스터라니…… 아니, 확실히 중요하지. 중요하지만, 척후 마스터라는 이름이 여러모로 엉망이지 않나?』

동감하는 건지 7대도 흥미가 없어 보였다.

『그렇죠. 게다가 라이엘은 중앙에서 파티를 떠받치는 핵심. 척후 같은 걸 시킬 수는 없습니다.』

4대는 내가 다음 전단지를 읽고는 마지막으로 말했다.

『어느 것도 확 와닿지 않는군요. 역시 자기 눈으로 직접 봐야……. 아, 라이엘. 전단지는 남겨두세요. 뒤에 아무것도 적히지 않은 부분은 유효 활용해야죠.』

전단지를 침대 옆 테이블에 두고 드러누웠다.

여성진은 일용품이나 필수품 등등의 가게가 어디 있는지 확인하러 나갔다. 나 혼자 여관에 남아있다.

"……한가해."

그러자 2대가 내게 말했다.

『그럼 클라라의 말대로 길드에서 의뢰서를 확인하는 게 어떠냐?』

의뢰서— 주로 학원 학생이 길드에 의뢰하는 일.

그중에서도 귀족 자제가 의뢰한 일을 받아서 신용을 얻는다면 미궁에 들어가는 게 가능해진다.

귀족 자제로 좁힌 건 이유가 있다. 다른 학생은 학원이나 길드에서 간섭할 가능성이 있기 때문이다. 예를 들어 상인의 아들이 후의를 보인다고 해도, 막상 미궁에 도전할 때 길드가 다른 모험가를 권유할 거라고 클라라 씨에게 들었다.

학원 측도 소중한 학생이니까 평소에도 길드에게 가능한 한 신용과 실적 있는 모험가를 소개하라고 유도한다고 한다. 그러면 우리는 미궁에 들어갈 수 없다. 인원도 부족하거니와 아람사스에서는 신용도 실적도 없으니까.

인원을 모으는 것도 마찬가지다. 길드의 미움을 받은 우리는 이런저런 방해를 받을 거라고 클라라 씨가 말했다. 정말로 여기 길드 직원은 열 받는다.

—하지만 귀족 자제는 다르다.

그들에게는 학원 측도 한 발짝 물러나서 대응한다. 길드는 노골적으로 자세를 낮춘다.

그들이 좋다면 좋은 거다. 아무도 불만을 가질 수 없다.

……왜냐하면 귀족은 귀찮으니까. 같은 귀족 출신으로서 무척 복잡한 기분이다.

침대에서 상반신을 일으키고 길드로 나가기로 했다.

외벽 부근에 있는 길드는 문 근처에 있기 때문에 입지가 좋다고는 할 수 없다.

아람사스는 도시로서 규모가 큰 데다 그 특징 덕분에 사람의 출입도 많다.

매일같이 인근 마을에서 식량이 들어오고, 시장에서 팔린다.

아람사스에서 입수할 수 있는 소재나 가공한 물건이 출입을 되풀이한다.

그 때문에 문 근처는 모래 먼지가 불기 쉽다. 소나 말이 짐을 이끌기에 똥오줌 냄새도 심하다.

길드의 의뢰를 받았는지 제대로 장비를 갖추지 못한 모험가들이 그것들을 정리했다. 마법사가 위안 수준의 마법으로 물을 뿌리는 모습이 보였다.

"이런 땡볕이니까 바로 마르나."

뿌린 물이 증발해서 묘하게 후텁지근하다.

길드로 들어가자 시간적으로는 오후도 많이 지났기 때문에 모험가들의 모습은 별로 보이지 않았다.

붙은 의뢰서를 보기 위해 게시판으로 향하자, 그곳에는 모험가 몇 명의 모습이 있었다. 의뢰서 내용을 확인하고 한숨을 내쉬었다.

길드에서 나온 많은 의뢰서는 학원 관계자…… 주로 대부분이 학생들이다. 개중에는 교수라 불리는 사람들의 의뢰도 있지만, 그건 다른 게시판에 중요한 듯이 붙어있다. 교수의 의뢰를 달성하는 편이 학원에 은혜를 입힐 수 있는 건 확실하다.

그러나 내용이 다들 심각하다고 들었다.

흥미 본위로 바라본 나는 뺨을 실룩거렸다.

"와이번의 전신 골격? 게다가 드래곤…… 화룡의 신선한 위장? 이쪽은…… 안 되나."

가장 달성 가능해 보이는 의뢰가 아람사스 지하 미궁— 그 지하 40층에 존재하는 보스의 마석이었다.

그러나 애초에 미궁에 들어가지 못하므로 받을 수 없다.

3대도 놀랐다.

『학원 교수라는 녀석들은 정신이 나갔네. 드래곤의 신선한 위장이라는 것도 이해할 수 없어. 즉 생포하라는 건가?』

7대가 복잡한 목소리를 꺼냈다.

『……나는 드래곤과 싸운 적이 없습니다. 옛날에는 우리 영지에 있었다고 들었습니다만?』

2대가 가볍게 대답했다.

『그래, 있었지. 근데 뭐, 아버지가 쓰러뜨렸고…… 그 녀석이 그 주변의 왕 같은 녀석이라서 이후에는 나오지 않았어. …… 나도 싸워보고 싶었는데.』

조금 아쉬워하는 2대의 심경을 잘 모르겠다.

드래곤은 만나면 목숨을 건질 수 없다고 하는 마물이다. 비교적 쓰러뜨리기 쉽다는, 날지 못하는 드래곤인 랜드 드래곤을 초대— 버질 월트가 쓰러뜨린 이후로는 역대 당주들도 드래곤과 싸운 적이 없다고 한다.

6대도 아쉽다는 듯이 말했다.

『드래곤입니까. 한 번이라도 좋으니 싸워보고 싶었죠. 왜 가문 영지 안에 출현하지 않은 건지. 아니, 출현하면 영지가 황폐해지는 건 알고 있지만…… 그래도…….』

허세인지, 아니면 진심인지는 넘어가자.

애초에 드래곤 퇴치를 받아들일 생각은 없기에 나는 이동해서 학원 학생들이 낸 의뢰를 확인했다.

그러나 어느 것도 신용으로 이어지는 의뢰는 없다.

"방 청소? 과제를 대신 해달라? ……뭐야 이건."

개중에는 신경 쓰이는 여자의 정보를 조사해달라는 것도 있었다.

어느 것도 잡일이고, 주는 금액도 대단치 않다. 게다가 의뢰주가 귀족인지 아닌지도 알 수 없었다.

내가 의뢰서를 보며 고민에 빠져있을 때, 3대가 내게 들러붙었다

『애초에 아람사스에 오기 전에는 귀족들과 얽히지 말자고 하지 않았어? 왜 여기에 와서 오히려 얽히려고 하는 거야. 스스로 귀찮은 일에 머리를 들이미는 건 탐탁지 않은데.』

……딱히 좋아서 귀찮은 일에 머리를 들이미는 건 아니다.

이러는 편이 효율이 좋기 때문이다.

손끝으로 보옥을 굴렸지만 3대는 입을 닫지 않고 계속 들러붙었다. 평소에는 가만히 있으라거나, 부정을 의미하는 신호를 보내는데도 오늘은 왠지 계속 들러붙는다.

『그냥 밖에서 고생하는 게 낫지 않아? 젊을 때는 고생하는 편이 좋아. 그리고 미궁에 집착할 필요도 없잖아?』

나는 입을 다물지 않는 3대에게 짜증이 났지만, 3대는 그걸 재미있어하는 모양이다.

4대가 그런 3대에게 어이없어했다.

『악취미군요. 하지만 효율이 다른 건 사실입니다. 버는 돈이 격이 다르니까요. 역시 여기서는 좀 더—.』

4대가 이야기하는 도중에 나는 길드에 들어오는 인물에게 시선을 돌렸다.

그 인물은 길드 입구를 난폭하게 열고 들어왔다. 하얀 셔츠에 검고 얇은 팬츠. 가죽 가방이 조금 꾀죄죄해서 그걸 신경 쓰는 모양이다.

하얀 손수건으로 입가를 누르며 미간에 주름을 잡고 있다.

난폭하게 입실해서 길드 안에 있는 직원이나 모험가의 시선을 모으게 된 인물은 아무래도 학원 학생인 모양이었다.

그의 첫마디는 심각했다.

"……냄새나."

그러자 길드 직원이 손을 비비적대며 남자— 학원 학생에게 다가왔다.

"오늘은 무슨 용건으로 오셨습니까?"

남자는 손끝으로 긴 앞머리를 만지며 귀찮은 듯이 전했다.

"당연한 소리를. 의뢰를 하러 왔다. 빨리 모험가를 데려와라."

난폭한 태도에 길드 직원도 곤혹스러워했다. 아무래도 상대는 틀림없는 귀족인 것 같다.

입고 있는 비싼 장식품에는 가문 문장 같은 것이 보인다.

"의, 의뢰라면 필요한 서류를 준비해주신다면, 나중에라도 조건에 맞는 모험가를 파견하겠으니—."

직원의 설명이 마음에 들지 않았는지, 남자는 더욱 기분이 나빠졌다.

"너, 나의 의뢰를 바로 받지 않겠다는 거냐! 나는 백작가의—."

거기서 가문 자랑을 시작한 남자에게 길드 직원은 손을 비비적대며 몇 번이고 고개를 숙였다.

그걸 들은 역대 당주들이 말했다.

『이 녀석이 귀족 자제라니, 요즘 젊은 것들은 어떻게 된 거야?』

『그야~ 옛날이건 지금이건 이런 바보는 있지. 그래도 보고 있기만 하면 재밌네.』

『어이없음을 넘어서 희극이군요.』

『적자 말고도 제대로 키웠으면 좋겠어.』

『……5대는 우리에게 아무것도 하지 않았잖습니까. 그나저나 이거 심하군!』

『그런데 이 녀석은 대체 길드에 뭘 하러 온 걸까요?』

그렇다. 신경 쓰이는 건, 이런 높으신 귀족 집 아들이 길드에 뭘 의뢰하러 왔느냐다.

혹시 내가 달성 가능한 의뢰라면…… 의뢰를 받고 싶다.

그런 생각을 하고 있는데 남자가 터무니없는 말을 꺼냈다. 길드 직원도 너무나 어이없는 내용에 되물을 정도였다.

"……예? 다, 다시 말해서, 좋아하는 여성에게 집적대는 악한을 연기할 사람이 필요하시다고요?"

남자는 앞머리를 손끝으로 튕기며 긍정했다. 조금도 부끄러워하는 모습이 없다.

"그래. 꾀죄죄한 모험가에게는 어울리는 일이겠지? 어디 보자. 한심한 차림을 하고, 목표 여성에게 헌팅이라도 하라고 할까. 상대는 헌팅하는 남자에게는 차갑지. 그걸 끈질기게 쫓아다닐 때 내가 등장해서 구하는 거다! 어떠냐?"

어떠냐고 들은 직원이 곤란해했다.

"괘, 괜찮을 것 같습니다. 그, 그럼 바로 서류 작성을—"

"그래서는 늦는다고 하지 않나! 오늘 중에 하는 거다!"

무척 태도가 나빠서, 주변 모험가 가운데서 혀를 차는 목소리까지 들렸다.

하지만……

내가 남자에게 다가가려 하자 보옥 안에서 막아섰다.

『이, 이봐. 라이엘! 설마, 너…… 저 녀석의 의뢰를 받을 거냐!? 그만둬라, 그건 곤란해. 내 감이 안 된다고 말하고 있다고!』

『라이엘. 저런 인간은 한 발짝 물러나서 주변에서 바라보며 웃는 거지, 접근해서는 안 되는 인종이야. 웃을 수 없게 된다고.』

『뭐가 그리 초조한 겁니까? 됐으니까 바로 돌아오세요.』

『라이엘. 저거에 얽히지 마. 변변치 못한 일이 벌어진다고.』

『그래. 라이엘. 착한 아이니까 말을 들어라.』

평소였다면 역대 당주들의 의견에 따라서 물러났겠지. 하지만 지금의 나는 그게 무척 싫었다.

성공한다면, 아무 문제도 없으니까.

2대가 큰소리로 외쳤지만 무시했다.

『라이엘, 됐으니까 말 좀 들어라! 뭐야, 요즘 말귀를 못 알아먹는데.』

『……그러고 보니, 그런 시기네.』

5대가 중얼거리자 3대가 의미심장한 말투를 꺼냈다.

『―뭐, 그런 시기는 누구에게나 있으니까. 가끔은 괜찮지 않을까? 그 대신, 책임은 지는 거야.』

뭘 걱정하는 거지? 이야기를 들어보면 아무 문제도 없는 의뢰인데.

즉, 헌팅을 해서 실패하면 된다. 악역이 되면 될 뿐이다.

누구나 할 수 있는 간단한 의뢰잖아? 어쨌든 실패하기만 하면 되니까.

"저기, 그 의뢰…… 제가 받을까요?"

그리고 이야기는, 내가 헌팅한 상대― 미란다 사크라이의 집으로 치료를 받는 장면으로 돌아온다.

구급상자를 가져온 미란다 씨는 내 뺨과 입 안을 보고 크게 다치지는 않았다고 하더니 치료마법을 걸고 나중에 조금 피부에 스며드는 약을 바른 것을 붙여줬다.

얻어맞은 순간 몸을 틀었기에 그리 크게 다치지 않은 건 당연하다.

애초에 내게는 이런 정중한 치료를 받을 자격이 없다.

"가, 감사합니다."

"천만에. 그래도 미안하네. 다친 사람에게 짐을 들게 해서."

갈색 종이로 된 장바구니에 들어간 식재료는 꽤 무거웠다. 그래서 최소한의 속죄를 하기 위해 내가 들기로 했다.

느끼한 귀족 남자— 그 녀석의 의뢰로 나는 미란다 씨를 헌팅했다.

그런데 어째서 이렇게 됐지…… 어째서.

3대가 웃었다.

『왜 실패해야만 하는데 성공하는 걸까.』

……어째서 성공해버린 거냐고!

"왜 그래? 아파?"

나를 보는 미란다 씨는 정말로 걱정되는 모습이었다.

평소에는 식사를 한다는 테이블에서 나를 치료해주고 차까지 타줬다.

"아뇨. 아무것도 아니에요."

"그래. 다행이네."

다정하게 웃으며 양손으로 김이 오르는 컵을 들어서 입가로 가져갔다. 그 모습은 정말로 안심한 모습이었다.

그런 표정을 보니 내 마음이 더욱 조여들었다. 이렇게나 다정한 사람을 속이다니, 가슴이 아파졌다.

"저기. 오늘은 무리지만, 다른 날에 차라도 마시지 않을래?"

"차, 차 말인가요?!"

내가 놀라자 미란다 씨가 나를 보며 조금 어이없어했다.

"왜 놀라는 거야? 애초에 네 목적이었을 텐데."

그렇긴 하지만, 진짜 목적은 미란다 씨의 미움을 받고, 느끼한 남자에게 얻어맞을 예정이었다고는 말할 수 없다.

실패할 목적으로 헌팅했다니……

그러자 방 입구, 문 근처에서 소리가 났다.

"언니? 손님인가요?"

시선을 문으로 돌리자 그곳에는 휠체어에 앉은 소녀가 있었다. 문고리에 기댄 자세로 이쪽을 바라보는데—

그 순간, 5대와 6대— 그리고 7대가 반응을 보였다.

미란다 씨가 의자에서 일어나 소녀에게 향했다.

"미안해. 샤논. 손님— 어어, 이름이 뭐였더라?"

그러고 보니 아직 이름을 대지 않았다.

"라이엘이에요. 라이엘 월트—"

그러자 미란다 씨는 샤논이라는 소녀의 휠체어 뒤로 돌아가면서 약간 놀란 표정을 지었다.

하지만 가장 큰 놀라움은—

"라이엘 씨시군요. 처음 뵙겠습니다. 샤논이라고 합니다. 저기…… 보시는 대로 눈이 안 보여서요."

미란다 씨는 샤논을 내려다보며 조금 슬픈 표정을 지었다.

"사고를 당해서. 이렇게 됐어. 미안해. 샤논을 돌봐줘야 하니까 기다려줘."

미란다 씨가 샤논을 데리고 방에서 나갔다.

그 등을 배웅한 나는 조금 전 광경을 떠올렸다.

"노란색 눈동자가 빛났는데? 보셨나요?"

내가 성을 말했을 때, 한순간 샤논의 눈동자가 노란색에서 황금색으로 변해 반짝이더니 시선을 움직여 내 얼굴을 바라 봤다.

잘못 봤나 싶어서 역대 당주들에게 묻자, 2대부터 4대가 긍 정했다.

『그래. 한순간이었지만.』

『저 아이, 눈이 보이지 않는다는 게 사실일까? 빛난 한순 간…… 라이엘의 얼굴을 보고 있었어.』

『월트 성에 반응했었죠. 먼 친척일까요?』

4대가 그렇게 말하자 5대가 인정했다.

『……내 딸이 시집을 갔어. 성을 듣고 납득했고. 게다가 두 사람 다 닮았어.』

『사크라이 가. 지금도 그렇다면, 궁정 귀족 자작가입니다. 꽤 중요한 관직을 맡고 있었죠.』

『내 시대에도 마찬가집니다. 고모님이 시집을 간 가문이니 나름대로 관계가 있었죠. 그렇다면…… 라이엘, 어쩌면 저 미 란다라는 아이는 네 아내가 되었을지도 모르는 아이다.』

갑자기 그런 소리를 들으면 곤란한데, 왜 그렇게 되지?

5대의 딸. 6대의 여동생. 7대의 고모. 사크라이 가에 월트 가의 여성이 시집을 갔다는 걸 알게 되었다.

그러나 5대는 그것보다 중요한 게 있다며 무거운 느낌으로 입을 열었다.

『저 눈동자를 우리는 「마안」이라고 불렀어. 마력을 볼 수 있

제45화 월트 가의 마안(魔眼) 71

는 눈동자니까.』

3대가 감탄했다.

『헤에. 훌륭한 이름이네. 그래서, 저 눈의 광채가 그렇다고?』

6대의 목소리에서 평소와 다르게 무척 꺼림칙한…… 말하고 싶지 않지만 말하지 않을 수 없으니 어쩔 수 없다는 느낌이 배어 나왔다.

『라이엘. 너는 어쩌면, 저 샤논이라는 아이의 눈을— 뭉개버리게 될지도 모르겠구나.』

그건 소녀에게 말하기에는 너무나 잔혹하고, 그리고 6대가 입에 담으리라고는 생각지도 못한 말이었다.

평소에 아무리 불성실한 부분이 많더라도 어딘가 다정했던 6대가 이런 말을 하다니 믿기지 않았다.

그 후 6대의 말이 신경 쓰였던 나는 미란다 씨와 내일 만나기로 약속을 하고 바로 헤어졌다.

서둘러 돌아가서 사정을 들을 필요가 있다고 생각했으니까.

—샤논은 부엌에서 미란다를 바라봤다.

라이엘이 돌아갔기 때문에 미란다는 저녁 준비를 시작했지만, 샤논은 별로 재미가 없었다.

"기뻐 보이네요. 언니."

미란다가 샤논을 돌아봤다.

"그, 그런가? 그래도, 설마 월트라니…… 샤논은 역시 싫어?"

미란다가 쑥스러워하면서도 평소보다 즐거워하고 있다는

건 샤논이 눈동자의 힘을 쓰지 않더라도 알 수 있었다.

음색, 그리고 발소리. 갖가지 것들이 미란다가 기뻐하고 있다는 걸 알려주니까.

"그 사람한테는 별생각 없어요. 그래도, 인연이 있네요."

조금 어이없어하는 샤논을 깨닫지 못한 미란다는 「그래, 그렇다니까!」라며 기쁜 모양이었다.

'좋아하게 됐구나. 뭐, 언니한테는 어울리지 않으니까 바로 없애버릴 거지만. 언니는 무슨 표정을 지으며 슬퍼할까.'

미란다가 냄비를 바라보던 중, 그 뒷모습을 바라보면서 샤논은 눈을 빛내며 의미심장하게 웃었다―.

밤.

보옥 안으로 의식을 날린 나는 원탁의 방에 도착했다.

원형 방 중앙. 그곳에 놓인 원탁에는 역대 당주와 내 의자가 마련되어 있다.

정면에 위치하는 곳에는 초대의 의자 대신 은색의 대검이 떠 있었다. 일찍이 저곳에 초대가 있었다는 게 떠올랐다.

그런 방에서, 역대 당주들은 어두운 분위기를 드러내고 있었다.

2대가 내 도착을 계기로 입을 열었다.

『설명해주겠지? 저런 여자아이의 눈을 뭉개라고 말했다면, 그에 걸맞은 이유가 있을 것 같다만?』

6대도 딱히 좋아서 그런 말을 한 건 아닌 모양이라 불만스러워 보였다.

『어쩌면, 이라는 이야깁니다. 나도 권하는 건 아니에요. 단지, 저건 위험한 눈입니다.』

7대도 팔짱을 끼고 6대의 의견에 수긍했다.

『마안이라니 거창한 이름이라고 생각하겠지만, 그에 걸맞은 힘이 있다고 생각하셔도 문제는 없습니다. 뭐, 고모님— 미레이아 월트 수준으로 쓸 수 있을지는 모르겠습니다만.』

사크라이 가에 시집간 여성의 이름은 【미레이아 월트】. 아니, 【미레이아 사크라이】라고 불러야 할까?

4대가 시선을 돌린 곳은 5대였다.

『제대로 설명해주시죠.』

5대가 끄덕이고는 팔짱을 끼며 말했다.

『미레이아는 내 딸 중 하나였어. 태어나면서부터 눈이 보이지 않고, 노란 눈동자를 갖고 있었지. 외모는 미란다와 닮았지만, 머리색은 샤논과 닮았어. 아니, 이 경우에는 두 사람 쪽이 닮았다고 해야 하나…… 뭐, 눈이 보이지 않았던 거야.』

3대가 눈을 가늘게 떴다.

『흠. 5대가 어떤 반응을 보였는지 신경 쓰이네. 우리 시대에는 그런 아이를 가둬두는 것도 드물지 않았어. 갑작스럽게 병사했다는 이야기도 자주 들었고.』

5대가 살짝 웃었다.

『시집을 보냈잖아. 짐작하라고. 저택에서 소중히 길렀어. 사정을 아는 가신의 신부로 보낼까 생각했었지. 하지만, 이야기가 어긋난 건 미레이아의 눈이 마안이 되고 나서야.』

월트 가에서는 미레이아 씨를 가둬두지 않았던 모양이다.

······조금, 안심했다. 내가 연금됐던 탓인지 내 일하고 겹쳐서 생각하고 말았다.

『미레이아의 말로는, 마력이란 무척 조그만 붉은 빛의 알갱이라고 해. 뭐랬더라, 생물은 그 마력을 순환시키고, 또한 주변에 띄운다고 했던가.』

5대는 『문제인 건』 하고 목소리를 굳혔다.

『사람이 마음을 움직이면 떠다니는 마력도 움직이는 모양이야. 그걸 볼 수 있는 눈동자를 가진 미레이아는 사람의 감정을 읽어냈어. 여기까지라면 굉장하다고 하면 끝나는 이야기였겠지. 하지만 다음이 있어. 미레이아는 눈을 써서 실험을 반복했어. 그리고 내게 보고했지. 억지로 사람의 마력을 조작하면, 희로애락조차 조작할 수 있다고.』

그건······ 확실히, 굉장하다기보다는 무섭다.

즉, 상대의 감정을 조작할 수 있는 거니까.

4대도 그걸 듣고 복잡한 표정을 지었다.

『확실히 굉장하다기보다는 무섭군요. 사용법에 따라서는 성가신―.』

『그렇게 생각하지? 하지만 문제는 그게 아니야. 미레이아는 보이는 마력을 조작할 수 있어. 감정 조작 같은 건 전체의 일부분이야. 그럴 마음만 들면, 사람을 뜻대로 조종할 수 있었어. 아주 약간 마력을 조작하기만 해도 난이도가 높은 마법을 사용했지. 아츠를 사용해서 능숙하게 숨는 녀석이 있었는데…… 그 녀석을 한눈에 간파하더라고.』

2대가 진지한 표정을 지었다.

『일부러 실험한 거냐? 지금부터 숨어있는 녀석을 찾으라고 하면 찾기 쉽잖아.』

6대가 씨익 웃었다.

『미레이아가 찾아낸 건 당시 이름 높은 암살자였거든요. 찾는 건 불가능하다고 일컬어졌었죠. 그밖에도 독을 간파하거나, 그걸 넣은 시녀조차 간파하더군요.』

3대가 휘파람을 불었다.

『그것 참 만능이네. 내 아츠가 흐릿해지겠어.』

6대는 팔짱을 끼며 크게 한숨을 내쉬었다. 그리고 미레이아 씨의 인품에 대해 이야기했다.

『다행히 나나 아버지— 5대도 미레이아를 소중히 여겼습니다. 눈이 보이지 않는다고 해서 냉대한 적이 없지요. 게다가 다정한 아이였으니까요. 가능하면 가까이 있어주는 게 안심할 수 있었습니다만.』

5대가 놀렸다.

『너는 미레이아가 다른 여동생과 달리 순순했으니 귀여워했었지. 보고 있으면 기분이 나빴어. 시집보낼 때 부모 이상으로 울어서 이쪽이 냉정해질 지경이었지. 그건 보기 흉했다고.』

6대가 5대를 조용히 노려보는 가운데, 7대가 헛기침을 했다.

『뭐, 고모님이 냉대를 받아서 월트 가에 원한이라도 가졌다면 우리는 여기에 없었다는 겁니다. 그 정도로 고모님은 대단하셨죠.』

그 정도의 위험인물이 어째서 다른 가문에 시집을 간 걸까?

신경이 쓰여서 고민하자 5대가 그 사정에 관해 이야기해줬다.

『그 아이는 다정했어. 당시에는 어디든 격하게 전쟁을 벌였으니까. 전장에서 정신이 나가버린 녀석도 많았지. 미레이아는 그런 녀석들의 치료를 시작했어. 처음에는 친족. 다음에는 영지 내…… 소문이 퍼졌고, 전장에 나갔다가 트라우마를 입은 사크라이 가의 차기 당주가 연줄에 의지해서 찾아왔지.』

사크라이 가 차기 당주는 저택에 머물면서 미레이아 씨의 치료를 받으며 대화를 나누게 되었다고 한다.

6대가 짜증을 내며 이야기를 이어받았다.

『그 애송이. 치료가 끝나더니 내게 찾아와서 미레이아를 달라고 하더군. 두들겨 패니까 미레이아가 감싸고…… 어머니까지 내 적으로 돌아서서…… 젠장!』

아무래도 어느새 미레이아 씨와 좋은 사이가 되었던 모양이다.

주변이 응원해주기도 해서, 미레이아 씨는 사크라이 가에 시집갔다고 한다.

2대가 손으로 눈을 가리며 지금까지의 이야기를 정리했다.

『즉, 그 마안을 이어받은 게 샤논이라는 아이라고?』

5대가 끄덕였다.

『어디까지 똑같은 게 가능할지는 모르지만, 저 광채는 미레이아와 똑같은 거였어. 외모만큼은 미란다 쪽이 닮았지만.』

나는 미란다 씨의 이름을 듣고 7대를 봤다.

"그러고 보니, 미란다 씨의 가문에서 7대가 저와 미란다 씨를, 그게—."

7대는 조금 전 이야기— 미란다 씨가 내 아내가 될 가능성이 있었다는 이야기를 가르쳐주었다.

『그래, 맞다. 예전에 말했었지? 네가 다음 세대에 월트 가를 공작가로 만들 예정이었다고. 왕가에 라이엘과 어울리는 나이의 여자가 없을 경우, 사크라이 가에서 태어난 아이와 혼인을 진행할 예정이었다. 공작으로 승작을 노린다면, 왕도에 있는 궁정 귀족의 협력이 불가결했으니까. 나는 어느 쪽이라도 상관없었지만…… 고모님도 돌아가셨으니 인연을 다시 맺는다는 의미도 있었다.』

상당한 인연이 있었던 모양이다. 그 인연도 나 때문에 엉망이 되었지만.

3대가 곤혹스러워하는 나를 보며 웃었다.

『그런 운명적인 상대한테 라이엘은 거짓 헌팅으로 말을 건 거네. 게다가 자기는 연인이 세 명이나 되는데. 아~아, 미란다가 불쌍해라~.』

4대의 안경 렌즈가 불길하게 빛났다.

『정말 그렇군요. 그래서 막은 거지만…… 애초에 상대에게 실례라고 생각하지 않았습니까?』

주변의 시선이 나를 책망했다.

나는 어깨가 좁아지는 심경이었지만 견딜 수밖에 없었다. 역대 당주들에게 거스른 결과가 이거다. 전혀 웃을 수 없다.

곤란한 나를 도와준 것은 의외로 5대였다.

『그쯤 해둬. 뭐, 만남은 최악이었지만 여기서 미레이아의 손녀인지 증손녀인지와 만나게 된 건 잘 됐어. 마안도 발견했으니까. 문제는…… 샤논이라는 아이를 살펴볼 필요가 생겼다는 거야.』

전원이 진지한 표정을 지었다. 누구도 이런 생각을 좋아서 하고 싶지는 않은 거겠지.

7대가 5대에게 물었다.

『이어받았다고 해도, 모든 능력을 이어받았는지는 미묘합니다. 그래도 배제해야만 하는 겁니까?』

5대는 차가운 목소리로 단언했다.

『해야 해. 샤논의 성격이 어떤지에 따라, 아무리 현재 약한 힘밖에 없다고 해도 해야 해. 방치하면 정말로 위험해져. 그야말로 초대가 말했던…… 사신에게 홀린 존재처럼. 세레스는 잘 모르지만, 나는 샤논이 홀렸다고 말한다면 믿겠어. 여기서 방치할 수 있겠냐고. ……그 아이의 눈동자로, 악한 일을 하게 둘 수는 없잖아.』

5대의 말에는, 미레이아 씨에게 이어받은 눈동자로 악한 일을 하지 말았으면 좋겠다는 심경이 배어 나왔다.

6대는 팔짱을 끼며 아무 말도 하지 않았다. 같은 마음이리라.

그나저나 사신에게 홀린 존재…… 이렇게 또 들을 줄은 몰랐다.

　일찍이 초대는 내 이야기를 듣고 세레스를 사신에게 홀린 존재라고 말했다. 다른 역대 당주들은 믿지 않았던 걸 기억한다.

　하지만 5대는 샤논의 경우라면 믿을 수 있다고 말했다.

　……나는, 샤논이 세레스보다 사악한 존재로 보이지는 않았는데.

제46화 데미언 발레의 의뢰

『뭐야 이거? 혹시 최악의 상황 아니야?』

3대의 목소리가 들린다.

장소는 찻집. 시간적으로는 열 시 정도. 여관에서 아침을 먹은 뒤 나는 별것 아니라는 듯이 가장해서 혼자 밖으로 나왔다. 한동안 거리를 어슬렁거리고 나서 미란다 씨와 만나기로 한 곳에서 합류. 그리고 둘이서 찻집으로 들어갔다.

그렇다. 들어간 것까지는 좋았다. 어제 일을 성심성의껏 사과할 생각이었다. 따귀를 맞든, 얻어맞든, 전부 순순히 받아들일 생각이었다.

나는 그 정도는 당하더라도 어쩔 수 없다고 생각했으니까. 그런데……

"라이엘. 우리의 권유는 거절해놓고서, 대체 뭘 하고 있는 거야?"

……눈썹을 움찔움찔 떨면서, 입가는 웃고 있는데 눈은 웃고 있지 않은 아리아 씨가 내게 설명을 요구했다.

"라이엘 공. 이분과는 대체 어떤 관계시죠?"

조용히. 그리고 덤덤히 질문하는 소피아 씨 역시 평소와 달리 왠지 태도가 가시 돋쳤다.

"라이엘 님. 여성에게 말을 거실 때는 제게도 사전에 한 마디 해주셨으면 좋겠는데요."

노웸에 이르러서는 내가 또 여성에게 말을 걸었다는 발언을 한다. 나는 아니라고, 그게 아니라고 외치고 싶었다.

주변에서는 우리 테이블의 분위기가 이상하다고 느꼈는지 점원이나 손님들이 이쪽을 보며 소곤소곤 이야기하고 있었다. 큰일이다. 미란다 씨도 분명 화를—.

"너, 혹시 아리아? 아리아 록워드?!"

"어?! 미란다? 사크라이의 미란다?"

"그래! 맞아! 아리아, 잘 지냈어?"

—아무래도 두 사람은 면식이 있는 모양이다. 화내기 전에 실은 아는 사이였던 아리아 씨와 재회하며 기뻐하고 있었다.

"자, 잘 지냈지만. 왜 미란다가 라이엘하고 같이 있어?"

아리아 씨의 모습을 보니 미란다 씨와는 사이가 나쁘지 않은 것 같다. 아리아 씨도 재회를 기뻐하고 있지만, 나와의 관계가 신경이 쓰였기에 나와 미란다 씨를 교대로 보고 있다.

"아, 실은—."

미란다 씨가 입을 열었지만, 나는 일어나서 그 자리에서 깊이 고개를 숙였다. 테이블에 양손을 짚고, 머리를 테이블에 박았다.

쿵, 하는 소리나 컵이 흔들리는 소리가 찻집 안에 울렸다.

"정말로…… 죄송합니다!"

내 옆에 있던 노웸이 내 모습을 보고 당황하며 물었다.

"라이엘 님? 라이엘 님. 대체 뭘 사과하시는 건가요?"

4대가 지금 상황을 설명했다.

『헌팅한 상대에게, 연인들과 같이 사죄하러 온 걸로밖에 보이지 않는군요. 어쩜 이리도 한심한 일인지…….』

주변에서는 점원이나 손님들이 4대가 말한 그 화제로 끓어오르고 있었다.

나는 지금…… 연인 동반으로 여성에게 사죄하러 온 한심한 남자가 되었다.

설마 여성진이 같은 찻집을 이용할 줄은 생각도 하지 못했다. 가게에 들어가서 자리에 앉자 옆에 여성진 세 사람이 앉아있었던 거다.

도망칠 곳도 없거니와, 뭐라 변명해야 좋을지도 모르겠다. 게다가 운도 나쁘게도, 아침에 여성진의 권유를 거절했었다.

타이밍이 완전 최악이다. 6대가 작은 목소리로 말했다.

『이제는 도와줄 방도가 없구나.』

7대도 마찬가지로 중얼거렸다.

『라이엘. 성의를 보이며 사죄하거라. 이건 네 책임이다.』

내 경솔한 행동이 초래한 결과에 대한 책임. 무겁다. 책임이란 어쩜 이리도 무거운 걸까.

나는 일단 고개를 들라는 말을 들었기에 그대로 네 명에게 둘러싸여 처음부터 설명하기로 했다. 거짓 헌팅 이야기가 나오자 여성진의 시선이 매우 차가워진 건 말할 것도 없다.

"뭐야, 그랬구나."

전부 설명하고, 얻어맞는 걸 기다리던 내게 미란다 씨가 웃음을 보였다.

"미, 미란다 씨? 제가 말하는 것도 그렇지만, 얻어맞더라도 이상하지 않은데요."

3대가 나를 놀렸다.

『나는 물이라도 끼얹을 줄 알았는데. 어라? 미란다는 다정하구나. 그보다 너무 다정하지 않아?』

6대는 뭔가 기뻐 보인다.

『외모만이 아니라 미레이아의 마음도 이어받았나. 그런데 이런 착한 아이를 상처입힌 게 내 직계 자손일 줄이야…… 울고 싶군.』

7대는 뭔가 말하려고 했지만, 결국 입을 열지 않았다.

아리아 씨가 자리에서 일어났다.

"미란다는 그렇게 언제나 용서하기만 하니까 손해 보는 거야. 여기서는 화내도 괜찮아. 자, 두들겨 패거나."

아리아 씨가 진지하게 미란다 씨를 걱정했지만, 미란다 씨는 주문한 홍차 컵을 들고 곤란한 듯이 웃었다.

"음~ 그래도 라이엘에게도 사정이 있었잖아? 그리고 아리아네한테는 생활이 걸린 문제 아니야?"

이번에는 아리아 씨가 곤란해했다. 그대로 앉아서 목소리를 줄였다.

"그렇긴 하지만, 너는 다정하니까 그렇게……."

미란다 씨는 「고마워」라고 말하면서 내 쪽을 봤다.

"있지. 그 미궁에 들어갈 권리라면, 어떻게 될지도 몰라."

이번에는 소피아 씨가 끼어들어서 미란다 씨에게 물었다.

"정말입니까?!"

미란다 씨는 고개를 끄덕이더니 홍차를 한 모금 마셔서 입을 축이고는 학원에 대해 이야기하기 시작했다.

"학원 학생은 미궁에 들어갈 권리가 있으니까. 나, 이래 봬도 일단은 모험가 등록도 했어. 단지, 미궁에 들어갈 때는 신청도 해야 하고, 들어가더라도 과제가 나왔을 때 정도지만. 남자들이야 실력을 자랑하러 들어가긴 해도."

아람사스 지하 미궁. 그곳을 깊숙한 곳까지 공략한다면, 당연하지만 실력이 있다고 인정받는다.

단지, 최근에는 모험가를 고용하기만 하고 스스로는 아무것도 하지 않는 귀족 남자도 많다고 한다.

4대가 납득했다.

『과연, 아람사스에 막 왔을 때 길드에서 소란을 부리던 학원 학생들은 그렇게 미궁에 들어갔다는 거군요. 그러고 보니 주변에 있던 모험가들은 그런대로 실력이 있어 보였죠.』

2대가 어이없어했다.

『그런 짓을 하다가는 지하 몇 층까지 공략했다는 이야기를 아무도 믿지 않게 된다고. 자기들이 신용을 떨어뜨려서 어쩔 거야.』

분명 자기들만 벼슬길에 오르면 되니까 후배들에 대해서는 아무 생각도 없는 거겠지.

그건 그렇고, 미란다 씨에게 고용되면 우리도 미궁에 들어갈 수 있는 건 고맙다.

하지만 미란다 씨는 곤란한 표정으로 말을 이었다.

"하지만 일시적인 해결은 되더라도, 내가 매번 동행해야 하니까 귀찮아져. 내게도 생활이 있고, 미궁에 들어가고 싶다고 해도 응하지 못할 때가 있으니까."

노웰이 미란다 씨에게 제안했다.

"그럼 학우를 소개해주실 수 있을까요? 저희의 실력이라면 그쪽으로서도 괜찮을 텐데요."

미란다 씨는 고개를 가로저었다.

"자신은 있는 모양이지만, 시기적으로 학원 학생들은 일제히 미궁에 들어가지 못할 경우도 있으니까. 그리고 아는 사이라면 나와 예정이 같은 아이가 많아서."

곤란한데. 들어갈 수는 있지만 아무래도 조건이 생각보다 엄격한 모양이다.

소피아 씨도 곤란해졌는지 클라라 씨의 이름을 꺼내고 말았다.

"클라라 씨가 하셨던 말과는 꽤 다르네요. 확실히 들어갈 수는 있지만, 이래서는 불편하다고나 할까……."

그러자 미란다 씨가 조금 놀랐다.

"클라라? 혹시, 서포트인 클라라 블루머?"

아리아 씨가 끄덕였다.

"맞아. 미란다도 알고 있다면 유명인? 그렇게 보이지는 않았는데."

"아~ 뭐랄까……. 여러 의미에서 유명인이야. 도서관의 주인이라거나 요정이라고 불리고 있어. 그리고, 그 아이는 우수한 서포트야. 우수하니까 길드가 미궁에 들어가는 학생들에게 자주 소개한다고 들었어. 그래서 착각했을지도 모르겠네."

노웸이 고개를 갸웃했다.

"착각, 인가요?"

"응. 매번 소개를 받아서 미궁에 들어가니까, 학생들이 모두 여유가 있어서 미궁에 들어간다고 생각했겠지. 그런 녀석들도 있어. 학원에 입학했는데 수업을 받는 것보다도 미궁에 도전하기만 하는 녀석들이. 그런 학생은 아는 사람이 없어. 없다기보다는…… 가까이 가고 싶지 않은 녀석들이라서."

아무래도 클라라 씨가 봐온 것은 문제 있는 녀석들뿐이었던 모양이다. 멀쩡한 학생들은 학원에서 배우기 바빠서 빈번하게 미궁에 도전하지 못하는 거다.

미란다 씨가 자세히 설명해주었다.

"개중에는 학비나 생활비를 위해 부업이나 아르바이트 같은 걸 하는 아이도 있지만. 그래도 가장 많이 벌 수 있는 건 역시 미궁이야. 학비, 유흥비…… 가장 많은 건 유흥비네. 유흥비를 구하러 미궁에 들어가는 녀석들하고 같이 애써볼래?"

우리는 전원이 고개를 가로저었다.

"가끔 친가 상황이 악화돼서 학비를 벌기 위해 애쓰는 아이도 있긴 하지만. 그런 아이는 학원에서 지원해줘서 우수한 모험가들을 소개하니까."

이야기를 들어보니, 아무래도 우리가 미궁에 들어가기는 어려워 보인다.

4대가 한숨을 내쉬었다.

『아람사스의 사정은 복잡하군요. 다른 곳에 이야기가 전해지지 않을 만합니다. 이런 이야기를 다른 곳에 해봤자 이해하지 못하는 사람이 많겠죠.』

아람사스 특유의 사정이 있어서 소문이나 내부 사정이 알려지더라도 이해하지 못한다. 이건 아람사스에 오기 전에 내부 사정을 조사하지 못한 것도 어쩔 수 없다. 아무래도 신기하거나 별난 곳이라고 불리기 때문이다.

그런 감상을 품고 있는데, 미란다 씨가 우리에게 제안했다.

"그래서, 하나 제안이 있는데…… 너희들, 실력에는 자신이 있지?"

미란다 씨는 마치 장난을 떠올린 아이처럼 미소를 지었다. 우리는 끄덕였다. 사실 그녀가 원하는 실력이 어떤지는 모르지만, 우리 네 명이 약하지는 않기 때문이다.

"너희들…… 교수의 의뢰를 받아보지 않겠어?"

그녀가 제안한 것은 학원에서 권력을 가졌다는 교수의 의뢰를 달성하라는 이야기였다.

─사크라이 자매의 집.

돌아온 미란다는 매우 밝았다.

샤논을 앞에 두고 오늘은 무슨 일이 있었는지 이야기했다.

"샤논은 기억하니? 그 있잖아, 저택 뜰에서 같이 논 적이 있던 아리아. 아리아 록워드가, 실은 아람사스에 와 있었어."

아리아의 이름을 들은 샤논은 멍하니 떠올렸다.

저택에 놀러 온 귀족 집 딸은 많지만, 샤논과 같이 놀아준 적이 있는 사람은 손꼽을 정도밖에 없다.

'아~ 그러고 보니 그런 사람이 있었던가.'

"네. 조금 기억나요. 붉은 머리였던 여성이죠?"

"맞아! 센트럴에서 쫓겨났다고 들었는데 건강해 보여서 안심했어."

기운차게 행동하는 미란다.

"그래서, 이번에 같이 교수님의 의뢰를—."

그러나 아침에는 라이엘을 만난다고 하고 나갔는데, 돌아와 보니 아리아나 다른 화제뿐. 샤논은 알아챘다.

'뭔가 있었구나. 그럼, 볼까?'

미란다가 등을 보이며 요리 준비를 할 때 샤논은 미란다의 감정을 읽고 입가를 일그러뜨렸다.

'그래…… 슬픈 거구나. 무척 슬퍼하고 있네. 언니.'

샤논은 미란다 주변에 떠 있는 슬픈 감정을 가리키는 마력을 조작했다. 미란다가 움찔 반응을 보이며 그대로 우두커니 서자, 샤논은 뒤에서 끌어안았다.

"아핫! 언니도 참, 내가 조종할 수 있을 만큼 약해졌네. 슬펐구나. 언니."

샤논의 말에 미란다는 눈동자의 광채를 잃고, 얼굴에서 감정이 사라졌다. 입가가 천천히 움직였다.

"……슬, 슬퍼?"

"맞아. 언니. 엄청 슬퍼하고 있어. 무슨 일 있었어?"

미란다는 천천히 샤논에게 들려줬다. 뭐가 슬픈지…… 어째서, 샤논의 정신지배를 받을 정도로 약해졌는지를.

"라이엘이…… 나를 좋아하지 않는, 다고. 그밖에도 여자아이가 잔뜩 있어서…… 나는…… 나는…… 권해줘서 기뻤는데……."

"그건 라이엘이 너무했네. 언니, 그럼 라이엘을—."

"아, 안 돼. 그런 건 안 돼……."

고개를 가로저은 미란다를 본 샤논은 혀를 찼다. 덧없는 소녀의 모습은 그곳에 없다. 샤논은 짜증을 내며 미란다에게 불평했다.

"그렇게 언제나 자기가 잘못했으니까, 자기가 참으면 된다, 그렇게 말하네. 자기조차 그렇게 생각한다니 정말로 고개가 숙여진다니까. 내 일도 그렇게 책임감을 느껴서 쫓아온 거지?"

미란다는 힘없이 대답했다.

"걱정, 되니까……."

"흐~응…… 근데 말이지. 엄청 슬펐잖아? 원래는 아무리 조종하려고 해도 저항해서 말 같은 건 하지 않는데, 오늘은 내 질문에 대답해주고 있잖아."

미란다가 침묵하자, 샤논은 미란다에게 부담을 주지 않기 위해 정신지배를 풀었다.

'시간을 들여서 천천히 마무리해야지. 근데 그 라이엘이라

는 남자…… 열 받네. 나의 언니를 상처입히다니. 그래도, 덕분에 언니가 무척 순순해졌어.'

미란다는 언니인 동시에, 태어나자마자 바로 사망한 어머니 대신이기도 하다. 강한 가족애를 느끼면서도, 배신당했다는 생각에 애증이 뒤섞인 감정을 품은 샤논은 생각했다.

'맞아. 이대로 언니를 써서 라이엘을—.'

샤논이 미란다에게서 떨어지자, 미란다는 의식을 되찾고 놀랐다.

"어, 어라? 나는—."

"언니, 왜 그러세요?"

뒤에서 소리가 나자 미란다가 돌아봤다. 샤논은 미란다에게 웃어주며 귀엽게, 덧없는 여동생을 연기했다.

"샤논?"

"네. 그래서, 아리아 씨는 어떻다고요?"

미란다는 왼손으로 얼굴을 눌렀다. 그리고 땀을 흘렸다는 걸 깨달은 모양이다.

"미안해. 조금 지친 것 같으니까, 얼굴 좀 씻고 올게."

샤논은 부엌에서 나가는 미란다를 손을 흔들며 배웅했다—.

다음 날.

클라라 씨가 있다는 도서관을 찾았다. 아람사스에서는 유명한 도서관. 대륙 제일을 자랑하는 만큼, 그곳은 마치 궁전 같은 건물이었다.

올려다볼 정도로 높은 건물 앞에서 내가 우두커니 서 있자, 주변을 지나던 사람들이 키득키득 웃었다. 분명 시골뜨기라고 생각한 거겠지.

그러나 그 이상으로 보옥 안의 반응이 굉장했다.

『뭐야 이거! 뭐야 이거! 이곳에 책이 보관되어 있다며! 그렇다면, 그만큼 많은 책이 여기에 있다는 거잖아!』

흥분해서 여느 때의 가벼운 태도를 내버린 3대가 소란을 부렸다.

7대가 진정시켰다.

『됐으니까 가만히 계시죠. 잠깐! 날뛰지 말라고 이 바보! 누, 누가 좀 조력을!』

몇 명이 달려들어서 3대를 막고 있는지 보옥 안은 소란스러웠다.

"……들어갈까."

나는 소란스러운 보옥 안을 방치하고 궁전 같은 도서관으로 들어갔다. 들어가자 바로 접수대가 보였고, 접수원 아가씨가 몇 명 나란히 있었다.

그중 한 명에게 가서 처음 이용한다는 걸 전하자 안내해주었다.

처음에는 등록하기 위해 돈이 든다고 한다. 돈은 책을 분실했을 때 벌금으로 들어간다. 아무 일도 없이 등록을 말소한다면 돈은 그때 돌려준다는 말을 들었다.

앞으로는 한 번 이용할 때마다 동화 한 닢이 필요하다는 말을 듣고 고개를 끄덕인 뒤 등록료를 냈다.

"그러고 보니, 클라라 씨가 어디 계신지 아시나요?"

내가 질문하자, 접수원 아가씨는 대답하기 어렵다는 듯이 말했다.

"그런 질문에는 대답해드리지 않습니다."

아무래도 폐를 끼친 모양이다.

"죄송합니다. 잊어주세요."

등록을 마치고 이용자용 카드를 작성해서 받은 나는 도서관 안을 걸었다.

내부는 방 몇 개로 분할되어 있고, 어느 방에도 수많은 책이 놓여있었다.

천장이 높다. 그 높은 천장까지 닿는 책장이 수없이 늘어서 있었다. 어느 책장에도 책이 이보다 더할 수 없을 만큼 들어가 있다.

"수천이 아니라 수만, 수십만 정도의 숫자일까?"

밖에서 본 건물 규모를 생각해보면, 분명 대량의 책이 보관되어 있겠지. 그렇게 이곳저곳 들여다보며 걷던 중, 방에 들어가려던 의수 소녀를 찾았다.

"클라라 씨."

말을 걸자, 클라라 씨가 내게 고개를 돌렸다.

"이런 곳에서 보게 될 줄은 몰랐네요, 라이엘 씨."

"실은 드릴 말씀이 있어서요. 일 이야기예요."

"일부러 일 이야기를 하러 도서관까지? 뭐, 상관없겠죠. 이쪽으로 와주세요."

들어가려던 방에서 방향을 바꾼 클라라 씨가 나를 데리고 향한 곳은 방이 아니라 넓은 통로였다.

거대한 창문 근처에는 테이블이나 의자가 놓여있고, 휴식처라는 간판이 걸려있었다.

근처에는 안뜰로 나가는 출입구도 있었다.

"여기는 식사도 할 수 있어요. 이야기를 하다가 다소 목청을 높여도 혼나지는 않으니까요."

클라라 씨는 그렇게 말하며 자리에 앉았다. 맞은편 의자에 앉아서 테이블을 사이에 두고 마주 보고 본론을 꺼냈다.

"실은, 학원 교수— 데미언 발레의 의뢰를 받기로 했어요."

클라라 씨는 그걸 듣고 자기 왼팔의 의수로 순간 시선을 돌렸다.

"지하 40층 보스. 그 마석을 원한다는 의뢰를 냈었죠. 제게 이야기를 하신다는 건, 미궁에 들어가는 문제는 해결하셨나요?"

나는 고개를 가로저었다.

"아뇨. 같이 들어갈 사람은 찾았지만, 그 사람도 자기 생활이 있어서요. 아무래도 매번 미궁에 들어가는 학원 학생들은 불량한 모양이더라고요. 일반 학생들은 그렇게 미궁에 자주 들어가지 않는다고 해요."

내가 그렇게 말하자, 클라라 씨는 안경을 벗고 렌즈를 닦으며 고개를 숙였다. 기분 탓인지 얼굴이 빨개진 것 같다. 아무래도 자신의 착각을 깨달은 모양이다.

"……제 착각이었던 모양이네요. 사과드릴게요. 그래서, 제게 이야기를 해주셨다는 건 서포트를 원하신다는 거겠죠? 어느 정도의 규모를 생각하고 계신가요?"

규모라는 말을 듣고 나는 손가락을 꼽으며 셌다.

"으음, 저희 네 명하고, 나머지는 학원 학생인 미란다 씨, 클라라 씨겠네요."

클라라 씨가 안경을 쓰며 졸린 듯한 눈을 한계까지 크게 떴다.

"제정신이신가요? 지하 30층을 공략할 때 저도 참가했지만, 그때는 50명 가까이 도전했어요. 지하 40층이라면, 그 두 배는 필요하다고 들었어요."

규모가 큰 미궁을 공략할 경우, 기본적으로는 미궁 안에서 묵게 된다. 그러면 인간은 식사도 하고 졸리기도 한다. 더러워지고, 배설도 한다.

대다수의 미궁은 앞으로 나아가면 나아갈수록 공략이 어려워진다.

공략에 드는 날짜가 늘어난다는 건, 그만큼 필요한 물자가 많아진다는 뜻이다.

식량에 물, 그것들을 나르는 짐꾼이 절대적으로 필요하다.

싸울 수 있는 모험가가 평소 힘을 발휘하기 위해서는 반드시 서포트가 필요한 거다.

결과적으로 안으로 나아가려면 필요 인원이 늘어나는 게 보통이었다.

"이쪽에는 공략할 수단이 있어요. 뭐, 비밀병기라는 건 이

거라서요."

가슴팍에 걸린 보옥을 살짝 들어 올리자, 클라라 씨가 눈을 가늘게 떴다.

"옥인가요. 게다가 푸른색은 지원계의 색. ……도중에 무모하다고 생각하면 저는 돌아가겠어요. 그래도 괜찮으시다면 계약을 맺죠. 그리고."

"그리고?"

"하나 여쭤볼까 해서요. 라이엘 씨는, 저와 만나기 위해 도서관에 등록하셨나요?"

나는 순순히 대답했다.

"아~ 아니에요. 아니, 아니라기는 좀 그렇지만…… 저도 책을 좋아해서요. 어차피 언젠가는 등록할 거였어요. 오늘은 클라라 씨를 만나기 위해서였고요. 일이 아니라면 거의 도서관에 계시다고 들었으니까요."

클라라 씨가 살짝 웃었다. 아무래도 내 대답이 마음에 든 모양이었다.

"그랬군요. 그건 다행이네요. 저도 책을 좋아하는 사람이 좋아요. 그럼, 계약 이야기로 들어가죠. 전 그럭저럭 우수한 서포트라서, 나름 비싸게 들어요."

나는 어깨를 으쓱하면서 말했다.

"그래서 권유한 거예요. 그러지 않으면 곤란하거든요."

4대가 조금 곤란한 목소리를 냈다.

『그게 아니라는 건 알지만, 마치 사랑 고백을 하는 것처럼 들리는군요. 계약 이야기를 하고 있을 뿐인데.』

3대가 나를 놀렸다.

『라이엘은 그거네. 평소처럼 하는데도 마치 헌팅하듯이 여성을 끌어들이는 걸지도.』

좀 봐달라고 생각하면서, 나는 클라라 씨와 계약을 맺었다.

"라이엘, 여기야!"

기운차게 손을 흔든 건 미란다 씨다.

도서관을 나온 나는 그대로 다음으로 약속한 곳으로 향했다.

"도서관도 학원도, 도시 중심에 있어서 편하니 좋네요."

내가 그렇게 말하자 미란다 씨가 키득키득 웃었다.

"그야 미궁과 학원, 도서관은 아람사스의 3대 명물이니까."

명물이라는 말이 조금 우스웠다. 게다가 중앙에 있는 이유가 설명되지 않지만, 그런 건 아무래도 좋았다.

"명물인가요. 그럼 어쩔 수 없네요."

학원 입구에서 미란다 씨와 합류한 나는 그대로 안내를 받아 데미언 교수와 만나기 위해 건물로 들어가 복도를 걸었다.

거기서 미란다 씨에게 데미언 교수에 대한 간단한 설명을 들었다.

"학원 칠걸(七傑)? 그건, 학원의 우수한 인물 일곱 명이라는 건가요?"

데미언 교수는 학원에서 유명한 칠걸 중 한 명이라고 한다.

"아니야. 학원이 시작한 이래 몇 안 되는 문제아라는 느낌일까? 그냥 문제아가 아니야. 특별히 우수하고, 아람사스에 은혜도 가져다 줬지만, 연구 말고는 흥미가 없어서 문제 행동도 많은 괴짜? 아무튼 그런 사람들을 꼽아 보니 일곱 명이나 있었던 거야. 그래서 칠결. 살아있는 건 데미언 교수님 정도 아닐까?"

그런 설명을 듣자 2대가 불만스러워했다.

『이봐, 그 녀석은 정말로 괜찮은 거냐? 사람으로서 글러먹었다는 느낌이 드는데?』

4대가 잠시 고민하더니 대답했다.

『만나보지 않으면 아무래도…… 판단할 수 없네요.』

그 문제아가 길드에 내놓은 의뢰를 달성하면 우리는 학원에 연줄을 만들 수 있다.

7대는 데미언 교수 본인보다도 전체를 보고 있었다.

『뭐, 이대로 길드의 바보들을 따르는 것도 거슬리니까요. 여기서는 학원에 연줄을 만들어서 입을 다물게 만드는 것도 나쁘지 않은 수입니다. 게다가 이걸 계기로 미란다와 친해질 필요도 있지요. 데미언 개인은 아무래도 좋지 않습니까?』

5대와 6대는 잠자코 있었지만 내 앞을 걷는 미란다 씨를 신경 쓰고 있다는 게 보옥 안에서 전해졌다.

"라이엘. 여기야."

안내받은 방에 도착하자 미란다 씨가 문 옆에 설치된 종을 쳤다. 커다란 소리가 복도 전체에 울렸다. 그게 그치자 미란다 씨가 문 너머에 말을 걸었다.

"데미언 교수님. 미란다입니다. 약속대로 의뢰를 맡아줄 모험가를 데려왔어요."

잠시 지나자 방 안에서 물건이 무너지는 소리가 들렸다. 뭔가 잡아당긴 듯한, 밀어붙이는 듯한 소리가 들리고는 천천히 문이 열렸다.

나는 시선을 아래로 내려서 조그만 남성을 봤다.

"저, 저기—."

안경을 쓴 조그만 남자. 갈색 머리는 부스스하다. 후줄근하고 더러운 옷 위에는 백의를 걸치고 있지만 그 백의도 무척 더러웠다.

얼핏 보면 소년처럼 보이지만 상대는 교수. 아람사스의 도시 운영에도 의견을 낼 수 있는 위치에 있는 인간이다.

내가 말을 걸려고 하자 데미언 교수는 손으로 제지했다.

"아~ 미안. 시간 낭비니까 응접실로 가자고. 거기를 쓰면 차도 나와서 편리하거든. 의뢰에 대한 건 거기서 들을 테니까. 아, 자기소개도 필요 없어. 나는 사람의 이름을 익히는 게 아무래도 서투니까."

느닷없이 무례한 태도를 보이더니 방에서 나와서 그대로 걸어갔다.

미란다 씨를 보자 어깨를 으쓱하며 웃고 있었다.

"교수님은 누구에게나 저런 태도야. 안심해…… 내 이름도 기억하지 못하시니까. 그래도 굉장한 사람인 건 틀림없어."

보옥 안의 역대 당주들도 데미언 교수의 태도에 아연실색했다.

응접실이라는 방으로 이동하자 학원 직원으로 보이는 인물이 무척 불쾌한 표정을 지으며 차를 가져왔다.

데미언 교수는 설탕이 든 작은 항아리를 들고는…… 그대로 자기 컵에 설탕을 대량으로 쏟아부었다.

거의 대부분 설탕 같은 음료수가 만들어졌다.

그걸 아무렇지도 않게 마신다. 이쪽은 보기만 해도 입 안이 달달해질 것 같다.

목을 축인? 데미언 교수가 말을 꺼냈다.

"우선 자기소개는 필요 없어. 너희는 내 이름을 알지. 그리고 나는 너희의 이름을 기억할 생각이 없으니까 헛수고야. 헛수고는 싫어. 그러니 바로 본론으로 들어가기로 하지. 예전부터 길드에 의뢰를 냈었는데 반년이 지난 지금까지도 달성되지 않았어. 몇 번이나 재촉했는데 저쪽은 이런저런 이유를 대며 무리라고 하더군. 이제 그런 쓸데없는 시간을 보내고 싶지 않아."

길드의 변명은, 평소에도 지하 30층에 들어가는 모험가 파티가 적은데 지하 40층에 도전하는 파티는 그야말로 거의 없다는 거였다.

그러나 반론해봤자 데미언 교수하고는 상관이 없으니 그냥 잠자코 있기로 했다.

그보다, 지금의 아람사스에서 그렇게나 우수한 모험가는 없다는 게 실제 상황이다.

"그런 상황에서 이 여자가 내게 제안했지. 지하 40층을 공략할 수 있는 모험가를 알고 있다고. 하지만 아람사스에 막

왔으니까 미궁에 들어갈 수 있도록 도와줬으면 좋겠다고. 나도 몇 번 정도는 모험가 짓을 해봤어. 미궁에도 들어갔고, 조사를 나가서 마물과 싸우기도 했지. 하지만 그쪽은 전문이 아냐. 사람을 보고 실력을 알 수 있을 리가 없지. 너희가 내 의뢰를 달성할 수 있다는 증거를 제시해주지 않겠어?"

데미언 교수의 걱정은 지당하다.

여기서는 순순히 이야기하자. 그렇게 생각해서 보옥을 움켜쥐자 2대가 내 의견에 긍정해주었다.

『이야기가 진전되지 않으니 가르쳐줘라. 덤으로 일단 입막음도 해두고.』

수긍한 나는 보옥을 들고 데미언 교수에게 보여줬다.

"옥인가. 희귀하긴 하지만, 그것 자체에 가치는 없다고 알고 있는데?"

"네. 이 보…… 옥에는 저희 일족의 아츠가 새겨져 있어요. 쓸 수 있는 숫자는 다섯 개. 지원계로, 종류도 풍부. 미궁에서도 무조건 힘을 발휘하죠. 능력은—"

데미언 교수는 아츠의 설명을 듣자 씨익 미소를 지었다.

역대 당주의 아츠는 지원계라 불리며, 붉은 옥이나 노란 옥과 달리 공격적인 건 아니다. 그러나 그에 뒤지지 않는 능력을 갖고 있었다.

"그렇군. 첫 번째와 두 번째도 좋지만, 세 번째인 속도 상승, 네 번째인 주변 지도와 다섯 번째인 색적이 특히 좋아. ……확실히 네가 있다면 미궁 공략은 무척이나 편해지겠어.

아니, 너는 익스퍼트라고 해도 좋아. 그래, 확실히 이 의뢰에 잘 맞아."

"정보가 다른 곳에 너무 퍼지면 곤란하긴 하지만요."

"아, 그런 룰이 있었지. 의뢰를 달성해준다고 하는데 이쪽에서 적대할 의미는 없어. 정보는 누설하지 않겠어. 자, 그럼 조건 추가다."

나는 눈을 가늘게 떴다.

"추가라고요?"

데미언 교수는 웃었다. 소파 등받이에 등을 기대며 말을 이었다.

"그리 경계하지는 말아줘. 추가한 만큼의 보수도 지불하지. 나도 미궁에 들어갈 테니 호위를 부탁하고 싶어. 단, 내 몸은 내가 지키겠지만. 참고로 내가 있으면 전력이 큰 폭으로 올라갈 게 분명할 거야."

미란다 씨를 보니 끄덕이고 있었다. 그 표정은 전혀 의심하는 기색이 없다.

"사실이야. 데미언 교수님은 강해. 이명은 인형사. 독자적으로 개발한 마법 『골렘』이라는 게 있는데, 인형을 동시에 몇 개나 조작해서 손발처럼 움직여. 마법도 실력은 확실해. 전력이 될 건 틀림없어."

나는 잠시 고민하다가 끄덕였다. 데미언 교수는 웃었다.

"그거 다행이군. 이제 슬슬 기다리기도 지쳤어. 그리고 준비는 다 됐으니, 여기서 기다리는 것보다는 스스로 움직이는 게 좋거든. 만약 아무도 달성하지 못한다면 내가 직접 지하 40층으로 갔겠지."

농담으로 들리지 않는다. 그리고 데미언 교수는 말을 이었다.

"그리고 보수 말인데, 미궁 안에서 입수할 수 있는 마석이나 소재는 전부 그쪽이 가져가도 상관없어. 내가 내는 보수는…… 금화 수천 닢 상당의 물품, 이면 괜찮을까?"

데미언 교수의 말투가 조금 신경 쓰였다.

"금화 수천 닢 상당의 물품, 인가요?"

"연구비를 너무 써서 예산이 내려오지 않게 됐거든. 성과를 내라고 해도, 그 성과를 보여주기 위해서는 마석이 필요하니까 아무리 지나도 예산이 내려오지 않아. 그러니 현물 지급을 하고 싶어."

나는 그걸 듣고 고민했다. 금화 수천 닢 상당이라고는 해도 어떤 물건인지 모른다. 게다가 그런 물건을 받는다고 해도 내가 쓸 수 있나? 팔 수 있나? 고민하던 와중에 4대가 조언을 주었다.

『받아들이세요. 마석과 소재를 받을 테니 자금에는 여유가 생길 겁니다. 그리고 당초 목적을 잊어서는 안 돼요. 미궁에 들어갈 허가. 그걸 손에 넣을 수 있다면 딱히 문제는 없을 겁니다.』

반대로 여기서 보수에 불만이 있다며 받아들이지 않는 게 손해라고 한다.

"알겠습니다. 단, 미궁에 들어갈 허가를 내려주시는 건 절대 잊지 말아주세요."

데미언 교수는 웃었다.

"그쪽은 맡겨둬. 이래 봬도 학원장과는 그런대로 이야기를 나누는 사이거든. 뭐, 자주 예산 관계로 야단을 맞고 있을 뿐이긴 하지만. 자, 추가보수는 이거야."

데미언 교수가 오른손으로 설탕이 든 항아리를 들자, 그곳에서 설탕으로 만든 작은 인형이 나왔다.

뚜껑을 들고 고개를 내민 그 모습은 잠시 뒤 항아리 안으로 돌아가서 뚜껑을 닫았다.

"학생들이 자주 가르쳐달라고 하니까 용돈 벌이로 가르쳐주고 있지. 이 마법을 가르쳐주는 걸 추가보수로 하겠어."

꽤 재미있는 마법이다. 나도 흥미가 생겨서 고개를 끄덕이며 그 조건을 받아들이기로 했다.

데미언 교수가 미소 지었다.

"좋아, 계약은 성립됐다. 언제 출발할 거지? 이쪽은…… 준비에 이틀은 갖고 싶은데."

나는 그 정도면 준비할 수 있다고 생각해서 끄덕였다.

"그럼, 사흘 후에 출발할 테니 수속은 부탁드립니다."

데미언 교수는 기분이 좋아졌다.

"좋아, 좋아. 복잡한 이야기로 시간을 쓰지 않아서 좋네. 모든 일이건 간단한 게 최고야. 다른 일도 이번처럼 간단하게 정해지면 좋을 텐데."

자기 연구 말고는 흥미가 없다는 건 미란다 씨의 말대로 사실인 모양이다.

4대가 데미언 발레의 평가를 내렸다.

『드물게 있죠. 특기 분야만 굉장한 힘을 발휘하는 인간이. 데미언도 그런 인간입니다. 그 궁극형이라고나 할까요.』

7대가 납득했다.

『다른 일을 맡길 수 없는 녀석이군요. 나 때도 이런 부하가 있었죠. 이렇게나 심각하지는 않았습니다만.』

학원 교수, 데미언 발레— 무척 강렬한 인물이었다.

제47화 준비

모험가가 이용하는 상점.

그곳의 주인과 이야기를 나눈 나는 필요한 물품 대부분을 준비해달라고 했다.

지하 미궁이 있어서 그런지 이런 필요한 물품을 한꺼번에 다루는 상점이 몇 군데 존재한다. 취급하는 건 무구 이외의 대부분이다.

"7인분을 2주일간? 뭐랄까, 드문 일도 다 있네."

동행한 노웸이 점주의 말에 고개를 갸웃했다.

"드문 일인가요?"

"그래, 미궁에 들어가는 거지? 이게 바깥이라면 신경 쓰지 않지만, 미궁 안에서 7인분이라면 많아봤자 사흘이나 나흘이니까. 그 인원으로 2주일이나 들어가는 건 드물지. 너희들, 무리는 하지 말라고? 젊으니까 무리하고 싶은 기분은 알지만……."

나는 걱정해주는 점주에게 고개를 가로저었다.

"설마요. 모처럼 들어갈 기회니까 이걸 계기로 익숙해지려고 할 뿐이에요."

점주는 머리를 긁적이며 불안한 듯이 대답했다.

"그러면 상관없지만……. 돈은 받았으니 기일에 맞춰 물건은 모아두마. 무사히 돌아오거라."

노웰과 둘이서 감사를 표한 뒤, 우리는 상점을 나왔다.

이 상점은 외벽에 가까워서 모래 먼지가 아침부터 심하다.

입가를 누른 나는 다음 가게를 향해 걸었다.

"아리아 씨와 소피아 씨는 미란다 씨와 차를 마신다고 했던가?"

노웰이 내 질문에 끄덕이며 대답했다.

"네. 저는 라이엘 님을 모셔야 하니 거절했지만, 아무래도 세 분은 친해진 모양이네요. 원래 미란다 씨는 아리아 씨와 친하고, 지금의 아리아 씨는 소피아 씨와 친하니까요."

나는 노웰에게 조심스레 말했다.

"너, 너도 같이 차라도 마셨으면 좋았을 텐데."

그러자 노웰은 고개를 가로저었다.

"라이엘 님. 혼자 장을 보실 수 있나요? 조금 전에도 싸다면서 다른 가게에서 전부 사려고 하셨죠?"

"······죄송합니다."

"아뇨. 사과를 받으려던 건 아닌데요. 그게, 혼자보다는 둘이 있는 편이 안심되니까요."

노웰의 웃음이 정말로 괴롭다.

점포 앞에 몽땅 싸게 판다고 적혀있는 가게가 있어서 들여다봤다. 무척 붙임성 좋은 점주가 권유하는 대로 구입하려고 했는데 노웰이 제지했다. 물건을 잘 확인해보니, 식량은 대부분 썩지만 않았을 뿐 심각한 상태였다. 양도 적어서, 7인분을 부탁해도 실질적으로는 6인이나 5인분에 지나지 않았다.

하마터면 속을 뻔했다. 3대가 나를 도발했다.

『라이엘 네가 미덥지 못하니까 노웸이 놀 수 없는 거야. 그런 건 제대로 생각하는 편이 좋아. 정말로 미덥지 못하게~.』

분하지만 반박할 수 없다.

모험가 관련 가게는 대다수가 외벽 근처, 길드 근처에 있기 때문에 우리는 바로 다음 목적지에 도착했다.

그곳은 좁은 골목으로 들어가야 입구가 있는, 무구 관련을 취급하는 가게였다.

골목으로 들어가려 하자 학원 학생으로 보이는 인물이 가게에서 나왔다. 여성으로, 매우 지친 표정이었다. 스쳐 지나갈 때 그녀의 중얼거림이 들려왔다.

"왜 실패한 걸까…… 하아, 이번 달도 빠듯하겠네."

실패했다는 말이 들린 것 같지만, 우리는 가게로 향했다.

그곳은 다리온에서 봤던 가게보다 좁았다. 좁은 방에 한계까지 무구를 진열한 가게. 수염 난 아인종 노움이 인사를 했다. 아무래도 점주인 모양이다. 키는 작고 가녀린 몸이라서 마치 어린아이 같았다.

"어서옵쇼."

점주는 카운터에 놓인 화살을 정리하고 있었다. 그 모습이 이상할 정도로 신중해서 나는 신경이 쓰여 말을 걸었다.

"그 화살은 뭔가요?"

점주의 손이 멈췄다. 그리고 조금 곤란한 미소를 지으며 대답했다.

"아, 이건 버스트 애로야. 마법의 화살, 이른바 마시(魔矢)인 셈이지. 자, 이 화살촉을 보라고."

잘 보니 재질이 금속이 아니라 점토 같았다.

노윔이 뭔가 눈치챈 모양이다. 입가에 손을 대고 조금 놀란 모습을 보였다.

"이 반짝반짝 빛나는 건, 마석인가요? 부숴서 집어넣었나요?"

점주가 노윔을 보고 놀란 표정을 지었다. 그리고 웃으면서 떠벌떠벌 말했다.

"아는 거냐! 그래, 이건 특수한 점토에 마석이나 그 이외의 물건을 집어넣은 거다. 단지…… 원래는 불을 발생시키거나, 바람을 일으켜 위력을 높이는 걸 목적으로 만들었는데, 여기에 들어오는 건 실패작뿐이거든. 버스트 애로라는 거창한 이름이 붙어있긴 하지만."

점주는 화살촉을 하나 떼어내서 떨어진 곳에 있는 두꺼운 금속 쓰레기통에 던졌다. 안이 그을린 쓰레기통에 화살촉이 명중하자 펑 하는 폭발음이 들리며 연기가 솟아올랐다. 그러자 7대가 흥분했다. 2대도 마찬가지다.

『이, 이게 무슨…… 좋군! 화살이라는 건 문제지만, 화살촉을 모아 폭탄으로—.』

『바보 자식! 화살이니까 좋은 거잖아! 이게 있다면 활로도 좀 더 활약을……!』

7대는 폭발에 흥미를 가진 모양이지만, 2대는 자신의 무기가 활이라서 그런지 마시라는 존재 자체에 흥미를 가진 모양이다. 점주는 조금 실망한 듯이 말했다.

"이처럼, 터져버리면서 끝이야. 그런대로 위력은 있지만, 실패작이라서."

노웸은 진지하게 마시를 보고 있었다. 나도 마시— 버스트 애로에 흥미가 생겼다.

"그래도 굉장한데요. 이걸 대량으로 만들면 분명 도움이 될 거예요."

점주는 버스트 애로의 결점을 설명해주었다.

"그건 추천하지 않아. 평범한 활이라면 빠르게 연사도 가능할지도 모르지. 그러나 이건 화살촉끼리 부딪치면 폭발하고, 섣불리 충격을 줘도 폭발해. 너무 뜨거워져도 폭발하고. 아무튼 폭발하기 쉬워. 도움은 되지만, 많이 갖고 다니는 건 위험하다고."

7대와 2대가 실망했다.

『뭐야. 가공할 수는 없는 건가. 하지만 제작법을 알 수 있다면…….』

『폭발하는 화살이라니 무서워서 쓰겠냐. 실력이 그럭저럭 된다면 좋겠지만…… 적의 접근에다가 폭발까지 주의해야 한다니 너무 꺼림칙해. 연사도 불가능하고.』

부딪치거나, 밟아도 폭발한다고 한다.

확실히 대량으로 들고 다니라면 거부하고 싶어진다.

점주는 이 특별한 화살을 수납하는 도구를 보여주었다. 그건 하나씩 세심하게 보관하는 타입의 물건이었다. 하나하나를 가늘고 긴 상자에 넣어서 고정한다. 그 주변에는 가죽을 몇 겹이나 겹치고, 안쪽에는 쿠션이 될 물건이 들어가 있다고 한다.

"솔직히 여기에 넣어도 안심할 수 없어. 게다가 하나하나 꺼내는 게 엄청 귀찮아서."

버스트 애로는 무척 문제점이 많은 것 같다. 그렇게 생각하던 중 7대가 뭔가 떠올린 모양이다.

『라이엘. 내 아츠라면 이걸 능숙하게 운용할 수 있을지도 모르겠구나.』

3대도 내키는 마음이었다.

『아, 그러고 보니 좋은 기회니까 내 아츠도 가르쳐줄까. 가르쳐주는 것 자체는 간단하지만, 문제는 사용법이거든. 이 기회에 가르쳐줄게.』

아무래도 마침내 두 사람이 아츠를 가르쳐주려는 모양이다.

―그곳은 깔끔한 찻집.

아리아도 소피아도, 고급스런 분위기에 조금 긴장했다.

주변 손님은 몸가짐이 아름답고 고급스러운 여성이 많고, 남성도 있지만 다들 여성을 동반하고 있다. 자신들이 평소에 이용하는 가게보다도 확실히 랭크가 한두 단계는 위.

그런 찻집에 소피아가 찾아온 이유는, 아리아가 권했기 때문이다. 정확하게는 미란다의 권유를 받은 아리아가 소피아나 노웸에게 권유했다. 노웸은 라이엘과 동행하기 위해 오지 않았다.

아리아는 주변을 보며 조마조마하고 있었다.

"저기, 여기는 모험가가 와도 괜찮아? 그게, 아람사스는 모험가에게 차갑다고 들었으니까."

소피아도 어느 사건을 떠올렸다. 아람사스에 온 첫날, 숙소를 찾으러 여관에 들어가자 모험가는 사절이라며 쫓겨났다. 그런 경험이 있는지라 걱정돼서 견딜 수가 없었다.

"그러게요. 미란다 씨에게도 폐를 끼치면 죄송하고……."

그러자 미란다가 웃었다.

"지나친 생각이야. 게다가 내 뒷배는 학원과 친가의 자작가 잖아. 더욱이 학원 학생은 전원이 모험가야. 그런 이유로 쫓아낸다면 불만을 토로할 거야. 애초에 두 사람 다 원래는 귀족이고."

소피아가 고개를 가로저었다.

"제 친가는 문제를 일으켜서 망해버렸습니다. 게다가 배신 귀족이죠."

미란다는 미소 지었다.

"자기를 비하하진 마. 배신이라도 귀족은 귀족이야."

그렇게 말하며 미란다는 차를 마셨다.

소피아는 그 말에 약간 구원받은 기분이 들었다. 자신도 차를 마시자 역시 값나가는 만큼 맛있었다.

미란다가 말을 꺼냈다.

"저기, 그러고 보니 앞으로 같이 행동하게 될 텐데, 나는 모두에 대해서 잘 몰라. 그러니 뭘 할 수 있는지 가르쳐주지 않겠어?"

아리아가 「그건 그러네」라며 자신에 대해 설명하기 시작했다.

"나는 전열에서 창을 휘둘러. 마법은…… 연습 중."

소피아도 아리아에 이어서 설명했다.

"저는 마법은 거의 쓸 수 없습니다. 친가의 가보인 배틀 액스를 씁니다만, 그것 말고는 손도끼라는 작은 것도 쓰죠."

미란다는 그런 두 사람의 이야기를 흥미롭게 들었다.

"헤에…… 그럼, 노웸 씨는?"

아리아가 노웸에 대해 이야기했다.

"노웸은 굉장한 실력의 마법사야. 어떤 마법도 능숙하게써. 미란다도 재주가 많지만, 아마 노웸 쪽이 마법 실력은 위일 거야. 마법 전문으로 애쓰고 있어."

미란다는 그걸 듣고 기뻐했다.

"어머, 그건 좋네. 믿음직스러워 보여. 나는 재주만 많지 어설프니까."

소피아가 황급히 위로했다.

"그, 그렇지 않아요. 마법을 쓸 수 있는 것만으로도 훌륭하신데요."

"고마워. 그래도 두 사람 다 아츠도 쓸 수 있지? 나는 아츠가 발현되지 않았으니까 그만큼은 뒤지는 셈이야. ……그럼, 라이엘은?"

아리아와 소피아가 시선을 마주했다. 이건 어디까지 이야기해야 좋을까 하는 의미였다. 그러자 미란다가 두 사람의 오해를 풀었다.

"아, 괜찮아. 아츠는 데미언 교수님에게 설명할 때 들었어. 신경이 쓰이는 건, 아무것도 모르는 내가 라이엘의 방해가 되지 않겠느냐는 점이야. 아츠를 사용할 때 방해하면 싫잖아."

그걸 들은 아리아는 안심했다.

"그럼 괜찮겠네. 그 녀석, 뭐든지 할 수 있으니까. 방해라고 해도…… 뭐든지 혼자서 다 해버려."

소피아도 그걸 느끼고 있었다. 혼자서 주변 지형을 파악, 색적도 탐지도 하는 데다 전투에서는 네 명 중에서도 최고의 실력을 갖고 있다.

노웸은 전문 마법사지만, 라이엘은 근접전이건 마법이건 둘 다 쓴다.

소피아는 그걸 이야기했다.

"정말로 굉장한 분입니다. 확실히 가끔 얼빠진 부분도 있지만, 위험한 상황에서는 누구보다도 냉정하죠. 저희로는 도저히—."

아리아도 소개를 수그렸다. 도움이 되고 싶은데 그러지 못하는 자신이 답답했다. 그런 두 사람에게 미란다가 말했다.

"그럼 두 사람 다— 자기가 할 수 있는 점에서 노력해보는 게 어때? 다른 일은 맡기고, 자신이 할 수 있는 부분에서 노력하는 거야. 그쪽이 좋을 것 같아. 두 사람에게는 굉장한 아츠가 있잖아. 부러워."

미소 짓는 미란다를 보고, 소피아도 아리아도 확실히 할 수 있는 일을 노력하면 된다고 생각하게 되었다—.

　그날 밤.
　나는 보옥의 방으로 오라는 말을 듣고 3대와 7대에게 끌려가 기억의 문을 지났다. 기억의 문은 역대 당주들이 앉는 의자 뒤에 존재하는 각각의 기억 그 자체. 안으로 들어가면 역대 당주 한 명 한 명이 무엇을 보고, 무엇을 느꼈는지 알 수 있다.
　그리고 오늘은 7대의 기억의 방으로 들어갔다.
　이유는 3대와 7대의 아츠를 배우기 위해서다. 아츠에는 각각 1단계부터 3단계까지의 형태가 있다. 단계를 나아감에 따라 강력해지지만, 원래는 1단계는 옥이 아츠의 이름과 사용법을 가르쳐준다.
　그러나 평범한 옥은 여기까지. 만약 2단계 이후의 이름, 그리고 사용법을 모른다면 옥은 결코 그 이상의 아츠를 사용하게 해주지 않는다.
　이게 보옥이 되면, 사용자의 기억이 당시의 전성기 모습으로 되살아나서 이름과 사용법을 알려주는 거다.
　그렇다. —내 눈앞에 있는 역대 당주. 그들은 되살아난 기억이지 본인은 아니다.
　이것저것 고민하던 사이 7대는 친가 저택— 그 안뜰을 골랐다.
　커다란 저택에는 곳곳에 조각이 놓여있고, 건물 전체도 공을 들인 것이 내 기억에 있는 저택과 거의 똑같았다.

3대가 휘파람을 불면서 7대에게 감상을 늘어놓았다.

『이거 참 굉장히 호화로운 저택이네. 도저히 백작가로 보이지 않아. ……응, 공작가라는 느낌이 드네. 할아버지가 손주를 위해 애썼던 걸까? 아니, 증손주를 위해서인가?』

놀리는 3대에게 7대가 헛기침을 했다.

『……언젠가, 왕가의 피를 들여서 공작이 되는 건 정해져 있었습니다. 아들 대에서는 시간을 두기로 하고, 라이엘이나 그다음 세대에서는 확실히 공작가가 되었을 테니까요. 준비를 진행하고 있었을 뿐입니다.』

줄곧 저택에서 살아왔기 때문에 백작가의 저택이란 이런 거라고 여겨왔다. 그러나 아무래도 백작가가 소유하기에는 너무 큰 저택인 모양이다.

3대가 고민했다.

『확실히, 7대의 부인이 전 왕가의 핏줄, 이었던가? 그것도 관련이 있지?』

『맞습니다. 뭐, 저택에 관한 건 아내인 제노아의 요망도 강했던 게 사실입니다. 영지 규모라면 불만 없이 공작이나 대공을 자칭할 수 있었으니까요.』

6대가 의욕적으로 주변 영지를 빼앗아서 월트 가의 영지는 단숨에 부풀어 올랐다. 그 규모는 반세임 왕가에 뒤이을 정도다.

3대가 팔짱을 꼈다.

『왜 망하지 않았어? 왕가에서 보면, 성가신 걸 넘어서서 위험한 가문이 된 거 아니야? 그 부인, 왕가에 반역한 일족의 생존자잖아?』

나의 조모. 7대의 아내인 【제노아】는 반세임 왕가에 반역을 저지른 일족 출신이다. 당초에는 과거에 대한 건 흘려버린다는 의미에서 반세임 왕가와 혼인을 진행하고 있었는데, 도중에 싸움을 걸었다고 한다.

그러나 귀중한 핏줄— 귀족의 핏줄은 마법사의 핏줄 그 자체. 잃어버릴 수는 없어서 7대가 제노아 할머니를 맞이했다.

……잘 생각해보면, 우리는 왕가에게 망하더라도 이상하지 않은 가문이다. 확실히 3대의 말대로 너무 위험하다.

7대가 크게 한숨을 내쉬었다.

『……6대가 그걸 능숙하게 처리해서요. 확실히 당시의 궁정 귀족 주류파는 월트 가를 위험시해서 영지를 깎거나, 혹은 공격해서 멸하자고 생각하고 있었습니다. 그걸 알게 된 6대는 당시 주류파 뒤에 붙어있던 영주들을 공격해서 멸하고, 비주류파에 자금을 흘렸죠.』

3대가 눈을 동그랗게 떴다.

『어, 뭐야? 궁정 귀족 주류파를 추락시켰어?』

7대는 어깨를 으쓱하며 대답했다.

『당시는 어디나 어지러웠고, 힘과 돈이 지배하는 나라였으니까요.』

참으로 꺼림칙한 시대다. 그러나 그런 곤란을 뛰어넘은 6대는 월트 가의 안전을 쟁취했고, 그 흐름을 7대가 이어받았다고 한다.

『뭐, 그 때문에 아무런 이익도 되지 않는 전쟁에 나서야 했습니다만, 결과적으로는 좋은 일이 되지 않았을까요? 이크, 이야기가 틀어졌군요.』

그랬다. 본론은 아츠 습득이었다.

3대가 끄덕이자, 두 사람은 내 양어깨에 각자 손을 대고 눈을 감았다. 그러자 내 몸을 푸르고 다정한 빛이 감쌌다.

아츠의 이름이 머리에 떠오르고, 사용 방법도 알아냈다.

"……마인드에, 박스?"

두 사람이 어깨에서 손을 떼자, 처음으로 7대가 아츠에 관한 설명을 해주었다.

『흠. 이것만으로도 전할 수 있다니 편리하군. 뭐, 내 때는 보옥에서 이미지가 흘러왔을 뿐이었지만……. 자, 그럼 라이엘에게 내 아츠【박스】를 보여주마.』

7대가 손가락을 튕기자, 우리 아래쪽 지면에 마법진이 떠올랐다. 우리 세 명을 가볍게 감쌀 정도의 크기다.

이윽고 마법진에서 서서히 몇 자루의 총이 솟아 나왔다. 그중 하나를 든 7대는 씨익 웃었다.

『내 아츠는 공간계라고 불러야겠지. 이런 식으로 도구 등을 보관할 수 있다. 이건 굉장해. 생물 이외라면 거의 보관할 수 있고, 신선도도 그때 그대로다.』

그걸 듣자 나와 3대가 박수를 보냈다.

정말로 굉장한 아츠다. 그러나 신경 쓰이는 건 왜 지금까지 가르쳐주지 않았느냐는 점이다.

3대가 그런 사정을 확인해줬다.

『그래서, 지금까지 가르쳐주지 않은 이유는, 디메리트도 있는 거지?』

7대가 손가락을 튕기자 총들이 마법진에 빨려 들어가서 사라졌다. 마지막으로 마법진이 사라지고, 7대의 손에는 조금 전 총만 남았다.

『……뭐, 단순하게 소비되는 마력이 많습니다. 지금의 라이엘이라도 아슬아슬하겠죠.』

아슬아슬하다고 하지만, 성장을 한 번 경험하고 나서는 마력도 꽤 여유가 생겼다. 이전에는 보옥 안의 역대 당주들이 소란만 부려도 쓰러질 것 같았다는 걸 생각하면 많이 성장했다고 할 수 있다.

……단, 『성장』은 두 번 다시 경험하고 싶지 않다.

7대가 나를 보며 「해보거라」라고 권유했다.

"그럼."

나도 7대와 마찬가지로 손가락을 튕겼다. 사용법을 알고 있어서 드는 생각인데, 이 손가락을 튕기는 동작은 딱히 필요 없다.

내 주변에 마법진이 떠올랐다.

그러나 그 마법진의 크기는 7대보다 훨씬 작았다.

그 크기를 보고 7대가 중얼거렸다.

『짐마차로 따지면 두 대에서 세 대 정도인가? 네 대까지는 되지 않겠군.』

3대는 쪼그려 앉아서 내 마법진을 바라봤다.

『으~음. 7대보다도 작은 건가. 이거, 나중에 커지는 거야?』

7대가 끄덕였다.

『뭐, 마력에 따라 달라지죠. 라이엘의 경우, 아츠를 사용하는 기술 면에서는 문제가 없으니까요..』

3대도 납득했다.

『그런 점에서 보면 라이엘은 굉장하네. 아무런 고생도 없이 우리의 아츠를 사용하니까.』

내 쪽에서는 무슨 소리를 하는지 잘 모르겠다.

"사용법은 배웠으니까, 당연히 되는 거 아닌가요?"

7대가 뭐라 말하기 힘든 표정을 지었다.

『너도 그렇고, 마이젤도 그렇고, 어째서 그렇게…… 뭐, 됐다. 그럼 다음으로 3대 차례입니다. 아, 그 전에.』

마이젤…… 아버지의 이름이 나오자 나는 고개를 숙였다. 그걸 보고 3대도 7대도 각자 곤란한 표정을 지었다.

아무래도 가족 이야기가 떠오르면 괴로워진다.

7대가 나를 보며 「마법진을 지우거라」라고 해서 손가락을 튕겼다. 그러자 마법진이 사라졌지만, 동시에 몸 안에서 상당한 양의 마력이 사라지는 걸 알 수 있었다.

너무나 급격한 소비라서 상상하지도 못한 피로에 무릎을 꿇었다. 잔디 위에 손을 짚고 흐트러진 호흡을 가다듬었다.

『아~ 이건 확실히 위험하네. 사용할 경우에는 근처에 적이

없는 것도 확인하지 않으면 무서워서 못쓰겠어.』

　편리하긴 하지만, 마력 소비를 생각하면 하루에 사용할 수 있는 건 많아 봐야 두 번. 그것도 아침에 한 번 사용하고, 그 후에는 아무것도 하지 않고 마력 회복을 기다려서 밤에 한 번 이다.

　실제로는 하루에 한 번이 한계겠지.

　『자, 다음은 내 차례네. 그럼 라이엘이 딱 알맞게 지쳤으니 까 덤으로 사용해보자. 내 아츠 【마인드】는, 솔직히 말해서 다른 아츠보다 훨씬 쓰기 불편해.』

　그렇게 단언한 3대에게 7대가 나지막하게 중얼거렸다.

　『거짓말하고 있네. 이 음험.』

　3대도 들은 모양이지만 7대를 무시하고 이야기를 진행했다.

　『내 아츠는 평소에 사용하더라도 대다수의 사람은 저항해 서 효과가 없어. 그러니 전제 조건으로서 상대를 피곤하게 하 거나, 혹은 정신상태를 흐트러뜨리는 게 중요해. 지금의 라이 엘처럼.』

　3대가 아츠를 사용한 모양이지만, 나는 무슨 일이 일어났는 지 알지 못했다.

　"어, 어라? 3대? 7대?"

　주변을 돌아봐도 두 사람의 모습이 보이지 않았다. 그러나 대신해서 어떤 인물이 한 명— 세레스가 있었다. 키득키득 나 를 멸시하듯이 웃으며 다가왔다.

　"그만둬. 오지 마…… 오지 마아아!"

내 목소리에 세레스가 웃었다.

『아하하하, 어쩜 이리도 비참한 모습일까! 기어다니면서 한심한 소리까지 지르고…… 너, 이제 그만 죽어.』

마지막으로는 무표정하게, 무척 낮고 무시무시한 소리를 한 세레스는 어느새 애검인 레이피어를 들고 겨눴다. 레이피어의 칼끝이 내 눈앞까지 다가왔을 때, 누군가가 어깨를 두드렸다.

"……어?"

그곳에는 3대의 얼굴이 있었다.

『여어. 좋은 꿈 꿨어?』

그 빈정거리는 말에, 나는 미간에 주름을 잡은 불만스러운 표정으로 대답했다. 7대도 어이가 없었는지 3대에게 주의를 줬다.

『너무 심했습니다.』

그러나 3대는 단호하게 말했다.

『한번 스스로 경험하는 게 중요해. 내 아츠는 환각을 보여주거나, 정신에 간섭하는 거거든. 효과를 발휘하면 무척 무서운 아츠로 변해. 어디 사는 누구가 음험하다고 할 정도로.』

7대가 헛기침을 하더니 내게 손을 내밀었다. 손을 잡고 일어나자 7대가 3대에게 말했다.

『역대 중에서 가장 성가신 아츠니까요. 생전에는 수도 없이 도움을 받았습니다만, 이걸 발현한 3대는 사실 음험한 극악인이 아니었나 싶을 정도였죠. 실제로 속이 시커먼 사람이었던 모양이고.』

3대가 웃었다.

『너무하네. 뭐, 그래도…… 라이엘이라면 이상하게 사용하지는 않을 테니, 가르쳐줘도 괜찮을 것 같았어. 섣불리 남에게 주면 악용할 테니까.』

나는 아직 진정되지 않는 고동을 느끼면서 3대를 봤다.

"지금까지 알아보고 계셨던 건가요?"

3대는 순순히 끄덕였다.

『맞아. 그래도 꽤 예전부터 가르쳐줘도 좋겠다고 생각했지만 타이밍이 없었거든. 이 기회에 가르쳐줄까 해서. 그 샤논이라는 성가신 아이도 있으니까. 히든카드가 될 것 같기도 하고.』

히든카드? 하지만 5대의 이야기가 사실이라면 아츠 자체를 깨버릴 가능성이 높다. 뭔가 다른 용도가 있는 걸까?

"뭔가 다른 사용 방법이 있나요?"

『으~음. 통할지는 모르지만, 내 아츠는 원래 미약한 마력을 주변에 발하거든. 그러면 마법이나 다른 아츠에는 별로 영향이 없지만, 정신에 관련된 아츠에는 엄청 방해가 돼. 그러니 히든카드가 될 가능성이 있을지도 몰라. 여차할 때는 써봐. 효과가 없을지도 모르지만.』

가능하면 히든카드를 사용하는 상황이 되지 않았으면 좋겠다.

단지, 이 아츠에는 문제가 있다.

"저기, 상대를 피곤하게 한다, 혹은 정신을 흐트러뜨린다는 건 어떻게 해야 하죠?"

3대가 팔짱을 끼며 웃었다.

『그야 방식 나름이지. 상대를 육체적으로 피곤하게 만들어도 좋고, 놀라게 만들거나, 정신적으로 몰아세운다거나?』

7대가 내 얼굴을 보고 동의를 구했다.

『라이엘. 이 아츠가 얼마나 끔찍한 것인지 이제 알았겠지? 그렇게 약해진 상대에게 마인드를 사용하면 정보를 끄집어내는 것도 가능하다. 잘 사용하면 무척 편리하긴 하지만, 위험한 아츠이기도 하지.』

확실히 3대가 내 성격을 알아보려고 했던 것도 납득이 간다. 아츠 단독으로서는 약한 부류일지도 모르지만, 효과를 발휘하면 무시무시할 정도로 강력하다.

실제로 나는 세레스의 환상을 보고 지금도 심장 고동이 빠르게 뛴다. 마치 현실에서 세레스가 그곳에 있었던 것처럼…….

그렇게 생각하던 중 3대가 효과를 발휘하는 또 하나의 조건을 가르쳐주었다.

『그리고, 상대가 약해지지 않고 정신이 흐트러지지 않았을 때도 유효한 수단이 있어. 그건, 대화야.』

"대화? 대화가 왜 유효한 거죠?"

『글쎄? 하지만 이야기하면 이야기할수록 상대는 더욱 깊은 마인드의 술수에 빠져들어. 옛날에 몇 번이고 실험해봤으니까 틀림없어. 믿어도 좋아.』

……대체 누구한테 실험한 거야! 그렇게 묻고 싶었지만 조금 무서워져서 그만두기로 했다.

제48화 샤논 사크라이

—라이엘 일행이 미궁으로 출발하기 전날.

샤논은 미란다의 지시로 아람사스에 있는 병원에 맡겨지게 되었다. 병원 안 개인실에는 자매 둘뿐.

아무리 그래도 고용인도 없는 집에 샤논을 혼자 남겨둘 수는 없어서 병원에서 한동안 지내게 되었다. 아람사스에는 맡아줄 지인도 없고, 섣불리 다른 사람에게 맡길 수도 없기에 병원이라는 선택지를 고르게 되었다.

"샤논. 조금 시간은 걸리겠지만 꼭 돌아올 테니까 걱정하지 말고 기다려. 그리고 2주일이 지나도 내가 돌아오지 않으면, 병원 사람에게 말해서 사크라이 가에 연락을 취하는 거야."

병원 안에서 샤논을 위해 짐을 배치하던 미란다는 자기가 돌아오지 못했을 때의 대응에 대해 이야기했다. 그런 미란다를 바라보던 샤논은 낮은 목소리로 말했다.

"언니, 약속은 기억하고 있어?"

미란다의 몸이 순간 움찔, 전기라도 스친 듯이 반응을 드러내더니 그대로 샤논 쪽을 돌아봤다. 눈동자에는 빛이 없고, 얼굴은 무표정. 미란다는 샤논의 물음에 천천히 대답했다.

"라이엘 일행을 미궁 안에서…… 하지만……."

그럭저럭 자신의 생각대로 움직여주게 되었지만, 아직 미란다가 저항하는 게 느껴진 샤논은 불만스러운 표정을 지었다.

'조금 더 강하게 조정하는 게 좋을까? 맞다. 그럼 차라리—.'

"그걸 위해 지금까지 준비해왔잖아? 그럼, 제대로 해야지."

샤논은 미란다 주변에 감도는 마력을 조작해서 감정을 움직였다. 희로애락— 그중에서도 노(怒)와 애(哀)를 강하게 움직였다.

미란다의 표정이 갑자기 슬프게 변하더니 무릎부터 무너져서 양손으로 얼굴을 덮었다.

"……미워. 그 남자가 미워. 라이엘이 미워. 내 마음을 배신한 그 녀석이 미워!"

증오가 부풀어 오르는 게 느껴졌다.

미란다가 눈물을 흘리며 미쳐 날뛰는 광경을 보자 샤논은 마음이 아프기도 했고, 예전에 자신을 배신한 앙갚음을 해서 즐겁기도 했다. 애증이 섞인 복잡한 감정.

"아하하, 언니가 겨우 솔직해졌네. 맞아. 라이엘이 밉지? 그럼…… 해버려."

샤논이 미란다 앞에 서서 웃으며 내려다 봤다.

"라이엘 일행으로 실험을 하고, 성공하면 다음에는 사크라이 가…… 아버님도 도리스 언니도. 마지막에는 그 세레스에게도……. 도와줄 거지? 언니."

샤논이 미란다의 얼굴을 들여다보자, 미란다는 어느새 울음을 그쳤다. 살며시 미소를 짓고는 샤논의 물음에 끄덕여서 긍정을 표현했다.

샤논은 병원 안 병실에서 지금까지 보이지 않았던 추악한 미소를 지었다—.

샤논을 맡긴 병원.

그곳에서 상당히 떨어진 건물 옥상에서 방을 바라보던 나는 눈을 가늘게 떴다.

아슬아슬. 정말로 아슬아슬한 거리다. 2대의 아츠 범위 안에서 두 사람의 움직임을 읽으며, 5대와 6대의 아츠도 사용해서 두 사람을 감시하고 있었다.

결과는 상상하던 것 중에서 최악의 부류였다.

"……확정이네요."

아무도 없는 건물 옥상에는 강한 바람이 분다. 태양열이 피부를 찔렀지만 그런 자극은 눈앞의 결과 탓에 잊어버렸다.

5대가 분한 듯이 중얼거렸다.

『바보 같은 아이야.』

5대는 자기 아이에게 무관심하고 동물을 사랑했다고 들었다. 그러나 정말로 그랬을까?

미레이아 씨의 증손녀인 두 사람에게 평소에는 보이지 않는 관심을 기울이고 있다.

6대도 유감스럽다는 듯이 말했다.

『미레이아의 마음은 이어받지 못했나. 설마 친언니를 꼭두각시로 삼으려 하다니…… 어쩔까요? 성질을 고쳐준다는 선택지도 있습니다만?』

5대는 잠시 고민하다가 차가운 말투로 말했앗다.

『아니, 이쪽을 깨닫지 못한 시점에서 아직 능력을 완전히 다루지는 못하고 있어. 조사한 정보를 보면 꽤 냉대를 받아왔지. 그렇게 간단히 복수를 포기할 것 같지는 않아. 해야 해. 눈을 뭉개, 라이엘. 저 눈은 없는 편이 저 아이와 주변을 위해서 좋아.』

나는 그 자리에서 쪼그려 앉아 고개를 숙였다.

"……솔직히, 마음이 무겁네요. 가능하면 하고 싶지 않은데요."

2대도 마찬가지 의견이었다.

『아무리 그래도 저 나이대 아이의 눈을 빼앗는다는 건…… 게다가, 의외로 착한 아이일지도 모르잖아.』

보옥 안의 분위기도 무겁다. 나도 좋아서 눈을 뭉개고 싶은 건 아니다.

4대가 우물쭈물하는 우리의 의견을 정리했다.

『어차피 지금은 무리입니다. 병원이라는 것도 있습니다만, 지금 단계에서 소란을 부리면 미궁에는 들어갈 수 없게 되니까요.』

3대가 한숨을 내쉬었다.

『미궁 안에서도 미란다를 조심할 필요가 있겠네. 그나저나 뭐가 슬퍼서 냉대를 당해온 불쌍한 아이를 라이엘의 손으로 더 상처를 줘야 하는 거야.』

아리아 씨나 소피아 씨에게 들은 샤논의 정보를 떠올렸다.

그건 나의 냉대와 비슷했다.

가족에게 소외당하고, 매우 좁은 방에서 살아온 소녀.

나와 비슷하지 않은 점이라면, 다정한 언니가 있었던 거겠지. 나도 여동생은 필요 없으니까 미란다 씨 같은 다정한 누나를 갖고 싶었다.

……나는 생각했다.

어떻게든 눈을 뭉개지 않을 좋은 방법이 없을까.

돌아갈 때까지 샤논을 갱생시킬 수단을 찾지 않으면, 역대 당주들의 말대로 눈을 뭉개버려야 한다. 그건 싫었다.

─아람사스 지하 미궁.

랜턴을 한 손에 든 모험가가 인상을 찡그리며 반대쪽 손으로 입가를 눌렀다.

"이게 뭐야."

그곳에는 마물들의 처참한 모습이 굴러다녔다. 개중에는 표정을 절망으로 물들인 마물의 모습도 있었다. 갈기갈기 찢긴 마물들은 마석도 소재도 회수되지 않았다. 마치 즐기기 위해서 가지고 논 것 같다.

베테랑 모험가 한 명이 무릎을 꿇고 마물들의 상처 부위를 살폈다.

"찢겨나간 부분도 많은데, 이 깔끔한 절단면은 뭐지? 마법도 아닌데……."

랜턴을 든 모험가가 주변을 보며 꺼림칙한 반응을 보였다.

"요즘 많다니까. 그건가? 귀족 도련님들이 울분을 풀기 위해 이런 일을 하고 있다는 소문이 있는데…… 이러다가 인간으로 목표로 바꾸지 않을까?"

베테랑 모험가가 턱에 손을 대고 신음했다.

"확실히 있을 법하지만, 학원에서 이런 일이 가능한 학생이 있다는 소리는 못 들었는데. 혹시 다른 뭔가—."

"이봐, 그만두라고! 저기, 이만 돌아가자."

랜턴을 든 모험가가 매우 무서워하고 있다는 걸 알아챈 베테랑 모험가는 그나마 팔 수 있는 소재와 마석을 회수하고 그 자리에서 떠났다.

그들이 떠난 곳. 그 천장에서 꿈틀대던 물체는 다리가 여덟 개였다. 천천히 천장에서 실을 사용해 내려와 그 흉흉한 모습을 드러냈다.

초승달처럼 일그러진 입가.

거미 같은 몸통에는 인간의 상반신 같은 게 나 있다. 흉흉한 존재는 히죽히죽 웃으며 여덟 다리로 미궁 안의 벽을 달렸다.

마물을 찾아 덮치고, 압도적인 폭력을 휘두르며 웃었다.

아람사스 지하 미궁에는, 무언가가 있었다—.

출발일. 이른 아침의 어둠 속.

우리는 길드에 서류를 제출하고 건물 입구 부근에서 데미언 교수와 미란다 씨를 기다렸다. 원래는 미궁 입구에서 기다려도 되지만, 미란다 씨가 이쪽이 더 좋다고 해서 따랐다.

상점에서 받은 물자나 우리의 짐은 빌린 짐차에 실었다. 짐차를 끄는 건 소피아 씨다. 맡긴 이유는, 그녀의 아츠가 물건의 중량을 변경할 수 있기 때문이다.

보기만 해도 무거워 보이는 짐차를 너무나도 간단히 끌 수 있다. 우리가 도착했을 때는 클라라 씨도 도착해 있었다. 지금은 길드 입구에서 책을 읽고 있다. 아직 문도 열리지 않았기 때문에 아침 이슬로 젖은 지면은 모래 먼지를 일으키지 않았다.

길드에는 이른 아침부터 많은 모험가들이 출입하면서 우리를 보고 있었다. 그러나 바로 자기 일을 하러 갔다. 아리아 씨가 졸린 눈으로 입을 크게 벌리며 하품을 했다. 양팔도 뻗으며 기지개를 켠다.

"하아~ 조금 더 자고 싶었어."

소피아 씨가 그런 아리아 씨를 꾸짖듯이 말했다.

"어젯밤 주의를 줬는데 그 후에도 일어나 있었던 겁니까?"

아리아 씨가 곤란한 표정을 지었다.

"아니, 그게, 같이 갔던 극장의 연기가 재미있었잖아. 그래서 흥분돼서."

미란다 씨와 친해져서 아람사스의 재미있는 곳을 소개받았다고 한다.

"확실히 재미있었던 건 인정합니다만……."

소피아 씨도 같이 봤는지 재미있었다고 긍정했다.

노엠은 그런 두 사람을 보며 살짝 한숨을 내쉬었다.

"긴장이 풀렸네요. 다치지 않았으니 괜찮지만요. 어떻게든 미궁에 들어가기 전에 마음을 바짝 잡아주세요."

2대도 노웸과 같은 의견인 모양이다. 원래부터 두 사람에게 엄한 평가를 내리는 2대지만, 아무래도 신경을 쓰는 모습이다.

『긴장감이 없군. 얼마 전에는 좀 더 성실함이 있었건만. 얼마 전에 크게 벌어들인 것 때문에 마음이 들떴다는 분위기도 아닌데 말이지. 신경은 쓰이지만, 이 바보 두 사람은 이럴 때 조금 뜨거운 맛을 보는 편이…….』

다리온에서 미궁 토벌을 한 우리는 크게 벌어들일 수 있었다. 최심부 방에서 보스와 싸워 쓰러뜨리기도 해서 재보도 손에 넣었다.

커다란 성공이 자신감을 뛰어넘어 방심을 불러올지도 모른다. 그러나 2대는 아무래도 마음에 걸리는 모양이다. 그것과는 다른 무언가가 있다고 생각하고 있었다.

보옥 안, 역대 당주들도 이런저런 생각을 하고 있는지 이번에는 말수가 적다.

미궁에 대한 것.

샤논이나 미란다 씨에 대한 것.

아리아 씨와 소피아 씨에 대한 것.

나도 샤논은 신경이 쓰인다.

노웸이 이야기를 나누는 두 사람에게서 다른 곳으로 시선을 돌렸다. 마찬가지로 읽던 책을 닫은 클라라 씨가 책을 배낭에 넣고 일어나 짊어졌다. 시선을 돌린 곳은 노웸과 똑같은 방향이다.

"온 모양이네요. 그나저나, 데미언 교수님의 인형들은 눈에 띄네요."

금속이 스치는 소리. 지면을 밟는 소리. 그것들이 들린 방향을 보자, 주변 모험가들도 웅성댔다. 2미터를 넘는 커다란 전신 갑옷 기사들이 네 명. 등에는 짐을 짊어지고, 무기 등을 들고 이곳으로 걸어왔다.

그중 하나의 어깨에 쿠션을 얹고 앉아있는 남자— 데미언 교수가 나를 알아보더니 자기 키보다 커다란 지팡이를 들고 흔들었다.

전신 갑옷 기사들은 아무래도 인형인 것 같다.

5대가 평소보다 흥미를 드러냈다.

『라이엘. 아츠로 안을 확인할 수 있겠어?』

들은 대로 2대의 아츠— 필드로 내부를 확인하자 확실히 인간이 갑옷을 입고 있는 건 아니었다. 내부에는 금속 부품이 들어차 있다.

하지만 전신 갑옷 인형들의 움직임은 무척 인간과 흡사했다. 무거운 짐이나 무기를 들고 태연하게 걷고 있다.

4대가 중얼거렸다.

『저건 갖고 싶네요.』

데미언 교수의 인형들 근처에 미란다 씨의 모습도 보였다. 손을 흔드는 모습은 이른 아침부터 기운찼고, 차림새도 평소보다 움직이기 쉬운 걸 입고 있었다.

귀족 아가씨라고 생각했는데, 의외로 잘 어울렸다.

노웸도 동감인지 미란다 씨의 장비를 보고 감탄했다.

"허리에 찬 건 단검이나 나이프네요. 마법만이 아니라는 걸까요?"

어떻게 싸우는지 신경 쓰이지만, 지금은 그것보다도 데미언 교수에게 전해야만 하는 게 있다.

인형의 어깨 위에서 우리를 내려다본 데미언 교수는 하품을 하며 말했다.

"자, 바로 미궁 입구로 가도록 할까. 그보다 왜 우리가 일부러 마중을 나온 거지?"

데미언 교수도 그런 사정을 모르는 모양이다. 미란다 씨도 역시 모르는 건가, 하고 곤란한 표정을 보였다.

"저희가 없으면 곤란해지거든요. 교수님. 그보다도, 라이엘 일행은 짐이 많은 것 같은데 괜찮아?"

우리 짐이 상정한 것보다 많은 걸 보고 신경이 쓰인 모양이다.

불안해 보이는 미란다 씨에게 내가 말했다.

"일단 미궁 안에 사람이 없는 곳까지 가죠. 이야기는 거기서 할 테니까요."

아람사스 중앙에 위치한 미궁.

원래 아무것도 없는 황무지에 무척 드물게도 미궁이 발견되었기 때문에 그곳에 사람이 살게 되고, 도시로서 발전했다는 경위가 있다. 우리는 외벽에서 도시 중앙으로 향했다. 커다란 짐이나 무기를 들고 걷는 모습은 아람사스 주민들에게는 무서워 보이는지 우리를 기피하고 있다.

하늘이 밝아지고 인파도 늘어났다. 클라라 씨가 우리에게 설명했다.

"보통 모험가들은 좀 더 어두울 때 미궁 입구로 향해요. 사람이 많은 시간대를 피하는 거죠. 그것도 학원 학생들은 상관없지만요."

미란다 씨도 살짝 웃었다.

"아무리 그래도 어두울 때 들어가기는 좀 그러니까. 아, 저기 왔네."

그런 이야기를 하던 사이 무장한 2인조가 이쪽으로 다가왔다. 멈추라고 해서 전원이 멈추자 두 사람은 우리를 수상쩍게 바라봤다.

이 2인조가 아람사스의 병사인 모양이다.

"너희들, 미궁에 들어가는 거냐? 그런 것치고는 못 보던 집단인데. 허가증은 갖고 있겠지? 학원에 확인을 받을 테니 잠시 기다려라."

아리아 씨가 상대의 태도에 짜증이 났는지 되물었다.

"지금부터? 허가증은 있으니까 통과시켜줘."

2인조는 얼굴을 마주 보더니 히죽히죽 웃으며 손을 내밀었다.

"그러길 바란다면 내놓을 걸 내놓으시지. 학원의 확인을 기다리고 있으면 오후가 지날지도 모르는데? 그때까지 여기서 기다릴 생각인가? 좀 더 똑똑해지라고, 아가씨."

미란다 씨는 한숨을 내쉬며 자신의 허가증을 보여줬다. 2인조 병사는 허가증을 보더니 점점 안색이 나빠졌다.

"자, 자작가 분이셨습니까. 시, 실례했습니다! 어, 어서 지나가시죠!"

그러나 미란다 씨는 허가증을 돌려받고는 인형의 어깨에 올라탄 데미언 교수를 가리켰다.

"당신들의 방식에 불평할 생각은 없지만, 좀 더 상대를 봐가면서 해야지. 그리고, 이 일은—."

데미언 교수가 짜증을 냈다. 병사 두 명을 보며 미간에 주름을 잡고 있었다. 미란다 씨의 말을 가로막으며 말했다.

"너희는 뭐야? 내 귀중한 시간을 빼앗아서 뭘 하고 싶은 거지? 저기, 혹시 나는 이런 일을 위해 일부러 길드까지 발을 옮긴 건가?"

불쾌해 보이는 데미언 교수에게 미란다 씨가 어깨를 으쓱하며 끄덕였다.

"맞아요. 데미언 교수님. 어쩌면 제 허가증이라도 확인하겠다고 나서는 병사가 있을지도 모르거든요."

병사 2인조가 데미언 교수라는 말을 듣자 얼굴이 새파래지더니 몸을 떨기 시작했다.

"실례했습니다! 설마 교수님 일행이실 줄은 모르고— 하, 하지만, 이것도 직무라서……."

변명하려던 병사 2인조에게 데미언 교수가 차갑게 말했다.

"아무래도 좋아. 나를 방해했으니 각오는 해두라고. 아니, 너희의 얼굴도 이름도 기억하지 못할 테니까 일단 병사들 전원에게 책임을 묻도록 학원장에게 말해두겠어. 정말이지, 길드나 다른 성가신 일도 많은데 병사까지 방해를 하다니—."

그대로 투덜투덜 불평하는 데미언 교수를 본 병사 두 사람이 울 것 같은 표정을 지었다. 그러더니 미란다 씨에게 어떻게 좀 해달라는 듯, 매달리는 태도를 보였다.

그러나 미란다 씨는 고개를 가로저으며 그대로 걸었다.

"자, 가자. 이 상태라면 앞으로 몇 번을 막힐까."

농담으로 하는 말처럼 보이지 않는다.

클라라 씨도 미란다 씨에게 동의하며 말했다.

"보통은 두 번에서 세 번이겠죠. 그나저나 데미언 교수의 인형을 보고도 막으러 들어오는 병사가 있네요. 아무리 그래도 그런 무모한 사람은 없을 거라고 생각했었는데요."

미란다 씨가 웃었다.

"병사라고 해도 질은 낮으니까. 훈련도 최저한. 봉급도 박하고 사기도 낮아. 뭐, 이번 일로 조금은 자각을 가져줬으면 하지만."

짐차를 끄는 소피아 씨가 도망치듯이 떠나는 병사 두 명을 보며 어이없어했다.

"아람사스에서는 이래도 되는 겁니까? 미궁에 들어가는 모험가는 중요한 존재라고 생각하는데요?"

미궁을 품고 있는 아람사스에게 모험가들은 귀중한 전력이다. 그렇게 생각했는데, 클라라 씨가 고개를 가로저었다.

"학원은 독자적으로 관리를 위한 전투 집단을 갖고 있어요.

모험가는 어디까지나 예비. 있든 없든 미궁 관리에 큰 영향은 없죠. 병사들도 그걸 알고 있으니까 이렇게 모험가 상대로 뇌물을 요구하는 거예요. 뭐, 은화 몇 닢이면 되니까 내는 모험가들이 대부분이고요."

아리아 씨가 그걸 듣고 어깨를 떨궜다.

"왠지 상상했던 아람사스의 이미지하고는 다르네. 좀 더 멀쩡한 곳인 줄 알았는데."

확실히. 학술도시라는 이름 뒤에 있는 실태는 심각했다.

그 후에도 막으러 오는 병사들을 데미언 교수를 이용해 위협하면서 미궁 입구에 도착했다. 입구는 벽으로 둘러싸였고, 병사들의 모습이 보인다. 또한 미궁으로 들어가는 모험가가 줄을 서서 자기들 차례가 오는 걸 기다리고 있었다. 노웸이 그 숫자를 보고 조금 놀랐다.

"꽤 많네요. 이 정도로 모험가가 많을 줄은 몰랐어요."

대기 시간을 본 클라라 씨는 그 자리에 앉아서 책을 읽기 시작하면서 노웸에게 대답했다.

"미궁 내부에는 항상 파티가 30개는 있다고 들었어요. 많을 때는 50에서 60 정도일까요?"

아리아 씨가 주변의 모험가들을 보고 납득했다.

"확실히 바깥에 이만큼 있으면 안에도 그 정도는 있을지도 모르겠네. 여기 있는 것만으로도 파티가 몇십 개나 될까?"

클라라 씨는 고개를 들고 아리아 씨의 얼굴을 봤다.

"왜, 왜 그래?"

"아뇨. 역시 감각이 다르구나 싶어서요. 저희는 파티로서는 매우 적은 부류에요. 여기 있는 사람들은 무척 많아 보이지만, 파티의 수는 많아봤자 다섯 정도겠죠."

"거짓말!"

나는 놀라서 주변을 돌아봤다. 아무리 봐도 모험가의 숫자는 100명을 넘는데……. 클라라 씨가 책으로 시선을 돌렸다.

"뭐, 대부분이 짐을 드는 서포트에요. 전투를 담당하는 사람들이 십여 명이고, 같은 숫자나 조금 적은 수의 서포트가 붙죠. 그게 아람사스에요."

나는 클라라 씨를 봤다. 이렇게 서포트 인원이 많은 아람사스에서 우수하다고 불리는 이 사람은, 실은 굉장한 사람 아닐까?

고민하는 사이 우리 차례가 돌아와서 겨우 미궁으로 들어갈 수 있었다.

제49화 아람사스 지하 미궁

아람사스 지하 미궁이 관리를 받으며 유지되고 있는 건 몇 가지 이유가 있다.

입수할 수 있는 마석이나 소재량이 풍부한 것.

미궁에서 나오는 보물상자의 내용물이 이용가치가 있는 물건이 많다는 것.

사람이 공략하기 쉬운 내부 구조를 가졌다는 것.

그리고 무엇보다, 다른 미궁에서는 볼 수 없는 미궁 그 자체의 희소성이다. 학자들이 모여 도시를 만든 것도 그 희소성이 원인이라고 한다.

그런 미궁에 발을 들이자, 처음으로 느낀 것은— 위화감.

"뭐야 이게—."

아리아 씨가 아연실색했다. 그건 나도 마찬가지다. 소피아 씨도 주변을 보고 놀랐다. 노웸은…… 뭔가 말하려고 하다가 입을 다물었다.

클라라 시는 익숙한 건지 놀라지 않았다.

아람사스에 살고, 이 미궁에 몇 번이고 들어왔다는 미란다 씨도 마찬가지다.

데미언 교수는 딱히 변화가 없다.

미란다 씨가 우리를 보고 자기도 그랬다면서 설명을 시작했다.

"이게 아람사스 지하 미궁이야. 상상도 못했지? 나도 그랬어."

데미언 교수는 흥미가 있는지 떠벌떠벌 말하기 시작했다.

"이 미궁은 주로 발생하는 자연계 미궁과 달리 인공물이 모델이 되어 있어. 드물게 있긴 하지만 여기가 굉장한 건 우리 시대가 아니라…… 멸망해버린 고대 문명을 모델로 했다는 걸까? 여기를 조사한 아람사스는 여기가 고대인의 건조물을 모델로 삼았다는 걸 밝혀냈지. 굉장하게도 고대인의 기술은 우리보다 훨씬 발전했던 것 같아서. 재미있는 발견이 가득하다고."

그렇게 조사한 고대인의 기술을 모아서 아람사스는 지식이나 기술을 크게 발전시켰다.

나는 발밑을 봤다.

잿빛 바닥은 표면이 까끌까끌하지만 평평했다. 어딘가에 볼록 튀어나온 부분도, 극단적으로 오목한 곳도 없다.

벽을 봐도 마찬가지지만, 이쪽은 손으로 만지자 매끈매끈한 질감이었다. 기둥이 일정 간격으로 배치되어 있다. 천장은 높다. 전체적으로 통로도 넓게 만들어졌다.

신경이 쓰이는 건, 조금 앞으로 나아간 곳에서 보인 방 입구다. 입구 위에는 랜턴 같은 물건이 붙어서 발광하고 있었다.

소재는 유리가 아닌 모양이다. 직사각형 상자 표면에 하얀색과 녹색 장식이 붙어서 빛나고 있다. 그림 무늬는 마치, 사람이 문으로 들어가는 듯한…… 그런 그림으로 보였다.

그밖에도 광원이 있다. 천장에 매달린 기다란 통은 하얗게 빛나며 통로 곳곳을 비췄다. 전체가 빛나지 않는 게 유감이다.

나는 벽이나 바닥을 손으로 만졌다. 지금까지 만져본 적 없는 감각이다.

"돌은 아니지?"

돌을 깎아 만든 통로와는 다르다. 뭐라 말해야 할지 모르겠지만, 무척 신기한 미궁이었다.

클라라 씨가 왼팔 의수를 오른손으로 만졌다. 팔 부분이 철 컥하는 기분 좋은 소리를 내며 열리자, 그곳에는 세 개의 금속 봉이 들어가 있었다.

뭐지…… 멋있다.

흥미가 생겨 들여다보자 3대도 마찬가지로 흥미를 보였다.

『저 의수, 왠지 굉장하지 않아? 평범하게 움직이는 게 뭔가 비밀도 있어 보여.』

2대도 의수에 관심을 보였다. 그러나 3대와는 방향성이 다르다.

『이게 내 시대에 있었다면, 손발을 잃고 고생하던 녀석들을 도와줄 수 있었을 텐데…….』

클라라 씨가 내게서 조금 거리를 벌렸다. 조금 슬프다.

"너, 너무 보지 말아주세요. 저기…… 곤란해요."

열린 부분을 닫고, 의수 손바닥을 위로 든 클라라 씨가 마법을 사용했다.

"……라이트."

클라라 씨의 손바닥에서 빛을 발하는 구체가 다수 떠올라 파티의 머리 위로 이동하여 주변을 밝게 비췄다.

소피아 씨가 고개를 들고 입을 벌리며 바라봤다.

"굉장하네요."

동감이다. 내가 마법으로 라이트를 사용해도 이렇게까지 밝아지지는 않고, 그리고 재주 좋게 전체를 비출 수는 없다.

클라라 씨가 조금 쑥스러워하며 의수에 대해 이야기했다.

"제 의수에는 세 개의 아츠가 저장되어 있어요. 희귀금속 봉에 아츠를 새기고, 그걸 사용할 수 있게 한 거죠. 첫 번째는 광원을. 두 번째는 불을. 세 번째는 물이에요. 마실 물로 사용하지 않는 물이라면 차가운 물부터 온수까지 응용 가능해요."

나는 솔직하게 생각했다.

"저도 그런 의수를 갖고 싶네요."

클라라 씨가 안경을 손끝으로 들어 올려서 위치를 고치더니 정론으로 대답했다.

"살아있는 팔이 있다는 걸 기뻐해 주세요. 그게 제일이에요."

그런 말을 들으면 반론할 수 없다.

그러자 데미언 교수가 클라라 씨를 보고 뭔가 떠올랐는지 외쳤다.

"혹시 그 의수— 내가 만든 건가?"

어째서 의문부호지? 클라라 씨는 데미언 교수에게 고개를 숙였다.

"그때는 감사했습니다. 덕분에 새로운 왼팔을 손에 넣었어요. 근데 지금까지 떠올리시지 못한 건가요?"

"응. 왠지 멋있다고 생각했는데, 설계도가 떠오르면서 만들었을 때의 기억이 되살아났어."

데미언 교수는 떠올라서 개운해진 건지 기뻐 보였다. 뭐, 그것뿐이었지만. 미란다 씨가 한숨을 내쉬었다.

"자, 바로 이동하지 않으면 뒤에서 다른 모험가들이 올 거야. 그리고, 라이엘은 우리에게 가르쳐줄 게 있지 않아?"

그랬다. 나는 바로 보옥의 아츠를 사용해서 주변 지도나 적의 위치, 모험가들의 움직임을 확인했다.

그리고 다음 계층으로 가기 위한 최단 루트를 확인했다.

"이동할게요. 이쪽으로. 우선 지금은 전투를 피하고 앞으로 나아가죠."

내가 갈 곳을 정하자 전원이 그에 따라 이동을 개시했다.

파티의 머리 위에서 빛나는 광원은 이동하는 우리를 추적하며 빛을 비춰주었다. 무척 편리하다. 내가 마법으로 꺼내는 광원은 그 자리에 머물러서 빛을 발할 뿐인데……

마물과의 접촉, 그리고 미궁 안에서 활동하는 모험가들과의 접촉을 피하며 나아가 지하 3층으로 내려갈 수 있는 곳에 도착했다.

소피아 씨가 언덕을 내려가며 안도했다.

"원만한 언덕이라 다행이네요. 계단이었다면 짐차를 들어야만 하니까요."

클라라 씨가 미궁 구조에 대해 이야기했다.

"이 미궁에 계단은 없어요. 전부 이렇게 원만한 언덕길이죠.

폭도 있어서 좁지는 않지만, 문제는 계단보다도 거리가 길다는 거겠네요."

무거운 짐을 들고 올라가려면 무척 큰일이라고 한다.

아리아 씨가 납득했다.

"생각해보면, 내려갈 때보다 올라갈 때 짐이 많겠네. 마석이나 소재 같은 걸 옮겨야만 하고. 그렇구나. 그래서 서포트를 쓰는 거네."

짐을 옮기는 인재는 반드시 필요해지는 건가.

지하 3층에 도착한 우리는 가장 가까운 방을 찾았다. 근처 방에는 마물도 모험가도 없다.

여기까지 오면서 경계도 없이 안으로 들어가는 걸 보고 미란다가 감탄했다.

"굉장하네. 보통은 방에 들어갈 때는 주의하라고 가르치는데. 무경계로 들어가는 건 보통 있을 수 없어."

다른 모험가들이 보면 믿기지 않는 행동이겠지. 전원이 방에 들어가는 걸 확인한 클라라 씨가 꺼지려던 광원을 끄고 새로운 광원을 띄웠다.

머리 위에서 빛이 우리를 비추는 가운데, 나는 전원에게 짐 관리에 대해 제안했다.

"새로운 아츠를 익혔어요. 사실 짐의 대부분을 제가 관리할 수 있게 되었죠."

노웸이 나를 보고 순간 눈을 크게 떴지만, 바로 평소대로 돌아왔다.

"역시 대단하시네요, 라이엘 님. 브로드 님의 아츠인가요?"

그건 주변 사람들과는 상관없는 이야기이기에 생략하기로 했다.

보옥 안에서는 7대가 조금 쓸쓸해 보였다.

『라이엘. 할아버지를 자랑해도 된다고 생각한다만. 할아버지, 꽤 대단하단다.』

설명해봤자 무의미하므로 하지 않았다.

"단, 한 번 사용하면 한동안 쓸 수 없어요. 하루에 한 번만 짐을 넣었다 뺄 수 있다고 생각해주세요. 다음에 사용할 때는 내일 밤을 예정하고 있어요."

그렇게 말하자 클라라 씨가 나를 보며 뭔가 말하고 싶어 했지만, 먼저 발언한 건 데미언 교수였다.

"……요전에 너를 익스퍼트라고 했는데, 그건 올바른 판단이었군. 아니, 딱히 미궁 전문인 것도 아니니까 틀렸나? 아무튼 네게 부탁한 건 정답이었어."

전원이 이틀치 짐을 남기고 보관할 짐을 정하자, 나는 손가락을 튕겼다. 그 동작을 보고 노웹이 고개를 갸웃했다.

내 주변 지면에 마법진이 떠올랐고, 그곳으로 짐을 옮기라는 지시를 내렸다.

소피아가 조심조심 마법진으로 들어가 짐차째로 짐을 놓자마자 마법진에서 물러나는 모습이 귀여웠다. 그런 소피아 씨를 아리아 씨가 웃으며 놀렸다.

"왜 무서워하는 거야."

"무, 무서워한 것 아니거든요!"

전원이 현재 필요 없는 짐을 마법진에 두자, 나는 다시 손가락을 튕겼다. 마법진에 빨려 들어가듯이 짐이 가라앉았다. 그리고 모습이 사라지자 마법진도 사라졌다.

전원이 감탄하며 바라보는 가운데, 나는 발밑이 휘청거려서 그대로 무너질 것 같았다.

"아직 익숙하지 않나— 응?"

그러나 내 몸을 부축해주는 인물이 한 명. 평소처럼 노웸이라고 생각했는데, 의외로 미란다 씨였다.

"괜찮아? 괜히 피로가 심하다는 표정인데……."

평소와 다른 감촉. 그리고 냄새. 나는 조금 쑥스러워졌다.

"뭐, 뭐어, 이게 단점이라서요. 한동안 쉬지 않으면 움직일 수 없어요."

노웸이 내 근처에서 곤란한 표정을 보였다. 웃으며 괜찮다고 전하자 고개를 끄덕이고는 휴식에 들어가기 위한 준비를 시작했다.

"아리아 씨와 소피아 씨, 파수를 부탁드려도 될까요?"

"알았어."

"맡겨주세요."

나는 미란다 씨의 부축을 받아 벽 쪽으로 가서 등을 기대며 주저앉았다. 데미언 교수는 인형들을 앉히고 자기도 쉬었다. 클라라 씨는 가벼워진 배낭에 등을 맡기고 몸을 쉬었다. 미란다 씨가 내게 말을 걸었다.

"라이엘, 정말로 굉장하네. 아까 전의 아츠는 아리아네도 몰랐던 것 같은데?"

나는 웃으며 얼버무리려 했지만, 미란다 씨의 눈동자가 은근히 진지해서 사정을 이야기했다.

"보시는 대로, 한번 쓰면 쉬어야만 하거든요. 지금까지는 쓰고 싶어도 쓰지 못했어요."

거짓말은 아니다. 그러자 미란다 씨는 몇 번 끄덕이고는 신경이 쓰였는지 질문을 이어갔다.

"그럼, 아직 다른 사람들이 모르는 아츠도 있어?"

보옥에 시선을 돌린 그녀가 그렇게 묻자, 노웸이 이리로 다가왔다.

"미란다 씨, 그 이상은 매너 위반이에요."

타인의 아츠를 캐묻는 것은 매너 위반. 그 말을 듣자 미란다 씨는 어깨를 으쓱하며 노웸과 내게 사과했다.

"미안해. 신경이 쓰여서 물어봤어. 라이엘도 미안."

그러면서 웃고는 아리아 씨 쪽으로 향하는 미란다 씨를 배웅한 나는 노웸 쪽을 봤다.

"나는 딱히 신경 쓰지 않는데."

노웸은 그래도 안 된다고 말했다.

"매너 위반 이전에, 라이엘 님은 좀 더 자각을 가지셔야 해요. 그 푸른 옥은 월트 가의 가보. 역대 당주님들이 발현한 귀중한 아츠가 보존되어 있으니까요. 그 정보를 가볍게 가르쳐주시면 안 돼요."

노웸이 화가 난 모양이다.

사과하자 노웸도 「다음부터는 조심해주세요」라며 한숨을 내쉬었다.

문득 그 표정이 아이를 꾸짖는 부모 같은 표정에서 진지한 표정으로 변했다.

"그리고…… 브로드 님의 아츠를 사용하실 때, 손가락을 튕기셨죠? 그것 자체는 의미가 없을 텐데요. 그건 브로드 님의 버릇이었어요. 어디서 보셨었나요?"

큰일이다. 순간 그렇게 생각했지만 나는 바로 떠올렸다.

7대— 할아버님은 손주에게 물렀다. 그렇다면 손주에게 자랑하기 위해 자신의 아츠를 보여주더라도 이상하지 않다. 내게는 열 살 이전의 기억이 없지만, 봤을 가능성은 높다.

"있어. 할아버님이 내게 자랑하셨으니까. 그게 왜?"

노웸은 조금 곤란한 표정을 지으며 끄덕였지만, 납득하지 못한 모습이었다.

"그러네요. 브로드 님은 라이엘 님을 귀여워하셨으니까……."

자신을 납득시키듯이 중얼거린 노웸은 내 옆에 앉더니 가져온 과자를 내게 권했다.

"라이엘 님. 지쳤을 때는 달콤한 게 좋아요."

평소처럼 바지런히 돌봐주는 노웸이었다.

그러나 보옥 안에서는 7대가 의아해하며 중얼거렸다.

『……내가 노웸에게 아츠를 사용하던 걸 보여줬었나? 라이엘에게 보여준 기억도 없다만.』

3대가 7대를 놀렸다.

『할아버지는 아이들에게 자랑하고 싶어 하니까. 분명 보여준 거 아닐까? 그도 그럴 게, 우리는 보옥을 넘겨준 이후의 기억이 애매하잖아. 나는 전사해서 마지막까지 기억이 남아있지만.』

4대가 한숨을 내쉬었다.

『뭐, 3대의 경우야……. 하지만 확실히 기억이 없긴 하니까요. 보옥을 넘겨준 뒤에 보여줄 기회가 있었던 거겠죠.』

7대는 그 의견을 부정했다.

『전성기라면 몰라도, 나이가 들고 나서는 마력의 급격한 소비는 무시할 수 없습니다. 무리해서 자랑하는 건…….』

6대가 떠올렸다.

『아, 그거다. 노웸은 아버지나 조부에게 이야기를 들은 거 아닐까? 너와 함께 전장에 나선 적도 있잖아. 그때 봤겠지.』

그걸 듣고 7대는 마지못해 납득했다. 그러나 나도 그 가능성이 제일 높다고 생각한다.

『그럴까요?』

그러나 5대가 7대에게 말했다.

『그래도 네가 라이엘을 귀여워하는 태도를 보면, 무리해서라도 자랑하는 모습이 간단히 상상되는데.』

확실히. 손주의 눈앞에서 무리하는 7대의 모습이 간단히 떠오른다.

살짝 웃자, 노웸이 내 얼굴을 들여다봤다.

"라이엘 님?"

"아, 아니…… 아무것도 아냐."

얼버무린 나는 노웸에게 받은 과자를 먹었다. 달콤한 맛이 입 안에 퍼지면서 위로 흘러 들어갔다. 잠시 뒤, 정말로 조금 기분이 편해지는 느낌이 들었다.

긴 휴식을 거친 우리는 이동을 재개했다.

나는 클라라 씨에게 광원을 지워달라고 하고, 앞으로 가는 데 방해되는 마물 집단으로 다가갔다.

십자로인 곳에 빛이 있고, 그곳에는 철제 무구를 두른 오크를 중심으로 고블린이 셋.

합계 네 마리의 마물이 그 자리에서 사냥감을 기다리고 있었다.

다행히 우리가 있는 곳은 어두워서 이쪽을 보지는 못했다.

2대가 마물들을 보고 웃었다.

『저런 곳에서 기다리고 있는 건가? 노려달라고 말하는 셈인데.』

나는 전원에게 아직 움직이지 말라고 한 뒤 활을 꺼냈다. 그리고 허리에 찬 특별한 화살통에서 화살 하나를 꺼냈다.

데미언 교수는 내가 꺼낸 마시를 보고 작은 목소리로 물었다.

"그거, 실패작이지? 학생이 자주 부업에 실패해서 팔러 가는데, 쓸 수 있는 건가?"

나는 고개를 끄덕이고는 노웸과 아리아 씨에게 지시를 내렸다.

"문제점도 많지만요. 노웸, 내가 활을 쏘면 범위마법 준비를. 아리아 씨, 빠져나간 녀석을 상대해주세요."

노웸이 끄덕이고, 아리아 씨도 창을 쥐며 대답했다.

2대가 내게 조언했다.

『천천히 노려라. 너라면 할 수 있다.』

들은 대로 마음을 진정시켰다. 주변 소리보다도 자신의 고동이 잘 들렸다. 그리고, 손가락을 놓자 화살은 멀리 있는 오크의 머리에 명중했다.

꽂힌 게 아니라, 부딪힌 화살촉이 터져서 금속 투구가 찌그러지고 틈새에서 피가 튀었다. 오크의 거체가 마치 강하게 얻어맞은 것처럼 쓰러지자 고블린들이 무기를 들고 주변을 경계했다.

노웸이 은색 지팡이를 들고 마법을 준비했다. 어둠 속에서 마법이 발하는 빛을 발견한 고블린들이 이리로 달려왔다.

내가 활을 거두고 허리에 찬 사브르를 뽑은 타이밍에, 노웸이 마법을 쐈다.

"파이어 캐논."

커다란 불구슬이 힘차게 튀어나와 각진 통로를 달렸다. 고블린 하나에게 명중하자 그대로 터져서 주변에 불꽃이 튀었다.

고블린들이 불꽃에 휩싸여서 움직이지 못하게 되자 불도 꺼졌다.

마물들의 사망을 확인한 나는 바로 주변 상황을 확인했다.

"……벽을 기듯이 움직이는 적이 있어. 곤충종인가?"

클라라 씨가 즉시 광원을 쏘고 내게 조언했다.

"라이엘 씨. 성가신 적이 될 거예요. 이 계층에서 곤충이라면 지네…… 성인 남성 정도의 크기는 되는, 독을 쏴대는 성가신 마물이죠."

조금 전 전투를 눈치채고 몰려오고 있었다.

숫자는…… 세 마리였다.

"숫자는 셋. 방향은 정면. 이쪽으로 똑바로 오고 있어."

그걸 들은 데미언 교수가 인형 세 대를 앞으로 내세웠다.

안경을 검지로 살짝 들어 올리며 우리를 향해 말했다.

"이거 대단하군. 덤으로 내 실력을 보여주도록 할까. 아, 빠져나온 녀석이 있다면 대처는 맡기지."

인형 세 대가 일렬횡대로 섰다. 각자 다른 무기를 들었다. 무기를 들고 마물을 기다리는 모습은 뒤에서 봐도 믿음직하다.

나는 적과의 거리를 확인하고—.

"왔다!"

벽을 기어오는 커다란 지네 세 마리를 목격했다. 무기를 든 인형들이 곧장 앞으로 나와 지네들에게 무기를 내리쳤다.

한 대는 창으로 지네의 머리통을 관통시켜서 벽에 꿰고, 다른 한 대는 지네가 다가오는 기세를 이용해서 도끼를 휘둘러 세로로 양단.

메이스를 든 인형은 지네의 몸통을 내리쳐 부쉈다. 그러나 마물은 부서지면서도 이리로 다가왔다.

나나 소피아 씨가 앞으로 나서려 하자, 우리의 틈을 뚫고 나온 나이프 세 개가 지네의 머리에 꽂혔다. 마물은 그 자리에서 버둥거렸고, 잠시 뒤 움직이지 못하게 되었다.

돌아보자, 미란다 씨가 투척한 모양이다.

"……놀랍네요."

미란다 씨는 어깨를 으쓱하며 우리에게 설명했다.

"그래도 지금 투척으로 실력은 알았지? 마법도 쓸 수 있지만, 이쪽도 나름 할 수 있어."

아리아 씨가 놀라면서 미란다 씨를 칭찬했다.

"굉장하네. 근데 던질 때는 뭐라 말을 해줬으면 좋겠어."

"미안해. 다음부터는 그렇게 할게."

내가 주변 상황을 확인하는 사이, 클라라 씨가 장갑을 끼고 마물에게 다가갔다. 죽은 걸 확인하고 마석이나 소재를 회수하기 시작했다.

주변에 적이 모일 기색은 없다.

다른 멤버는 주변을 경계하고, 노엠은 주로 정면을, 미란다 씨는 후방을 지켰다.

소피아 씨와 아리아 씨가 조금 전 전투에 대해 이야기했다.

"데미언 교수님도 미란다 씨도 굉장한 실력이네요."

"그러게. 내 차례가 없었어."

데미언 교수를 보니 벽에 꽂힌 창을 인형보고 뽑으라고 하고 있었다. 벽은 마치 시간이 되감긴 것처럼 재생했다.

회수를 마친 클라라 씨가 내게 마석과 소재에 대한 확인을 요청했다.

"마석은 일곱 개. 소재는 이것들이에요. 철제 무구는 놓고 갈까요?"

보여준 것은 오크나 고블린들이 갖고 있던 철제 무구다. 이건 무거워 보인다.

4대가 클라라 씨의 질문을 알아챘다.

『그래요. 이런 물건을 들고 돌아다니면 안으로 갈수록 방해가 될 겁니다. 라이엘, 마석만 가져갑시다.』

나는 클라라 씨에게 마석만 있으면 된다고 하고 이동을 개시하자고 선언했다.

걸어가던 중 클라라 씨가 말을 걸었다.

"역시 데미언 교수님이네요. 인형사의 이명은 진짜인 것 같아요. 미란다 씨의 움직임도 나쁘지 않아요. 저만한 기량을 어디서 기른 걸까요."

학원 학생인 미란다 씨가 상상 이상으로 우수해서 클라라 씨도 신경이 쓰이는 모양이다.

나중에 물어보는 것도 나쁘지 않겠다.

이윽고 우리는 지하 5층으로 가는 언덕을 찾았다.

지하 5층.

내려와서 가장 먼저 놀란 건, 지하 미궁에 존재하는 장치였다.

"어머, 라이엘은 처음이야? 이게 아람사스 지하 미궁의 계층 이동 장치야."

철제로 된 접문. 안에는 와이어가 보이고, 움직이는 것 같았다.

클라라 씨가 그 방 입구 위를 가리켰다.

"저기에 미터기가 있어요. 숫자가 보이죠? 저게 지금 어디에 이동 장치가 있는지 가리키고 있죠. 지하 5층부터 지하 25층까지라면 자유롭게 이동할 수 있어요."

그걸 듣고 아리아 씨가 기뻐했다.

"뭐야. 그럼 지금부터 지하 25층까지 이걸로 편하게 내려갈 수 있구나."

클라라 씨가 고개를 가로저었다.

"이 장치는, 전원이 도착한 적 있는 계층까지밖에 이동할 수 없어요. 즉, 이 미궁을 처음 들어온 사람들은 자기 발로 앞으로 가야만 하는 거죠."

데미언 교수도 귀찮은 듯이 말했다.

"귀찮다니까. 뭐, 너희라면 바로 앞으로 갈 수 있겠지."

아리아 씨가 어깨를 떨궜다.

"기대해서 손해 봤어."

노웸이 그런 아리아 씨를 곤란한 표정으로 위로했다.

"돌아가는 길은 편하다는 거니까요."

소피아 씨가 그걸 듣고 안도했다. 역시 지하 40층까지 가서 마물을 쓰러뜨린 뒤에 자기 발로 돌아오는 건 상상만 해도 힘드니까.

평범한 파티라면 더욱 많은 짐을 들고 이동해야 한다.

클라라 씨가 우리에게 토막 지식을 가르쳐줬다. 의외로 남을 가르치는 것을 좋아하는 걸지도 모른다.

"규모가 큰 미궁에는 반드시 똑같다고는 할 수 없지만, 이런 공략에 도움이 되는 장치가 있다고 해요. 미궁 안으로 더욱 강한 모험가들을 유도하기 위해 존재한다는 게 정설이죠."

나는 장치를 봤다. 누가 쓰는지는 모르겠지만 장치는 지하 12층에서 위를 향해 올라오고 있었다.

더욱 깊은 계층으로 모험가를 유도하기 위해 편리한 물건을 준비하는 미궁— 왠지 자신을 토벌해달라는 것처럼 느껴졌다.

보옥 안에서는 6대가 감탄했다.

『굉장하군요. 우리의 경우는 발견하면 즉시 토벌했으니까 이런 물건을 본 경험이 없는데요.』

발견하자마자 용맹하게 앞다투어 미궁에 도전한 월트 가. 확실히 관리할 기술이 없으니까 올바른 행동이지만, 그걸 가졌다 해도 바로 토벌해버리는 모습을 상상하고 말았다.

4대가 활기찬 모습으로 흉계를 꾸몄다.

『이만한 미궁이니 토벌하면 대체 얼마나 많은 재보가 들어올지…… 신경 쓰이는군요. 대체 얼마나 돈이 될지.』

아무래도 역대 당주들은 토벌에 생각이 쏠린 모양이다. 그러나 아람사스 지하 미궁은 관리받고 있어서 토벌이 금지된 미궁이다.

다른 곳도 똑같다고 하니, 대규모 미궁은 거의 다 인간의 꿍꿍이로 인해 토벌 불가능이 되어버렸다.

미궁의 깊이와 인간의 욕망 중 뭐가 더 깊을까?

노웸이 내 어깨에 손을 올렸다.

"라이엘 님. 출발해요."

"그래, 그러자."

―밤.

병원 개인실에서 빠져 나와 산책을 하던 샤논은 다가오는 기척을 깨닫고 그늘에 숨어 상대를 확인했다.

불빛을 들고 혼자 걷던 것은 야간 순회를 하던 간호사인 모양이었다.

"하아, 꺼림칙하네. 빨리 끝내고 돌아가야지."

어둠 속을 무서워하며 걷는 모습을 보고 샤논은 조금 신기했다. 왜냐하면, 어둠이야말로 샤논에게는 당연한 일상이기 때문이다.

마안을 사용해도 기본적으로 어둠 속에서 마력이 빛나는 게 보일 뿐이다.

그리고, 상대를 마력으로 분간한다.

'저 여자! 아침에 내 눈이 안 보인다고 해서 방에 놔둔 과자를 훔쳐 먹은 여자야!'

눈이 보이지 않는다고 해도 소리나 진동이 샤논에게 주변 상황을 가르쳐준다. 나중에 확인해보니 좋아하던 과자가 사라져버렸다.

샤논은 씨익 웃고는 상대의 마력 흔들림을 조작해서 공포를 자극했다. 바로 상대가 무서워하며 떨었다.

"뭐, 뭐야? 이상한 소리가—."

무서운 나머지 환청까지 들린 것이리라. 바람으로 흔들린 커튼 소리조차도 무서워했다.

그런 모습을 보고 즐기던 샤논이 다시 주변 마력을 조작해 자신의 윤곽을 흐릿하게 만들었다.

그대로 상대 뒤에서 말을 걸었다.

"저기, 언니…… 놀자."

"어? ……싫어…… 싫어어어어어어어어어어어어!!"

돌아본 상대는 공포심에 얼굴을 찡그리며 그 자리에서 절규를 내지르더니 부리나케 도망쳤다. 너무나 큰 공포심에 발이 얽혀 쓰러졌다. 그럼에도 공포심 탓에 기어서라도 도망치는 모습을 보니 처음에는 오히려 놀랐던 샤논도 지금은 배를 잡고 웃었다.

"아하하하, 내 과자를 훔쳐먹으니까 그렇게 되는 거야. 그나저나 저 여자한테는 내가 어떻게 보였을까?"

조금 자신을 보기 어렵게 만들었을 뿐. 그리고 상대의 공포심을 강하게 자극했을 뿐이다.

분명 이 세상 사람으로 보이지 않았겠지. 만족한 샤논은 그대로 방으로 돌아가기로 했다.

어두운 통로에서 빛나는 눈을 천장으로 올렸다.

"그리고 보니…… 언니는 잘하고 있을까. 빨리 돌아와 줘, 언니."

키득키득 웃은 샤논은 통로의 어둠 속으로 사라졌다—.

지하 14층.

어두운 방 안.

모닥불을 피우는 파충류 아인— 리자드맨. 신장은 3미터에는 미치지 못하지만 충분히 크다.

손에 든 전투도끼를 내려치면 갑옷을 입은 기사조차 양단하겠지.

두꺼운 피부를 가졌고, 그 완력은 사람과는 비교도 되지 않는다. 그런 강인한 리자드맨 전사들이 금속 무구로 무장하고 있는 게 다섯 명.

모험가들에게서 빼앗았는지 술을 마시고 있었다.

방 입구에는 파수병 한 명. 위쪽 계층에서 싸운 오크나 고블린과는 달리 무척이나 그럴싸한 인상을 받는다.

정찰을 마친 나는 동료가 있는 곳으로 돌아가 작전을 상의했다.

상황을 들은 클라라 씨가 졸려 보이는 눈을 가늘게 떴다.

"성가시네요. 지하 15층 부근에서 날뛰는 리자드맨 집단이에요. 최근 모험가 파티 몇 개를 괴멸시켰다고 들었어요. 숫자로 보아 조금 늘어난 모양이네요."

강한 모험가들은 장치를 이용하여 더 깊은 계층으로 나아간다. 그 때문에 겨우 지하 15층 부근에 도착한 모험가들에게 리자드맨은 최초의 장해물. 벽이 되는 마물이라고 한다.

데미언 교수가 살짝 손을 들었다.

"내가 할까? 내 인형들이라면 어느 정도 피해를 입더라도 바로 수리할 수 있는데."

나는 고민했다.

보옥 안에서는 2대가 조금 아쉬워했다.

『뭐야. 리자드맨이냐.』

3대도 마찬가지였다.

『그러고 보니 몇 번 본 적은 있네. 그리 강하지는 않았어.』

4대도 같은 의견인 모양이다.

『인간 도적이 더 성가셨죠. 다소 튼튼해서, 하급 마법으로는 쓰러지지 않는 정도일까요?』

5대는 흥미가 없다.

『귀엽지 않으니까 아무래도 좋아.』

6대는 즐거워 보인다.

『그런가요? 정면에서 싸우면 재미있는 녀석들인데요. 개중에는 실력 있는 맹자도 있으니까요.』

7대는 한숨을 내쉬었다.

『대단한 적은 아닙니다. 입구를 인형으로 막고 하나씩 상대해도 되고, 노웸이 마법을 때려 박아도 되죠. 방을 통째로 태워버릴 수도 있고요.』

아람사스의 미궁은 타지 않는다. 그 때문에 마법으로 다소 무리를 해도 미궁이 크게 다쳐서 자극에 반응해 폭주하는 일은 없다.

안심하고 마법을 쓸 수 있는 미궁이었다.

하지만 어떻게 할까…… 고민하고 있는데, 아직 사브르를 쓰지 않았다는 걸 떠올렸다. 아람사스에 오기 전 센트럴에서 구입한 명품이다.

"……여기서는 우리끼리 가죠. 아리아 씨, 소피아 씨는 준비를. 그리고 미란다 씨도 참가하실래요?"

내 물음에 미란다 씨가 당연하다며 대답했다.

"좀 더 믿어줘도 돼. 나, 이래 봬도 꽤 강하니까."

아리아 씨가 끄덕였다.

"언제라도 괜찮아."

소피아 씨도 마찬가지다.

"괜찮습니다. 게다가 오늘은 그다지 활약하지 못했으니까요. 여기서 힘을 내야겠죠."

나는 고개를 끄덕이고 노웰과 데미언 교수에게 클라라 씨의 호위와 입구 감시를 부탁했다.

노웰이 걱정스런 표정을 보였다.

"라이엘 님. 정말로 괜찮으신가요?"

"응. 괜찮을 것 같아."

그렇게 중얼거리고, 세 명을 데리고 적이 있는 방으로 가서 아리아 씨에게 첫 돌격을 맡겼다.

수긍한 아리아 씨의 몸이 살짝 붉게 빛나더니 눈에 보이지 않는 속도로 방으로 뛰어들어 파수를 보던 리자드맨의 뒤로 돌아가 심장을 향해 창을 찔렀다.

파수병 리자드맨이 큰소리를 지르자 쉬고 있던 남은 다섯 명이 무기를 들고 즉시 일어났다.

"빠르네."

셋이서 방 안으로 들어가자 소피아 씨가 등에 짊어진 배틀 액스를 들고 등이 찔려 버둥거리던 리자드맨의 목을 날려버렸다.

"훌륭해!"

리자드맨 다섯이 우리를 둘러싸기 위해 움직이자 미란다 씨가 나이프를 던져서 한 마리의 두 눈을 뭉갰다. 상대의 움직임이 둔해지자 그대로 목덜미를 향해 뛰어서 허리에서 뽑은 단검으로 목덜미를 갈랐다.

피가 힘차게 솟구치고, 리자드맨이 무릎을 꿇고 무너지듯이 쓰러졌다.

"두 마리째. 자, 다음은—."

양손에 사브르를 각각 든 이도류로 나선 내게 한 마리가 정면에서, 다른 한 마리가 뒤로 돌아가서 전투도끼를 옆으로 휘두르려 했다.

앞뒤로 덮쳐오는 공격에 나는 앞으로 뛰쳐나가는 걸로 대응했다. 눈앞의 리자드맨이 눈을 크게 뜨는 게 보였다.

뒤에서 날아온 전투도끼가 가로로 스쳐 지나가고, 바람을 느끼면서 사브르를 움켜쥐었다. 눈앞의 리자드맨이 휘두른 전투도끼의 일격을 옆으로 피하는 것과 동시에 사브르로 몸통을 가로로 양단. 무너지는 리자드맨을 발판 삼아 뛰어오르자 뒤에서 공격한 리저드 맨이 놀란 눈으로 나를 올려다 봤다.

"나만 봐도 괜찮겠어?"

그러자 나를 올려다보던 리자드맨을 향해 배틀 액스가 회전하면서 날아와 복부에 깊숙하게 꽂혔다.

그리고 또 하나, 이쪽을 보지 않던 리자드맨을 향해 상공에서 사브르를 내리치며 착지하자, 리자드맨의 목이 떨어졌다.

남은 건 하나.

마지막 한 마리는 나를 보면서 크게 입을 벌리며 위협하더니 한 걸음 내딛으려 했지만, 나이프와 손도끼가 날아와서 꽂혔다.

마지막으로 아리아 씨가 뛰어올라 리자드맨의 머리에 창을 꽂으면서 전투가 종료됐다.

리자드맨 여섯 마리가 사망한 걸 확인한 나는 입구에서 감시하던 다른 일행들을 방으로 불렀다.

보옥에서는 3대가 손뼉을 쳤다.

『라이엘. 정말로 굉장하네. 싸움에 익숙하지 않은 부분도 있지만, 앞으로 경험을 쌓으면 좀 더 성장할 거야. 정말로 전투만큼은 믿음직하다니까.』

전투만큼은, 이라는 부분에서 3대의 심술궂은 점이 느껴진다.

5대는 내 싸움을 보며 조금 어드바이스를 주었다.

『사브르를 휘두를 때 아직 너무 힘을 주고 있어. 명품이라서 깔끔하게 베였을 뿐이야.』

전투가 끝났는데도 아무도 솔직하게 칭찬해주지 않는다. 사브르에 묻은 피를 닦고 칼집에 넣자 미란다 씨가 걸어왔다.

"라이엘, 정말로 굉장하네. 마치 달인의 싸움을 보는 것 같 았어."

나는 쑥스러워졌다.

"그, 그런가요?"

"응, 굉장했어. 정말로…… 굉장하네. 강하고 믿음직해. 그리고 귀족이나 그런 것하고는 상관없이 주변 사람들을 잘 보고……."

미란다 씨의 분위기가 조금 어두워졌다. 걱정돼서 말을 걸 었다.

"미란다 씨?"

"……저기, 라이엘. 라이엘을, 좋아한다……고 하면 민폐일까?"

"네?"

당혹스러워하는 내 얼굴을 보고 미란다 씨는 억지로 미소 를 지었다. 그리고 내게 사과하고는 리자드맨 쪽을 돌아봤다.

"미안, 잊어줘. 클라라 씨 혼자서는 힘들 테니까 마석 회수 를 도울게."

나는 뭐라 대답할 수가 없었다. 마음이 아프다.

거짓 헌팅 같은 건 하지 않고 처음부터 제대로 만났었다면…….

후회하고 있는데 6대가 강한 말투로 나를 타일렀다.

『라이엘, 이게 네 행동의 결과다. 없었던 일로 할 수는 없 고, 괴롭다면 앞으로는 조심하면 된다. 그래도 괴롭다고 생각 한다면 그게 벌이라고 여겨라.』

아무도 듣지 않는다고 생각한 나는 살짝 중얼거렸다.

"……네."

제50화 계층 보스

아람사스 지하 미궁에는 몇 가지 특징이 있다.

그 특징 중 하나가 10층 단위로 존재하는 계층 보스의 존재다. 쓰러져도 일정 시기가 지나면 부활하는 성가신 계층 보스들.

그러나 어떻게 생각하느냐에 따라서는 무척 편리한 시스템이다.

한번 승리한 모험가들이라면 장비를 보스전에 맞추고 작전을 고치면 더욱 효율 좋게 쓰러뜨릴 수 있다. 게다가 보스가 가진 마석이 무척 비싸다. 크기도 순도도 다른 마석과는 비교도 되지 않을 만큼 뛰어나다.

무슨 말을 하고 싶은가 하면, 계층 이동 장치가 있는 지하 10층과 지하 20층은 정기적으로 계층 보스가 쓰러진다는 뜻이다.

─지하 21층.

우리는 주변 마물을 쓰러뜨리고 안전을 확보한 방에서 야영 준비에 들어갔다.

나는 클라라 씨와 함께 무언가를 조립하고 있었다.

"커튼인가요?"

"네. 이렇게 하면…… 이제 주변에서 볼 수는 없을 거예요."

방구석에서 뭘 만드나 했더니만 화장실이었다. 커튼으로 칸막이를 만들고 거기에 접을 수 있는 양동이를 놓아둘 뿐. 그 위에 구멍을 뚫은 접이식 의자를 놓았다.

마지막으로 양동이 안에 뭔가를 던졌다.

"그건 뭐죠?"

"탈취제예요. 이걸로 꽤 편해질 거예요."

미궁 안이라고 해서 사람이 생리현상을 참을 수 있을 리는 없고…… 이렇게 이런저런 지혜를 쥐어짤 필요가 있다.

모험가 남성이 여성 모험가를 봐도 이성이라 의식하지 않게 되는 건, 서로 수치심이 흐려져서 여성 모험가가 남성화되기 때문이라고 들은 적이 있다.

……노웸이나 다른 여성진이 그렇게 되면 싫겠다는 마음이 들었다.

내가 시무룩해지는 걸 보고 클라라 씨가 고개를 갸웃했다.

"간단한 거지만, 없는 것보다는 나아요."

"아뇨. 그건 알고 있긴 하지만요."

내가 그렇게 말하자 5대가 나에게 덤덤히 현실을 들이밀었다.

『전장에서도 똑같아. 똥오줌 같은 건 드물지도 않고, 인간은 배가 찢어지면ㅡ.』

아니, 알고 있으니까 일부러 설명하지 말았으면 좋겠다.

클라라 씨가 커튼에서 나와서 다른 준비를 위해 이동했다. 나도 따라갔다.

"손은 깨끗하게 닦아주세요. 그리고 온수가 필요할 때는 말을 걸어주시고요. 그때 준비할게요."

이것저것 움직여주는 클라라 씨를 보고 나는 순수하게 감탄했다.

"꽤 큰일인 것 같네요."

클라라 씨가 나를 보며 한숨을 내쉬었다.

"……뭐, 원래는 좀 더 서포트가 있었으면 좋았겠죠."

내가 곤란한 표정을 짓자 「이유는 알고 있지만요」 하고 말해주었다.

사람을 고용한다고 간단히 말하지만, 우선 상대를 믿을 수 있는지 모른다. 그리고 나는 아츠를 전력으로 사용한다. 설불리 상대에게 정보를 주는 건 피하고 싶었다.

그 점에서 클라라 씨는 우수하다고 할 만한 서포트다. 즉, 그런 일― 타인의 정보를 흘리거나, 마석을 훔치거나, 일을 게을리하는 그런 마이너스 면을 지금까지 보여주지 않았다.

높은 평가를 얻었기 때문에 길드의 눈에 들어서 학원의 질 나쁜 귀족 학생들을 소개받는 흐름이 된 것은 참으로 얄궂은 일이다.

"이번에는 시간도 없었으니까요. 인원을 모을 여유가 없었겠죠. 그래도 다음부터는 제대로 생각하는 편이 좋아요."

이렇게 이것저것 설명해주는 사이에도 야영 준비가 진행됐다.

주변에서 숨소리가 들려온다.

눈을 떠보니, 일어나 있는 건 미란다 씨뿐이었다. 원래는 또

한 명이 일어나 있을 테지만, 소피아 씨는 앉은 채로 자고 있었다.

"……소피아 씨가 웬일이지."

성실한 소피아 씨는 지금까지 졸은 적이 없다. 게다가 오늘은 불침번을 대비해서 먼저 쉬었다. 확실하게 자고 난 뒤에 불침번을 섰을 거다.

깨울까 망설이고 있는데, 미란다 씨가 웃으며 말했다.

"자게 해주는 게 어때? 지친 모양이고."

나는 머리를 긁적이며 소피아 씨의 잠든 얼굴을 바라봤다. 앉아서 자는 모습은 왠지 귀여웠다.

"그러게요."

보옥 안에서는 2대가 의아해했다.

『아리아가 아니라 소피아가 존다고? 웬일이지. 성실함이 장점인 아이인데.』

어두운 방 안에서 미란다 씨가 랜턴 불 앞에 앉아 자기 도구를 확인하고 있었다. 그 모습은 마치 연륜 있는 모험가 같았다.

세심하게 도구를 확인하고, 때로는 손질을 한다.

시간을 확인하니, 지금부터 자는 것보다도 이대로 깨어있는 편이 나아 보인다. 일어나서 기지개를 켰다. 근처에는 노웸이나 아리아 씨, 클라라 씨에 데미언 교수가 자고 있었다.

미궁 안에서 대부분의 동료가 잠든 상태는 위험하다. 그 때문에 주변 상황을 확인했지만, 딱히 위험이 다가오지는 않았다.

지하 21층.

우리 말고는 두 모험가 파티가 존재하고 있고, 어느 쪽도 움직이지 않고 쉬는 모양이다. 미란다 씨 근처에 앉자 아침 식사용 수프를 준비해주었다. 하지만 어제 것이 아니라 새로 다시 만들었다.

"새로 만드신 건가요? 어제 남은 건요?"

미란다 씨가 어깨를 으쓱했다.

"예상 이상으로 먹었거든. 뭐, 여유도 있으니까 괜찮지만. 먼저 먹을래?"

수프를 그릇에 부어준 걸 받자 미란다 씨는 빵도 건네주었다. 수프의 맛은 노웸과 다르지만, 맛있었다.

"맛있네요."

"그렇구나. 다행이야."

그대로 말없이 시간이 흘렀다. 아무래도 거북하다. 보옥 안의 역대 당주들은, 말이야 하고 있지만 상관없는 것들뿐이었다.

『소피아의 얼굴에 낙서하지 않을래? 나로서는 벌은 그게 좋다고 생각하는데.』

『여성의 얼굴에 무슨 짓을 하려는 겁니까. 그런 짓을 했다가는…… 윽! 위, 위가 아파.』

3대의 제안에 4대가 뭔가를 떠올리고 위가 아파진 모양이다. 기억에 지나지 않는 역대 당주들도 위가 아파진다는 사실을 알게 됐다. 4대의 과거에 대체 무슨 일이 있었던 걸까?

……아무래도 상관없나.

역시 너무 조용한지라, 나는 미란다 씨에게 말을 건넸다.

"그러고 보니, 미란다 씨는 학원에서 무슨 공부를 하고 계신가요?"

미란다 씨는 나의 막연한 질문에도 자세하게 대답해주었다.

"글쎄…… 이것저것 있지만, 그중 제일인 건 약학일까? 샤논의 눈을 치료해주고 싶어서 한때는 마법에 몰두했었는데, 결과적으로는 안 됐으니까. 그럼 약학을 배워야겠다고 생각해서 손을 댔어. 결국 안 됐지만. 사실 그 아이, 태어났을 때부터 눈이 보이지 않았으니까. 여러 고명한 선생님들도 포기하는 게 좋다고 그랬어."

6대가 눈물지었다.

『미란다는 미레이아의 다정한 부분을 이어받았구나. 그런데 샤논은 어째서…….』

5대가 불쾌한 목소리를 냈다.

『덩치 큰 녀석이 울지 마. 흉하잖아. 그나저나 요즘에는 무척 귀한 다정한 아이네. 내 시대에도 드물었지만.』

5대가 말하는 귀하다는 건, 귀족 중에서라는 이야기겠지.

나는 데미언 교수를 바라봤다.

"그럼, 데미언 교수님은 약학 전문가인가요?"

미란다 씨와 아는 사이라니까 그렇게 생각했지만 아닌 모양이다. 미란다 씨가 살짝 웃으며 고개를 가로저었다.

"아니야. 데미언 교수님의 수업도 듣고는 있지만. 그밖에도 이런저런 수업을 듣고 있어. 옛날부터 재주가 많아서. 어느 정도라면 뭐든 할 수 있거든. 그래도, 재주만 많지 어설프지만."

나는 그런 미란다 씨를 부정했다.

"그렇지 않아요. 오늘 활약이 어느 정도라니 도저히—."

미란다 씨는 렌턴의 불빛을 바라봤다.

"결국은 강한 개성을 가지는 편이 강해지는 법이야. 아리아 같은 스피드도 없거니와, 소피아 씨 같은 파워도 없어. 노엠 씨 같은 마법 실력도 없거니와, 특출난 아츠를 가진 것도 아니야. 라이엘처럼 다수의 아츠를 이렇게나 잘 다룰 만한 기량도 없으니까."

쑥스러워져서 손끝으로 콧등을 어루만지자 보옥 안에서 야유가 날아왔다. 3대다.

『우리가 칭찬했을 때는 의심했으면서, 미녀가 그러니까 믿는다니 어떻게 된 거야? 라이엘, 너한테는 노엠이나 다른 아이들이 있다는 걸 잊은 건 아니지? 모두가 자고 있다고 너무 꽁냥꽁냥하잖아.』

……이 녀석 시끄럽다.

미란다 씨가 일어났다.

"슬슬 시간이 됐네. 소피아 씨를 깨울까?"

그렇게 말하며 졸고 있던 소피아 씨를 깨우러 갔다.

"어? 저, 저……!"

말을 걸자마자 소피아 씨는 펄쩍 뛰면서 얼굴을 새빨갛게 물들이고 미란다 씨에게 사과했다. 벌써 울상이다.

뭐, 불침번이 졸면 파티가 터무니없는 피해를 입을 수도 있다. 그걸 생각하면 커다란 실수다.

미란다 씨는 사과하는 소피아 씨에게 웃으며 대응해줬다.

"……자, 오늘은 조금 바빠지려나."

뭐니 뭐니 해도 지하 25층 이후부터는 이동 장치가 없고, 도전하는 모험가도 적다. 지하 30층 보스를 토벌했다는 이야기는 최근 길드에 보고되지 않았다.

2대가 나지막하게 중얼거렸다.

『뭐지. 마치 함정에 걸리기 전 같은…… 묘한 느낌이군. 아무래도 불길한 예감이 드는데…….』

감이 날카로운 2대가 무척 애매한 말을 했다.

조심할 필요가 있을지도 모른다.

지하 29층.

마물이나 다른 모험가와의 만남을 피하는 루트로 나아가던 우리는 지하로 이어지는 통로 앞에 멈춰 섰다.

"……성가시네."

어두운 통로에 횃불을 든 리자드맨과 다수의 마물들. 주변에서 활동하는 마물의 숫자도 많다. 너무 크게 소란을 부리면 마물들을 끌어들이고 만다.

5대가 나의 실수를 설명해주었다.

『전부 피하려고 했던 응보네. 전체를 파악하고 있었으니까, 입구 주변에서 화려하게 날뛰며 마물을 모을 수도 있었어. 적절하게 싸우지 않으면 돌아갈 때 힘들어진다고.』

반성하면서 적의 숫자를 보며 작전을 세웠다.

"······할 수 있겠어. 여기는 제가 담당할게요."

노웸이 내 팔을 잡았다.

"라이엘 님. 무리하지는 말아주세요."

딱히 무리하는 건 아니다. 나 혼자인 편이 더 좋았다. 통로는 넓지만, 혼전이 되면 피아가 뒤섞여서 큰일이다. 마법도 쓸수 없다.

"아니, 혼자가 좋아. 전원 대기."

그렇게 말한 나는 사브르를 뽑고 달려가서 횃불을 든 리자드맨에게 오른손을 들어 마법을 쐈다.

"워터 불릿."

손끝에서 물이 발생하여 물덩어리를 만들더니 횃불을 향해 날아갔다. 불이 꺼지자 마물들이 소란을 부렸지만, 나는 2대의 아츠【올】로 주변 상황을 손에 잡힐 듯이 알 수 있다.

무기를 들고 당황하는 리자드맨에게 다가가 심장을 노려 찔렀다.

리자드맨이 쓰러지자 마물들은 어둠 속에서 무기를 휘두르기 시작했다.

"—이크."

역시 어두운 곳에서 배회하는 마물이라 그런지 어렴풋이 내 위치가 보이는 모양이다. 오크가 휘두른 곤봉이 머리 위를 스쳤다.

철제 무구 틈새를 노려서 사브르를 밀어 넣었다. 목덜미를 가르자 오크는 피를 뿜으며 쓰러졌다.

리자드맨 한 명이 나를 향해 전투도끼를 휘둘렀지만, 나는 백스텝으로 피했다. 그러자 전투도끼는 기세가 넘쳐서 근처에 있던 오크에게 깊숙이 박혔다.

아군 공격. 노리기도 했지만, 역시 혼자서 싸우는 게 정답이었다. 전투도끼가 빠지지 않아 곤혹에 빠진 리자드맨의 몸통을 사브르로 베고, 남은 오크는 도망치려고 하기에 뒤에 뛰어들어 방어구가 없는 목에 사브르를 꽂았다.

"……아무래도 좋지만, 왜 리자드맨은 가슴이나 배에 방어구를 입지 않는 걸까?"

어깨나 손발에는 입고 있는데 신기했다.

뭐, 전신 갑옷을 입어버리면 성가시기는 하지만.

전투가 끝났기에 그 자리에서 라이트 마법을 외자 다른 일행이 찾아왔다.

클라라 씨가 나를 보고 뭔가 말하려 했다. 그러나 결국 일을 우선해서 마석 회수에 들어갔다.

데미언 교수가 인형 어깨에 탄 채로 이리로 와서 나를 보며 말했다.

"나도 남 말은 못하겠지만, 너는—. 아니, 역시 됐어."

"아뇨. 마지막까지 말해주세요. 신경 쓰이잖아요."

4대의 한숨이 들려왔다.

『스스로 깨닫는 것도 중요합니다. 라이엘, 조금 더 여러모로 생각하고 행동하세요.』

그런 말을 들은 나는 사브르의 날을 닦고 칼집에 넣었다. 노웸이 나를 보고 걱정했다.

"라이엘 님. 다치지는 않으셨나요?"

"그래, 괜찮아. 그보다도 앞을 서두르자."

지하 30층.

보스가 있는 계층은 미로가 아니었다. 외길이 이어지는 모양이다.

그리고 외길 중앙에 원형의 커다란 방이 존재한다. 원을 하나의 선이 관통하는 듯한…… 그런 계층이었다. 그렇기에 보스가 있는 방을 간단히 들여다볼 수도 있었다.

보스는 방 중앙에 둥실둥실 떠 있는 원기둥형 물체였다. 외눈이고, 아래쪽에는 네 개의 구체가 달렸다.

무척 심플한 외견이다. 높이는 3미터. 폭은 어른 두 명 정도일까.

때때로 낙하해서 바닥에 부딪혀 균열을 만들고 있다. 상상 이상으로 무거운 걸지도 모른다.

클라라 씨가 설명해주었다.

"지하 30층 보스네요. 예전에 제가 참가한 파티에서는 방패를 들어 사방을 둘러싸고는 뒤에서 공격하는 수단으로 쓰러뜨렸어요. 저 외눈에서는 빛이 발사되어 열로 온갖 것들을 녹여버리거든요. 몸통박치기도 위협적이에요. 제대로 맞으면 납작쿵…… 이런 귀여운 표현으로는 끝나지 않는 상태가 돼요."

거리를 두면 녹아버리고, 접근하면 저 중량으로 몸통박치기…… 싸움법도 무척 심플하지만, 무척 터프하고 성가신 마물인 모양이다.

클라라 씨는 쓰러뜨릴 방법을 몇 가지 설명해주었다.

"몸통박치기를 유도해서 그대로 붙잡아 두들겨 패는 수단도 있어요. 그럴 경우, 외눈 앞으로 나서지 않는 게 중요해지죠. 그밖에는, 저 외눈을 파괴하는 방법이에요. 저 눈이 부서지면 거의 제대로 된 반격을 하지 못하게 된다고 하니까요."

몇 가지 방법을 듣고, 이 인원으로 가능한 건 둘러싸는 것보다 눈을 노리는 거라고 판명됐다.

클라라 씨가 주의를 주었다.

"조심하세요. 보스 방에 들어가면 갇히지는 않지만, 한번 적대하면 이 통로까지 쫓아오니까요. 실패해도 도망치면 된다고 생각하신다면 전멸할 가능성도 있어요."

그건 무섭다. 확실히 저 원기둥이 일방통행 길에서 쫓아오면 빛을 등에 맞아서 전원이 다 녹아버릴 거다.

그러자 3대가 뭔가 떠올린 모양이다.

『어라, 그러면 저 적을 이 통로로 유도할 수 없을까? 그거 무척 즐거울 것 같지 않아?』

6대도 웃었다.

『과연…… 넓어서 숨을 곳도 없는 곳보다 훨씬 싸우기 편해지겠군요.』

또 역대 당주들이 못된 꿍꿍이를 가지고 회의를 시작했다.

『그래. 여기서 승부하면 되는 건가.』

『좁은 통로. 도망칠 곳이 없는 건 상대도 마찬가지네.』

『그러면 두 명이 열쇠가 되겠군요.』

『미끼가 필요해. 그보다, 조금 더 정보가 필요하네.』

『라이엘이 좋겠죠. 그보다, 그 이외의 적임자는 없어요.』

『라이엘이 미끼? 큭, 그게 최선이라는 건 알지만 납득이…….』

아무래도 역대 당주들이 원하는 정보가 있는 모양이다. 나는 그걸 클라라 씨에게 확인했다. 그 결과, 문제가 없다고 판단되었기에 모두에게 작전을 전달하기로 했다.

─보스 방으로 이어지는 통로. 그 높은 천장에 가까운 벽에 아리아와 소피아가 있었다.

"저 녀석, 분명 정신이 나갔어."

아리아는 소피아를 안은 상태로 벽에 박힌 창을 쥐고 있었다. 중량은 소피아의 아츠로 가벼워져서 이 상태라도 한동안 버틸 수 있다.

소피아는 조금 긴장한 모습이었다.

"여기서 실수를 만회해야……."

불침번 때 졸았던 걸 아직도 신경 쓰는 모습인 소피아를 본 아리아가 어이없어했다.

"이제 그만 잊어버려. 불침번 같은 건 덤이잖아."

라이엘이 있고, 사전에 주변 마물을 쓰러뜨리며 돌아다녔다. 안전은 확보된 셈이었다.

그러나 소피아는 고개를 가로저었다.

"안 되는 게 당연하죠. 전원의 목숨이 걸려있는데요. ……그래도, 이상하네요."

"뭐가 이상한데?"

소피아가 진지하게 답했다.

"저는 사전에 확실히 먹고 잘 잤습니다. 그리고 거의 아침까지 자고 나서 불침번을 했잖아요? 그 시간에 막 일어났는데 졸다니……."

아리아가 보기에는 「아직 졸렸을 뿐」이라는 감상밖에 들지 않는다. 그러나 평소에도 성실한 소피아가 졸아버린 것이다.

의아한 건 사실이었다.

"뭔가 평소와 다른 거라도 있었어?"

라이엘이 올 때까지 두 사람은 한가한지 이야기를 계속했다.

"딱히 아무것도? 미란다 씨에게 어제 남은 수프와 빵을 받아서 먹었지만, 그것밖에는……."

그런 이야기를 나누던 중, 통로 입구가 소란스러워졌다. 라이엘이 보스 방에서 통로로 도망치고, 보스인 원기둥이 쫓아와서 둥실둥실 통로로 진입했다.

아리아는 바로 사고를 전환했다.

"왔어. 준비해."

소피아도 아리아에게 안긴 채, 고민하는 표정에서 진지한 표정으로 변했다.

"언제든지."

라이엘을 쫓아온 원기둥은 외눈에서 광선을 발사했다. 그게 바닥에 명중하자 그곳이 빨개지면서 녹았다.

연기와 그을린 듯한 냄새. 라이엘은 재빨리 도망치며 아리아와 소피아 바로 밑으로 원기둥을 유도했다.

아리아는 생각했다.

'저 녀석, 또 무리하네.'

라이엘은 이것저것 고민하긴 하지만, 그걸 아리아나 다른 이들에게 말하려 하지 않는다. 자기 마음속에서 자기 완결하는 버릇이 있다.

그리고 최선을 선택하기는 하지만, 주변에서 보면 무리하는 걸로밖에 보이지 않는다. 그 태도에서는 동료를 신용하고 있다는 느낌이 들지 않았다.

'좀 더 확실히 말해준다면…….'

좀 더 의지해줬으면 했다. 그러나 자신들의 역량이 부족하다는 것도 알고 있다.

아리아는 답답했다.

"아리아, 왔습니다!"

원기둥이 아리아와 소피아 바로 밑으로 왔을 때, 아리아는 창을 벽에서 뽑아 소피아를 안은 채로 벽을 박차고 원기둥의 머리 부분에 착지했다.

곧바로 소피아는 원기둥의 외눈이 어디에 있나 확인하고, 외눈을 막는 형태로 쓰러지듯이 체중을 실어 단숨에 자신들의 무게를 끌어올렸다.

"어떤가요. 무겁죠!"

여자로서는 그리 좋게 보이지 않는 말을 들으면서 원기둥이 쓰러지는 걸 느낀 아리아는 소피아를 받쳐줬다.

원기둥이 견디지 못하고 옆으로 쓰러지자, 이번에는 원기둥 자체의 무게를 끌어올려서 움직이지 못하게 만들었다.

아리아가 소피아를 떼어놓고 이마의 땀을 닦았다.

"이 녀석. 둥둥 떠 있던 건 자기 무게를 지탱하지 못해서 그런 걸지도."

쓰러진 원기둥을 살짝 발끝으로 걷어차자 원기둥이 말했다.

『─치─이…… 자! 배…… 에…….』

아리아가 놀라서 거리를 벌렸다.

"이, 이 녀석 말하잖아!"

갑자기 원기둥이 말을 해서 놀랐다. 아무리 봐도 인간형이 아닌 마물이 인간의 말을 해서 위화감도 강했다.

그러자 데미언이 인형 어깨에서 내려와 걸어왔다.

"그런 보고는 들었지만, 무슨 소리인지 모르겠네. 흥미는 있지만, 지금은 다른 연구가 바쁘니까 조사할 수 없겠어."

그 손에는 공구가 들려 있었다. 데미언은 원기둥의 머리를 보더니 공구로 분해했다.

신기하게도 피는 한 방울도 나오지 않았다.

"왜, 왠지 무섭네. 피도 안 나오고, 생물이 아닌 것 같아."

데미언은 그런 아리아에게 흥미 없다는 듯이 말했다.

"생물이라고는 부르지 못하겠지. 아람사스에서는 드물지도 않지만. 자, 열렸다."

보스의 머리를 연다고 하기에 아리아는 좀 더 생생한— 생물의 뇌를 상상했지만, 그곳에 있던 건 생물이라고 보이지 않는 내부였다.

"……뭐야 이게."

아리아가 놀란 것도 무리는 아니다. 그곳에는 금속판, 그리고 색상이 다른 실이 뒤죽박죽 엉켜있었기 때문이다.

데미언은 중얼중얼 말하면서 색상 실 하나를 끄집어내 절단했다.

"정말이지. 이젠 익숙하니까 흥미 없는데. 으~음. 이건가? 뭐, 상태는 좋지만 그것뿐이군."

미끼 역할을 했던 라이엘은 도망치면서 지쳤는지 통로에 주저앉아 물을 마시고 있었다.

노웸이 뭔가 말하려는 듯이 바라봤지만, 라이엘은 시선을 돌렸다. 노웸이 무슨 말을 하려는 지는 짐작이 가지만, 생각을 고칠 마음은 없는 모양이다.

데미언이 원기둥에서 떨어지자, 소피아도 천천히 중량을 원래대로 돌렸다. 원기둥이 움직일 기색은 없다.

클라라도 다가와서 마석이나 소재 회수에 들어갔다.

"이건…… 마석만 뽑으면 끝이겠네요."

아리아도 도와주려 하자, 미란다가 아리아의 어깨에 손을 올렸다.

"여기는 내가 할 테니까 쉬어도 돼."

"그, 그래도."

"됐으니까. 자, 나는 차례가 없었고."

미소 짓는 미란다에게 떠밀려버린 아리아가 끄덕였다.

클라라 쪽으로 가는 미란다를 배웅하며, 아리아는 빈손으로 그 자리에 우두커니 서 있을 수밖에 없었다ㅡ.

휴식을 취한 뒤, 우리는 지하 32층까지 내려왔다.

그러나 역시 그 앞으로 가는 데는 고생하게 되었다.

단순히 마물이 강하기도 하지만, 문제는 숫자다.

지하 25층을 지나면 활동하는 모험가가 극단적으로 적어진다. 지하 27층에서 애쓰던 모험가 파티를 확인한 이후에는 모험가들을 발견하지 못했다.

그 때문에 마물의 숫자가 무척 많았다.

야영 준비에 들어가기 위해 안전한 곳을 찾은 뒤 주변 마물을 토벌. 주변의 안전을 확보한 뒤에 방에 들어가서 바로 휴식을 취했다.

조금 지나서 몸이 회복된 나는 아츠를 사용해서 마법진을 꺼냈다.

소피아 씨가 짊어진 원기둥 보스도 마법진 위에 올려놨다. 필요한 짐을 꺼내고, 필요 없는 물건은 마법진으로 이동시켰다.

데미언 교수가 나무상자를 보고 뭔가 생각하고 있었다.

"인형 한 대와 이걸 써서 짐을 짊어지게 할까. 네 대나 전투에 쓸 기회는 없으니까."

필요한 도구를 꺼내서 그대로 인형이 짊어질 수 있도록 나무상자를 개조하기 시작한 데미언 교수는 실로 자유로운 사람이었다.

짐 교환이 끝나자 마법진이 짐을 빨아들이면서 사라졌다.

소피아 씨가 그 광경을 신기하게 바라봤다. 손에는 꺼내놓은 채소를 들고 있다.

"아직까지 어떤 원리로 보관하는 건지 모르겠네요. 채소도 아직 싱싱하고요."

나는 미리 대기하던 노엠의 부축을 받으며 소피아 씨의 질문에 대답했다.

"글쎄요. 원리는 저도 몰라요. 단지, 편리하기는 하지만요."

데미언 교수가 나무상자를 인형에게 실으면서 이쪽을 보고 한숨을 내쉬었다.

"꽤 굉장하긴 해. 만약 그 아츠를 마구로 재현한다면 분명 세계는 크게 변할 거야. 뭐, 무리겠지만."

아츠를 인위적으로 재현한 도구가 마구다. 아츠를 갖지 못한 사람들도 같은 효과를 얻을 수 있는 수단이다.

"어? 못하는 건가요?"

내가 의아해하자, 데미언 교수는 작업이 끝났는지 나무상자 위에 앉아서 승차감을 확인했다.

"무리지. 보아하니 마력 소비량이 너무 많아 보이던데. 게다가 복잡할 것 같으니까 마구로 재현하는 건 무리. 아니, 채산을 도외시하면 못 만들지는 않겠지만, 그 전에 얼마나 실패를 해야 성공할지…… 흥미가 없으니까 할 생각은 없지만."

7대가 보옥 안에서 짜증을 냈다.

『내 아츠를 그렇게 간단히 흉내 낼 수 있을 것 같으냐.』

데미언 교수는 바쁘게 야영 준비를 하는 클라라 씨 쪽을 봤다.

"쟤가 쓰는 라이트 마법 봤지? 저 정도로 단순하면 간단히 재현할 수 있지만, 그 이외라면 마구 자체가 커지고, 마광석이 필요해진다고. 마구는 생각처럼 뭐든 할 수 있는 게 아니거든. 뭐, 네가 가진 옥보다는 간단히 아츠를 손에 넣을 수 있지만."

옥은 오랜 시간을 들여서 아츠를 기억한다. 내가 가진 보옥은 월트 가의 역사 그 자체. 약 200년이라는 시간에 걸쳐서 지금까지 아츠를 기억해왔다.

그러나 마구는 아츠가 간단하게 바로 손에 들어온다.

옥은 잊히고, 시대와 함께 확산된 건 편리한 마구 쪽이었다.

나는 데미언 교수에게 잠깐 물어보고 싶은 게 있었다.

"그러고 보니, 데미언 교수님은 학원 칠걸이라 불리고 계시죠? 대체 뭘 연구하시는 건가요?"

그 말에, 클라라 씨와 미란다 씨가 놀란 표정으로 나를 돌아봤다.

데미언 교수는 나무상자에서 뛰어내려서 안경 위치를 고쳤다.

"……내 연구라. 그건 어떤 걸 완성시키기 위한 수단에 지나지 않아. 궁극의 목표라면 있지만, 연구 자체는 과정에 지나지 않지."

뭔가 완성시키고 싶은 게 있는 모양이다.

"그 궁극의 목표라는 건요?"

데미언 교수는 무척 멋진 미소를 지었다. 지금까지 귀찮은 듯한, 그리고 흥미 없어 보이는 표정과는 다르다. 마치 순진한 아이 같은 미소였다.

"내게 이상적인 여성을 만들어내는 거다!"

"……응?"

도저히 상상하지도 못한 해답이 나와서 대답하지 못하는 사이, 데미언 교수는 열변을 토하기 시작했다.

"나는 옛날부터 생각해왔지. 이 머릿속에 이상적인 여성이 있는데, 세간에는 내 이상적인 여성이 없어. 주변은 타협해라, 현실을 보라고 하더군. 하지만 나는 그런 어리석은 범부들과는 달라. 없다면 만들면 된다. 그런 결론을 내렸지. 그래서 연구를 하다보니 어느새 조교수, 교수로 지위가 높아져 버렸어. 연구비는 그럭저럭 나오지만, 학원은 학생에게 뭔가를 가르치라는 아무래도 좋은 일까지 내게 떠넘겼지. 나는 그저 이상적인 여성을 만들고 싶을 뿐인데!"

이야기는 학원에서의 대우로 옮겨가서 학생들이 방해라든가, 연구비가 아직 부족하다든가, 점점 불평으로 변해갔다.

그리고 마지막으로, 데미언 교수는 소리 높여 외쳤다.

"하지만! 이번 의뢰에서 희망한 대로 마석을 손에 넣는다면 내 연구는 더욱 진전되어 목표에 크게 접근하게 되지. 그건 틀림없어. 그러니 반드시 마석을 손에 넣어줬으면 좋겠어!!"

일단 나는 끄덕이기로 했다.

"여, 열심히 할게요."

"열심히 해도 결과가 돌아오지 않으면 의미가 없는데?"

데미언 교수가 「똑바로 좀 해줘」라며 새삼 강조했다.

보옥 안에서는 각자가 데미언 교수에 대해 평론했다.

『이게 학원 칠걸? 너무 맛이 갔잖아.』

『아니, 타협하라고. 노력의 방향이 잘못된 거 아냐?』

『하지만 굉장하군요. 그런 목표를 내걸고 교수까지 올라선 거니까요.』

『집념은 알겠지만, 나는 이 녀석의 생각은 납득할 수 없고, 찬성도 못 하겠어.』

『사람을 만들다니, 어떤 의미로는 금기로군요. 뭐, 연구만으로 그치면 좋겠네요.』

『이 녀석, 내버려 두면 안 되는 인간일지도 모릅니다. 이 녀석이야말로 어떻게 해야 하는 것 아닐지?』

6인의 역대 당주들이 데미언 교수에게 경계심을 품기 시작했다.

나도 솔직한 생각으로는, 제발 연구만으로 그쳤으면 좋겠다.

─다음 날.

지하 39층으로 나아간 라이엘 일행은 계층의 마물 숫자를 줄이기 위한 작전을 실행했다.

라이엘이 미끼를 맡아서 마물들을 이끌고 돌아다닌다.

노웸은 그런 라이엘에게 무척 불만을 갖고 있었다.

"어째서 계속 무모한 행동을……."

원래는 전원이 싸우는 게 안전하다. 그러나 효율을 중시하는 라이엘은 자신의 역량만을 믿고 행동에 나서는 것처럼 보였다.

라이엘이 노웸이나 다른 이들에게 요구하는 건 최소한의 일에 지나지 않았다.

주변에서는 마물의 고함소리, 그리고 때때로 들리는 폭발음.

라이엘이 버스트 애로나 마법을 사용한 것이리라.

서서히 마물들의 소리가 늘어나서 접근하는 걸 알 수 있었다.

지하 39층 입구. 그곳에서 다른 일행이 무기를 들고 라이엘이 돌아오는 걸 기다렸다.

걱정스레 상황을 지켜보는 노웸에게, 후방에서 보호를 받던 클라라가 말을 걸었다.

"라이엘 씨. 정말로 우수한 분이네요. 너무 우수해서, 전부 자기 머릿속에서 완결짓고 있는 게 문제지만요."

"……좀 더 의지해 주셨으면 하는데요."

"과연 어떨까요? 제가 보기에는, 파티 여러분이 라이엘 씨에게 너무 의지하는 것처럼 보이는데요."

클라라의 시선 너머에는 아리아와 소피아의 모습이 있었다.

노웸도 두 사람의 모습을 곁눈질했다.

두 사람은 무기를 손에 들고 있긴 하지만 겨누지는 않고 뭐라 이야기를 나누고 있었다. 반면, 미란다나 데미언 쪽은 싸울 준비를 하고 있다.

'두 사람이 이렇게나 긴장을 풀고 있다니……'

클라라의 말대로 라이엘이 너무 우수해서 두 사람의 긴장감이 풀렸다.

'이래서는 의지하지 않는 것도 당연…… 왔다.'

노웸이 양손의 지팡이를 쥐고 미리 상의한 대로 마법 준비를 시작했다.

미란다도 오른손으로 마법을 준비했고, 데미언도 자기보다 커다란 지팡이로 마법을 준비했다. 마법사가 세 명이나 있기에 파티의 화력— 종합적인 타격력은 매우 높다.

라이엘이 정면에서 마법으로 광원을 띄우고 달렸다. 그 뒤에는 대량의 마물들이 따라왔다.

넓은 통로가 좁게 느껴질 정도의 숫자를 앞두고, 노웸이 지팡이를 정면에 겨눴다.

"갑니다."

데미언이 끄덕이고, 미란다가 대답했다.

"언제든지 좋아."

지팡이에서 마법을 쏘자, 라이엘은 노웸이 쏜 화염구를 피해서 동료를 향해 미끄러졌다.

이어서 바로 미란다가 쏜 화염구가 마물에게 직격하여 불꽃이 터지며 퍼졌다. 그곳에 데미언이 치고 들어갔다.

"윈드 캐논…… 자, 숯덩이가 되라고."

바람 덩어리가 발사되어 불꽃을 감싸자 통로가 더욱 불타올랐다. 마물들의 단말마가 미궁 안에 울려 퍼지고, 그리고 잠시 지나자 불이 꺼지며 통로가 검게 그을렸다.

통로에는 검게 타버린 마물들이 누워있었다.

클라라는 마스크를 쓰고 아리아에게 말을 걸어서 마석을 회수하러 갔다. 아리아가 창으로 찔러 살아있는 마물이 없는지 확인하기 위해서다.

통로 안에 탄내가 풍겨서 전원이 입가를 막았다.

라이엘도 마찬가지라서, 숨을 헐떡이며 입가를 천으로 막았다.

그런 라이엘에게 미란다가 다가가서 말을 걸었다.

미궁 안에서 노웸이 라이엘에게 말을 걸려 하면, 이런 식으로 미란다가 추월하는 일이 종종 있었다.

'……딱히 문제는 없지만요.'

조금 불만스러워진 노웸이 주변 경계를 섰다. 그러나 소피아의 움직임이 좋지 않다. 도와주러 움직이지 않고, 그렇다고 파수를 서는 것도 아니다.

'한번 제대로 꾸짖어둘 필요가 있을지도 모르겠네요.'

갑자기 움직임이 안 좋아진 아리아와 소피아. 두 사람에 대해 생각하던 노웸은 언제부터 긴장감이 사라졌는지 떠올렸다.

'아람사스에 처음 도착했을 때는 이렇지는…….'

라이엘을 돌봐주는 미란다를 보고, 그리고 눈을 크게 떴다.

'미란다 씨와 만나고 나서? 아니, 아무리 그래도 그건…… 하지만 라이엘 님도 마음에 두고 계신 듯한데.'

미란다가 수상하다고 생각한 노웸은 미란다의 거동을 생각했다.

'라이엘 님의 부주의한 행동이 원인? 하지만 그렇다면 이렇게 협력도 하지 않을 텐데요. 일부러 자기까지 위험한 곳에 오지 않더라도, 앙갚음할 방법은 얼마든지……'

미란다는 라이엘을 용서하고, 자신들이 미궁에 들어갈 수 있도록 데미언 교수를 소개하고, 게다가 이렇게 협력해주고 있다.

'지나친 생각일까요? 아니, 그래도……'

노웸은 라이엘과 담소를 나누는 미란다를 보고 눈썹을 오므렸다.

'……경계해두는 게 좋을지도 모르겠네요.'

이게 냉정하게 생각한 결과인지, 아니면 질투에서 나오는 감정인지는 노웸도 판단할 수 없었다.

라이엘이 전원을 돌아보며 이동을 재개하겠다고 말했다.

전원이 이동한 곳은 지하 40층으로 내려가는 통로 주변에 있는 방이었다. 넓이도 되고, 무엇보다 주변에 마물이 없기도 해서 바로 쉴 수 있는 곳이다.

야영한 뒤에 지하 40층 보스에게 도전하자는 게 정해져서 전원이 야영 준비에 들어갔다.

그러나 라이엘은—.

"그럼 나는 먼저 내려가서 어떤지 보고 올게."

—그런 말을 하기 시작했다.

노웸은 머리가 아파졌다.

"라이엘 님. 저도 동행할게요."

이대로 방치하면 최악의 경우 혼자 지하 40층 보스와 싸우게 될지도 모른다. 그럴 일은 없겠지만, 지금까지 라이엘의 행동을 봐온 노웸은 불안해서 견딜 수가 없었다.

"어? 그래도—."

"동행하겠어요!"

강한 말투로 말하자 아무리 라이엘이라도 「으, 응」 하고 끄덕일 수밖에 없었다.

그렇게 둘이서 지하 40층으로 내려가 긴 외길을 걸었다.

마법으로 광원을 띄우며 나아갔다. 광원이 두 사람을 따라오지는 않아서, 클라라가 얼마나 편리한 마법을 가졌는지 알 수 있었다.

라이엘이 한숨을 내쉬었다.

"랜턴을 가져오는 게 나았으려나."

"그러게요. ……그보다도 라이엘 님. 요즘 무리하고 계시지는 않나요?"

노웸은 이 기회에 라이엘에게 주의를 줄 생각이었다. 걱정도 되지만, 이대로 가면 파티에 커다란 문제가 생기리라는 걸 알고 있었으니까.

"그런가? 그래도 문제는 없었잖아."

"문제밖에 없어요. 라이엘 님만 그렇게 애쓰시면, 주변이—."

"아리아 씨하고 소피아 씨 말이야? 확실히 두 사람 다 긴장감이 풀려있긴 하지만, 신경 쓸 정도는 아니지 않나? 나중에 주의를 주면 돼."

대화를 하면서 떠오른 것은, 두 사람과 라이엘의 지나친 실력차였다. 무엇보다도 라이엘이 가진 아츠부터 다르다. 일곱 개의 아츠는 월트 가를 떠받쳐왔다고 해도 좋다. 그 정도의 힘을 가졌다.

그리고 그걸 태연한 표정으로 사용하는 라이엘의 실력은, 눈에 띄지만 않을 뿐 이상한 수준이라 할 수 있었다.

극단적인 이야기를 하자면, 라이엘은 아리아와 소피아에게 전투 이외의 일을 원하지 않는다. 두 사람의 긴장감이 없는 건 인식하고 있지만, 느긋하게 생각하고 있는 건 두 사람에게 이 이상의 일을 기대하지 않기 때문이다.

'이런 방식으로는 언젠가 우리는 파탄해. 그래서는 두 사람을 모은 의미가— 어떻게든 알게 해드려야 해.'

노웸은 라이엘을 진지한 눈빛으로 바라봤지만, 그걸 라이엘이 손으로 제지했다. 시선 끝을 보니 그곳에는 커다란 문이 있었다.

안쪽에, 보스가 있는 방이다.

"……뭐, 당연하지만 있네. 근데 뭐랄까? 커다란 관?"

지하 40층 보스는 좀처럼 토벌되지 않는 존재다. 그렇기에 지금도 확실히 있다는 건 알지만, 막상 방 중앙에서 기다리는 보스의 모습을 보자 라이엘은 곤혹스러웠다.

라이엘에게는 커다란 금속 상자로밖에 보이지 않았지만, 노웸은 아니었다. 눈을 크게 뜨고, 있어서는 안 되는 것을 보며 들고 있던 은빛 지팡이를 움켜쥐었다.

'어째서 이런 게……'

노웸 쪽에서 보면, 아람사스에 이런 미궁이 있는 것도 납득이 가지 않았다. 「콘크리트」로 만들어진 통로나 방. 곳곳에 있는 통로나 방을 비추는 「전구」에 「형광등」. 계층을 이동하는 장치……「엘리베이터」.

데미언 같은 천재나, 무수한 수재들이 모인 아람사스에 있는 건 위험한 미궁이다.

"커다란 바퀴도 보이는데, 말이 없으니까 전차라는 느낌도 아니네. 확실히 기록에서는……."

라이엘의 말에 깜짝 놀란 노웸이 바로 안도했다.

'그랬었죠. 말이 끄는 물건도 전차라고 부르니까요.'

내심 자신이 꽤 초조해졌다는 걸 느낀 노웸은 보스 방에서 움직이지 않고 머무는 그 상자.

「장갑차」를 보고 있었다―.

제51화 강적

지하 39층.

정찰을 마치고 클라라 씨와 보스 대책에 대해 이야기하던 나는 또 하나의 참가자를 곁눈질했다.

"왜 데미언 교수님도 이야기에 끼시는 거죠?"

평소보다 눈을 빛내는 데미언 교수였다.

"신경이 쓰이니까? 신경 쓰일 때는 무척 두근두근하다고나 할까, 고개를 들이밀고 싶어지잖아?"

대화에 참가해도 재미있지는 않을 것 같았지만, 나는 시선을 데미언 교수에게서 클라라로 돌렸다.

어째서인지 조금 어이없어하는 것처럼 보이는 클라라 씨는 졸린 듯한 눈으로 내게 물었다.

"라이엘 씨. 제 지식을 의지해 주시는 건 기쁘지만, 다른 분들과 상담하려고는 하지 않나요?"

"응? 어째서요? 그야 클라라 씨가 제일 잘 아시잖아요."

클라라 씨는 조금 고개를 숙이고는 「그런가요」 하고, 유감스럽다는 듯이 중얼거렸다. 내가 뭐 잘못했나? 보옥 안의 4대도 마찬가지 반응을 보였다.

『동료의 장점, 단점을 알고 있다고 한다면 듣기야 좋겠죠. 현지 사람의 의견에 귀를 기울이고 있다고도 할 수 있고요.

하지만······ 이건 문제로군요.』

2대는 나를 걱정했다.

『너, 이대로 가면 크게 실패할 거다. 주로 동료 관계에서.』

이해하지 못하고 있는데, 클라라 씨가 입을 열었다.

"지하 40층 보스. 그 정보는 어디까지 알고 계신가요?"

나는 솔직하게 대답했다.

"도서관에서 과거 기록을 읽었죠."

보스가 어떤 마물인지는 알아도, 쓰러뜨리는 법은 수십 명 규모의 파티로 전투하는 방법밖에 적혀있지 않았다. 몇 명이서 쓰러뜨리는 법은 적혀있지 않아서 이렇게 상담하고 있었다.

"······갑옷을 두른 거미. 그게 지하 40층 보스에요. 금속 상자 같은 갑옷으로 자신의 약한 부분을 가리고 있다고 하네요. 저도 직접 싸운 적은 없지만, 매우 잔인한 마물이라고 책에 적혀있었어요."

데미언 교수는 좋아했다.

"소라게 같은 녀석이군. 예전에 토벌했을 때는 꽤 피해를 입지 않았던가?"

클라라 씨가 고개를 끄덕이며 쓰러뜨리기 위한 기본적인 방법을 이야기했다.

"방 안을, 바닥만이 아니라 벽이나 천장까지 돌아다닌다고 해요. 인간의 상반신 같은 부분을 가져서, 그런대로 머리도 돌아가는 부류의 적이고요. 방을 종횡무진 돌아다니며 약한 적부터 노리므로, 분산하는 게 기본이에요. 일부러 미끼를 써서 노리게 했다는 기록이 남아있어요."

정확하게는 후방지원 동료를 모은 팀을 모험가 몇 명이 지키는 형태다.

미끼를 노리는 틈을 타서 주변 모험가들이 공격한다. 그럴 경우 가능한 한 발을 노려서 기동력을 깎을 필요가 있다. 재빨리 움직이지 못하게 되면 둘러싸서 두들기는 게 일반적이라고 한다. 일반적이라기보다는, 그것 말고 다른 방법은 시험하지 않았다.

"우리는 숫자가 적으니 다른 방법이 좋겠네요."

데미언 교수가 클라라 씨를 봤다.

"나나 얘가 미끼가 되는 게 좋지 않을까? 인형의 보호를 받으니까 괜찮다고."

"아뇨, 그 인형들의 보호를 받는 걸 보면 보스의 표적에서 벗어날 것 같은데요. 그래도 성가시네요."

아람사스 지하 미궁 보스가 성가신 걸까, 다른 미궁도 같은 걸까. 아직 경험이 적은 나로서는 판단이 가지 않는다. 그러나 한 가지 떠오른 건—.

"다시, 통로로 도망칠까요."

데미언 교수가 끄덕였다.

"나쁘지 않네. 그보다도 갑옷 부분이 밖으로 나올 수 있는 크기인지 확인했나? 금속 상자잖아?"

눈으로 계산한 거긴 하지만, 그거라면 통로에 들어올 수 있을 것 같았다. 게다가 잘 움직일 수 있을 것 같지도 않다. 방향전환에는 제한이 걸릴 것이다.

"지나갈 수 있고 제한도 걸릴 거예요. 그건 저희에게는 유리하겠죠."

클라라 씨가 우리에게서 시선을 돌려 투덜투덜 불평을 터뜨렸다.

"보통은 좀 더 다른 전법을 취하지만요. 어째서 이렇게, 기발하다고나 할까, 정공법이 아닌 방식을 떠올리는지. 저로서는 부러울 따름이네요."

성격 나쁜 녀석들이 제안한 일이라서, 나로서는 뭐라 말하기가 힘들었다.

그런 생각을 하고 있는데, 3대가 뭔가 느꼈는지 내게 불평했다.

『라이엘. 지금 우리의 성격이 나쁘다고 생각하지 않았어? 왠지 얼굴에 드러나는데.』

6대가 호들갑스럽게 슬퍼하며 말했다.

『유감이구나. 우리는 너를 생각해서 제안해주고 있는데.』

그럼 미끼 같은 걸 시키지 말라고!

그러나 6대는 바로 태도를 바꿔서 웃었다.

『뭐, 그나저나 나쁘지 않은 작전이긴 하군. 오히려 왜 우리와 같은 생각에 이르지 못하는지 의문이 드는데. 상대에게 유리한 상황에서 싸우는 건 바보나 하는 짓이야.』

우선, 쓰러뜨리려고 하는 건데 도망친다는 발상은 어떨까? 게다가 끌어들이는 것도 일정 역량이 필요한 게 사실이다.

자칫하면 미끼가 간단히 죽어버리니까.

그러자 2대가—.

『뭐, 기본적으로 영주는 다들 성격이 나쁘지만.』

7대가 긍정했다.

『그렇죠. 그건 동의하겠습니다. 오히려 성격이 나쁜 게 뭐가 어때서!』

7대의 말을 듣고 보옥 안의 역대 당주들이 웃음을 터뜨렸다.

이 사람들의 웃음보는 잘 모르겠다. 그보다, 뭐가 재밌는 거야?

나는 이야기를 매듭지었다.

"그럼, 이번에도 통로로 끌어들이는 걸로. 그러면, 제가 안으로 들어가서—."

—노엠은 라이엘과 다른 두 사람을 바라보면서 식사 준비를 하고 있었다.

라이엘과 클라라, 그리고 도중 참가한 데미언 셋이서 작전 회의 중이다.

'또, 저희를 방치하고 계시네요.'

확실히 클라라나 데미언에게 상담하는 건 잘못된 게 아니다. 데미언은 흥미가 있는 일에 관해서는 우수하다.

클라라는 데미언보다 뒤떨어지긴 하지만, 책을 좋아해서 지식이 풍부하다. 또한 현지 모험가다. 필요한 지식을 가졌고, 아람사스 지하 미궁에도 자세하다.

그런 두 사람에게 상담하는 건 잘못되지 않았지만, 문제는 노웸이나 남은 동료들의 감정이다.

힐끔 시선을 돌리자, 불만스러운 표정인 아리아와 소피아의 모습이 보였다.

'미덥지 못하니까 방치한다고밖에 느껴지지 않아요. 라이엘 님.'

그러자 두 사람에게 미란다가 다가갔다.

노웸은 시선을 떼고 듣기만 하기로 했다. 자신은 요리에 집중하고 있다는 모습을 미란다에게 보였다.

그러자ㅡ.

"어? 괜찮아?"

"괜찮아. 그 대신, 내일은 애써줘."

"하지만, 그렇게 몇 번이고 대신해주시는 건…… 아리아도 거절하세요."

"그게, 나는 이런 것 말고는 할 일이 없으니까. 그러니까, 양보해줘. 응?"

ㅡ미란다가 두 사람의 일을 맡아주겠다고 말하고 있었다.

이윽고 두 사람을 구워삶은 미란다가 노웸에게 찾아왔다.

"도와줄게. 혼자선 큰일이잖아?"

노웸은 미소 지으면서 끄덕였다.

"그럼, 부탁드려요."

미란다가 요리를 도와줬다. 익숙한 손놀림을 보니 평소부터 가사를 하고 있다는 걸 알 수 있었다. 그러나 미란다는 한 마디도 두 사람을 대신해서 도와준다고는 말하지 않았다.

'지나친 생각일까요. 하지만······.'

의심스럽다. 노웸의 마음속에서 미란다에 대한 경계심이 부풀어 올랐다─.

밤. 자기 전에 노웸이 내게 보고했다.

"미란다 씨가?"

작은 목소리로 되풀이하며 방 건너편에서 모포를 말고 자는 미란다 씨에게 시선을 돌렸다. 일부러 떨어진 곳으로 불러서 이야기를 시작한 걸 보면, 노웸이 미란다 씨를 꽤 경계하고 있다는 걸 알 수 있었다.

"네. 지나친 생각이면 좋겠지만, 아무래도 신경이 쓰여서요. 저희를 위해 협력해주고 계시긴 하지만······."

애매모호한 말투지만, 나는 바로 상상이 갔다.

'샤논─ 마안의 영향이 나온 건가?'

6대가 내게 조언을 주었다.

『그 두 사람이 묘하게 긴장감이 풀린 게 미란다 탓이라고는 단언할 수 없어. 하지만, 공격해올 가능성은 있는 건가.』

샤논이 미란다에게 모종의 명령을 내렸을 가능성도 있다. 병실의 모습을 보면 정신지배도 꽤 진전된 것처럼 느껴졌다.

"물리적으로 떨어졌는데도 이미 늦었던 건가······."

"라이엘 님?"

작게 중얼거린 말을 놓치지 않은 노웸이 내 얼굴을 바라봤다. 마안에 대해 모르는 노웸에게는 설명할 수 없기에 고개를 가로저었다.

그리고, 모르는 편이 낫다. 소녀의 눈동자를 빼앗을지도 모른다는 걸 노웸에게는 알리고 싶지 않았다.

"아무것도 아냐. 나도 경계할 테니까, 노웸도 조심하고 있어."

내 얼굴을 본 노웸은 살짝 눈을 가늘게 떴다. 뭔가 눈치챈 눈이다.

"라이엘 님. 혹시 뭔가 알고 계신가요?"

2대가 보옥 안에서 휘파람을 불었다.

『노웸, 날카롭구나. 하지만 모르는 편이 낫겠지.』

3대도 이번 건은 노웸에게 상담하지 않는 게 좋다고 생각하는 모양이다.

『여자아이는 날카로우니까. 그래도 이번만큼은 바깥에서 참아달라고 해야겠지. 그리고 아리아나 소피아도 마찬가지야. 세 사람은 이 건에는 얽히지 않는 게 좋아.』

5대가 동의했다.

『그래. 이건 월트 가의 문제야.』

나는 농담을 건네듯이 가벼운 말투로 대답했다.

"그만한 일을 당할 짓을 한 것 같으니까. ……농담이야. 노려보지 마."

노웸은 농담을 받아들이지 못하고 진지한 눈으로 바라봤다. 나는 시선을 돌리며 뺨을 긁적였다.

"내 쪽에서도 경계할게. 게다가 정말로 악의는 없을지도 모르잖아? 이렇게나 협력해준 사람이라고."

그건 노윔도 이해하고 있는지, 내 의견에 수긍해주었다.

보옥 안에서는 4대가 놀랐다.

『그건 그렇고, 저 두 사람을 못 쓰게 만든 게 미란다였습니까. 확실히, 두 사람의 일을 대신해준다고 하면…… 납득이야 가지만, 무슨 의미가 있는 걸까요?』

7대가 예상했다.

『오히려 직접적으로 노리는 게 아니라, 간접적으로 라이엘의 파티를 해산시키려고 하는 것 아닙니까? 의외로 성격이 나쁘군요.』

6대가 원탁을 두드렸는지 격한 소리가 나왔다.

『미레이아의 성격을 이어받은 미란다가 그런 짓을 할 리가 없어! 너도 미레이아를 잘 알잖아!』

7대가 당혹스러워하며 답했다.

『아뇨. 샤논에게 조종당하고 있을 가능성도 있고, 게다가 고모님도 성격에 관해서는 저기…….』

7대의 대답이 애매모호하다. 웬일로 5대가 그 자리를 진정시켰다.

『어쨌든 경계할 수밖에 없어. 그 샤논이 뭘 꾸미고 있는지 모르니까. 가능한 한 대응할 수 있도록 해야겠지.』

가능하다면 미란다 씨와 싸우고 싶지는 않다. 그렇게 다정한 사람과 억지로 싸우는 건 싫다.

지하 40층. 보스 방.

준비를 마친 우리는 보스 방 앞에서 최종적으로 작전을 확인했다.

"미끼는 이번에도 내가 할게. 그리고, 통로에 들어서면—."

아리아 씨가 끄덕이면서 빠르게 말허리를 끊었다.

"저희가 저번과 같이 올라타서 억누르는 거네. 저번하고 똑같지?"

조금 짜증이 난 모양이다. 아리아 씨에게서 소피아 씨에게 시선을 돌렸다.

"알고 있습니다."

짧은 대답이지만, 음질은 딱딱하다. 아무래도 화가 난 것 같다.

"……그, 그럼, 다른 사람들은 조금 물러난 위치에서 대기. 실패했을 때는, 데미언 교수님. 부탁합니다."

데미언 교수는 지팡이를 어깨에 메고 기뻐하는 표정으로 끄덕였다.

"맡겨달라고. 이야~ 이렇게나 빨리 지하 40층 보스와 싸우게 되다니. 너희에게— 아니, 네게 맡겨서 정답이었어. 소개해줘서 고마워…… 으~음, 누구였더라?"

소개해준 감사를 표하려 했지만, 데미언 교수는 미란다 씨의 이름을 기억하지 못했다.

"미란다예요. 교수님. 수업에도 제대로 출석하는데, 기억하시지 못하네요."

미란다 씨가 이제 반쯤 포기한 듯이 웃으며 말하자, 데미언 교수는 「그랬지」라고 말하며 웃었다.

"뭐, 지금까지 가르쳐온 학생은 한 명도 기억하지 못하지만. 아무튼, 두 사람이 실패하면 인형으로 억누르기로 하지. 시간 벌기 정도는 될 거야. 마석을 위해서니까."

어디까지나 자신의 욕구에 충실한 데미언 교수는 참 시원시원했다.

나는 노웸을 봤다.

"클라라 씨의 호위를 부탁해. 경우에 따라서는 일시적으로 위 계층으로 피난해도 좋아."

노웸은 내가 미끼를 맡은 것을 마지못해 납득했다. 이유는 나 말고 적임자가 없다는 것. 노웸이 끄덕였다.

"라이엘 님도, 절대 무리하지 말아주세요."

걱정하는 노웸을 보며 보옥 안에서 4대가 뭐라 말했다.

『언젠가는 이쪽 문제도 해결해야겠군요. 그나저나, 문제만 생겨서 싫어지네요.』

무시한 나는 노웸에게 끄덕여주고 보스 방에 들어갔다. 한 걸음 내밀어서 상황을 지켜봤지만, 아무래도 움직임이 없다.

두 걸음, 세 걸음.

"이래도 안 되나."

활을 꺼내서 커다란 금속 상자를 향해 버스트 애로를 쐈다. 상자에 맞아 터지는 소리가 방 안에 들렸지만, 그것뿐이다.

상자에는 흠집 하나 가지 않았다.

"……싫어질 정도로 단단하네."

그리고 각오를 다지고 보스에게 접근했다. 그러자 상자는 덜덜 작은 소리를 내기 시작하더니 마지막으로는 덜컹덜컹 울었고, 금속이 삐걱대는 소리를 내며 상자 안에 있는 문이 열렸다. 두 곳이 열리자, 그곳에는 털이 수북한 다리 여덟 개가 모습을 드러냈다.

이어서 천장 뚜껑이 열리고 그곳에서 꺼림칙한 얼굴이 나왔다. 두 개의 붉은 눈동자에 입은 초승달 모양. 웃고 있는 것 같다.

버스트 애로를 꺼내서 다리를 향해 쐈다. 그러나 다리는 터지지 않았고, 커다란 상자째로 자신을 들어 올렸다.

"역시 안 통하나. 그보다, 정말로 상자에 들어간 거미네."

그리고 천천히, 천장 뚜껑에서 사람의 상반신이 모습을 드러냈다. 가느다란 몸통. 꺼림칙한 머리. 가느다란 팔인데도 손만큼은 이상하게 컸다.

키득키득 꺼림칙하게 웃고는 나를 보고 혀를 핥는 모습이 무척이나 기분 나빴다.

활을 넣고, 천천히 물러나려 하자—.

"뭐, 간단히 도망가게 해주지는 않겠지!"

여덟 개의 다리를 재빠르게 움직여서 나를 쫓아왔다. 서둘러 아츠를 사용해서 달리는 속도를 올렸지만, 계층 보스— 상자에 들어간 거미니까, 상자 거미라 부르자.

상자 거미는 그 이상의 스피드로 쫓아왔다.

보옥 안에서는 3대의 얼빠진 응원이 들려왔다.

『힘내라~ 잡히면 끝장이야~.』

의욕 없는 성원에 응하기 위해, 나는 들고 있던 화살통을 던졌다. 조금 값나가는 물건이지만 어쩔 수 없다.

버스트 애로를 수납한 화살통은 상자 거미의 발에 밟혀서 폭발을 일으켰다. 한 발로는 의미가 없는 폭발이라도 연속되자 연기를 일으키며 상자 거미를 막을 정도로는 도움이 되었다.

그대로 통로로 도망쳐 돌아보면서 사브르를 뽑았다.

문에 손을 대고 천천히 나를 바라보며 통로로 진입한 상자 거미는 웃고 있었다. 나를 갖고 놀 생각인 모양이다. 정말로 성격이 안 좋은 녀석이다.

그러나—.

"미안하네. 사냥당하는 건 너야."

위에서 적발과 흑발의 여성이 내려와 그대로 상자 거미의 상자 부분에 착지했다. 쿵, 이나 펑, 같은 소리가 들리자 상자 거미가 머리를 180도 회전해서 뒤를 봤다.

아리아 씨가 창을 들고 소피아 씨를 지켰다.

"이 녀석, 정말로 꺼림칙하네."

그리고 소피아 씨가 상자를 손으로 만졌다.

"이 녀석, 원래부터 꽤 무겁네요……. 이걸로오오오!"

아츠를 사용해서 중량을 조작. 상자 거미는 다리가 버티지 못하게 되어 통로에 주저앉아 발을 파닥거렸다.

"좋아, 이대로!"

괜찮을 거라 생각한 순간이었다. 상자 거미는 그 기다란 팔을 휘둘러 아리아 씨와 소피아 씨를 쳐 날렸다.

두 사람이 상자에서 떨어지자, 상자 뒷부분이 열리며 거미 엉덩이가 모습을 드러냈다. 그리고 꾸물꾸물 실을 뿜어내서 두 사람을 옭아맸다.

"이, 이거—!"

"이이, 이거 놓으세요!"

두 사람이 바닥에서 버둥거렸다. 다치지는 않은 모양이지만 저래서는 움직일 수 없다.

서둘러 상자 거미의 상자 부분으로 올라가자, 중량이 원래 대로 돌아간 상자 거미가 날뛰었다.

방향전환도 하지 못하는 통로에서 위아래로 움직이며 나를 떨어뜨리려 했다. 또한 상자에 올라탄 내가 짜증이 났는지 팔을 휘둘러왔다.

"이 녀석!"

사냥감을 잡기 위해 팔이 다가오는 가운데, 안정되지 않는 곳에서 싸워서 그런지 방어전으로 돌아가자 갑자기 상자 거미의 움직임이 멈췄다.

바라보니, 데미언 교수의 인형들이 상자 거미의 다리에 달라붙어 있었다.

데미언 교수가 지팡이를 크게 휘둘렀다.

"자, 내 일은 여기까지야. 이후는—."

나는 사브르 두 자루를 움켜쥐었다.

"—제 일이죠!"

상자 거미의 표정이 짜증을 감추지 못하고 일그러지더니 팔을 크게 휘둘렀다. 그 팔을 사브르로 절단하자 붉은 눈동자가 크게 뜨였다.

　다른 한 팔이 다가오기에 다른 사브르로 절단했다.

　"쓰러뜨리겠어."

　그대로 사브르 두 자루를 휘둘러 목과 몸통을 날려버렸다. 버둥거리던 다리가 움직이지 않게 되자, 상자가 바닥에 떨어졌다. 그리고 나는 사브르를 칼집에 넣고 보옥을 움켜쥐었다.

　"라이엘 씨. 조심하세요. 그 녀석은—."

　—그 녀석은 교활해요.

　클라라 씨가 외칠 것도 없이, 나는 보옥을 움켜쥐고 잡아 뜯으려는 듯이 오른손을 움직였다. 은색의 대검이 모습을 드러낸 것과 동시에, 상자 거미가 뒤로 물러나면서 상자를 버렸다.

　인형들이 잡고 있던 다리를 잘라내고, 추악한 본체가 모습을 드러냈다. 몸통 부분은 상자에 들어있어서 그런지 네모나고, 평평한 표면에 커다란 입과 눈이 많이 붙어있었다. 심플하다면 심플한 형태지만, 꺼림칙하기 그지없다.

　"미안하네, 너에 대해서는 조사했었다고. 마지막에는— 그렇게 도망친다는 것도!"

　모습을 드러낸 순간. 은빛 대검을 쥐고 상자 거미 본체의 위로 올라가서 꽂았다. 날뛰듯이 떨리는 은빛 대검이 상자 거미에게 깊숙이 꽂혀 상처를 벌렸다.

　상자 거미는 시끄러운 절규를 내지르고 남은 다리를 격하게 움직이며 버둥거렸다.

그러다 최후에는 움직이지 않게 되자, 나는 은빛 대검을 보옥으로 되돌렸다. 상자 거미의 체액이 묻어서 끈적끈적하다.

잘 보니 상자 거미의 꼬리에서 실이 나왔다.

미란다 씨가 상자 거미를 보면서 실을 보고 감탄했다.

"이거, 그러고 보니 엄청 귀중한 소재 아니었어?"

마석을 꺼내기 위해 다가온 데미언 교수는 실에는 흥미가 없는지 상자 거미 해체 작업에 들어가려 했다.

클라라 씨가 데미언 교수를 힐끗 보고는 이쪽으로 다가왔다.

"네. 꽤 튼튼한 실이거나, 아니면 굉장한 점착력을 가진 실 둘 중 하나겠죠. 이쪽은…… 튼튼한 쪽이네요."

어느 쪽이든 귀중한 소재라 무척 비싸다고 한다.

2대가 조금 의문으로 여긴 모양이다.

『좀처럼 손에 들어오지 않는 소재가 왜 비싼 거지. 귀금속도 아니고, 덤으로 손에 넣기도 힘드니까 안정된 공급도 없어. 이런 실을 원하는 녀석이 있기는 한 건가?』

3대가 대충 대답했다.

『이용가치를 발견해서 그런 거 아냐? 그나저나, 상당한 양이네.』

마지막으로 버둥거렸을 때 뽑은 실은 꽤 많았다.

내가 지쳐서 움직이지 못하고 있을 때 노웸이 사로잡힌 두 사람에게 향했다. 끈적한 실에 사로잡혀서 움직이지 못하던 아리아 씨와 소피아 씨.

뭐랄까, 버둥거리면서 옷이 파고들어 몸의 라인이 드러나 무척 큰일이었다. 한마디로 말하자면 선정적이라고 해야 할까. 본인들은 필사적으로 빠져나가려고 해서 더더욱 안 좋다.

"누, 누가 좀 도와줘!"

"여기를 이렇게, 이거라면…… 안 돼, 가, 가슴이 괴로워! 파고들어서……."

옷이 파고들고, 어느 부분은 벗겨졌다.

간단히 말하자면, 에로하다.

노웸이 두 사람을 풀어주기 위해 손을 댔지만, 꽤 어려워 보인다.

"두 분 다 억지로 움직이지 마세요. 이렇게 되면 옷 일부를 찢어서……."

똑바로 볼 수가 없어진 나는 데미언 교수 쪽으로 시선을 돌렸다. 데미언 교수는 상자 거미의 체액으로 범벅이 되면서도 붉고 커다란 마석을 양손에 들고 뺨을 비비적대고 있었다.

작은 체구의 데미언 교수가 양손으로 안고 들어야 할 정도로 크다. 그리고 투명한 붉은색 보석처럼 보인다.

"우후후후, 이 녀석이 있다면 마침내 그걸 기동할 수—."

데미언 교수가 거기까지 말했을 때, 뭔가 낙하하는 소리가 보스 방에서 들렸다.

서둘러 보스 방을 정찰하러 가자, 크게도 형태도 완전히 관짝 같은 물체가 바닥에 꽂혔다.

금속제지만 은색이라기보다는 잿빛에 가깝다. 진짜 관짝인 듯이 얼굴이 비치는 창문이 있었다. 그러나 흐릿해서 안쪽은 보이지 않는다.

마물이 안에 살고 있을 가능성도 고려해서 데미언 교수를 제외한 전원이 둘러싼 뒤 내가 접근해서 만져봤다. 그러나 반응은 없었다.

그러자 데미언 교수가 마석을 안고 방으로 들어왔다.

"교수님. 아직 위험해요."

미란다 씨가 주의를 주자 데미언 교수는 눈을 크게 떴다. 그리고 씨익 웃었다. 아무래도 위험하지는 않은 모양이다.

"놀랍네. 설마 이게 또 손에 들어올 줄은 몰랐어. 미궁에서는 드물게 나오지. 보스를 쓰러뜨렸을 때 보물이 손에 들어오거든. 「레어 드롭」이라고 부르는 사람도 있지만…… 이 녀석은 그야말로 레어. 희소가치가 있는 물건이야. 학원에서도 단 두 개밖에 없는 물건이니까."

나는 데미언 교수에게 확인해봤다.

"이 상자를 아시나요?"

"알고 있다기보다는, 갖고 있지. 이번 목적은 이것과 똑같은 관짝의 내용물하고 관련이 있으니까. 그걸 불러내기 위해 이 마석을 찾은 거야. 하지만, 뭐랄까…… 라, 라이엘이었던가? 너는 무척 운이 좋아. 어때, 저 내용물을 기동시켜보지 않겠어?"

기동시키라는 말을 듣고 내가 곤혹스러워하자 데미언 교수가 설명을 시작했다. 그러나 클라라 씨와 미란다 씨는 「데미언 교수님이 다른 사람의 이름을……!」 하고 놀라고 있었다.

"관짝으로 보이지만, 들어있는 건 사람이 아니야. 오토마 톤. 자동인형― 사람 모양을 한, 스스로 움직이는 기계인형이 라고 알려져 있지. 그것도 무척 정교하게 만들어졌어. 내가 흥 미를 가진 건, 이만한 물건을 만들 수 있는 지식이나 기술이 야. 그래서 기동시키고 싶은데, 필요한 에너지를 만들어내려 면 이 녀석이 필요했거든."

커다란 마석을 양손으로 든 데미언 교수는 관짝을 바라봤다.

"고대인이 만들어낸 오토마톤. ……라이엘, 너도 보고 싶다 고 생각하지 않나?"

그곳에는 호기심이 자극된 데미언 교수의 웃음이 있었다.

지하 40층 통로.

우리는 입수한 상자 거미의 상자 부분에 짐을 채워 넣고 있 었다.

상자 바로 밑에는 마법진이 나와 있고, 나 말고 다른 전원 이 짐을 정리했다.

"아~ 안 되겠어. 조금 한계를 넘어선 느낌이 들어."

커다란 상자를 어떻게 할까 고민하다가 결국 가져가기로 했 지만…… 내 아츠, 박스에는 아무래도 아슬아슬하게 들어가 지 않았다. 그 때문에 짐을 바꿔 넣으면서 정리하고 있었다.

노웸이 조금 전 손에 넣은 관짝을 발로 걸어차서 상자에 넣었 다. 평소에는 보이지 않는 모습을 목격한 나는 놀라고 말았다.

"노웸, 왜 걷어찼어! 그 녀석은 나중에 기동시킬 거니까 소중히 해줘."

노웸이 웃으며 돌아봤다.

"죄송합니다, 라이엘 님. ……무심코."

무심코? 그런 마음으로 걷어찬 거야? 뭔가 불만이라도 쌓아두고 있는 거 아닌가?

그러나 덕분에 어떻게든 괜찮아 보인다. 상자가 마법진으로 천천히 잠겼다.

지하 40층에서 1박을 하고, 이렇게 짐 정리도 마쳤다.

이런저런 일이 있었지만, 이제는 돌아갈 뿐이다.

마법진이 사라지자 나는 노웸의 부축을 받았다.

데미언 교수는 마석을 소중하게 안고 있다. 놓을 것 같지 않다.

아리아 씨가 창을 짊어졌다.

"일단 이대로 위로 갈 텐데, 오늘은 어쩔까? 무리하면 계층 이동 장치가 있는 25층까지는 갈 수 있지 않아?"

클라라 씨가 고개를 가로저었다.

"29층을 목표로 하죠. 자칫하면 30층 보스가 부활했을 가능성이 있어요. 부활하는 날짜가 정확하게 정해진 건 아니니까요. 30층이 어떤지에 따라 달렸지만, 없다면 29층에서 1박 해서 안전을 확보하죠."

소피아 씨가 고개를 갸웃했다.

"어째서죠? 돌아갈 뿐인데요."

클라라 씨가 안경을 손끝으로 들어 올리며 위치를 고쳤다. 그리고 진지한 표정으로 우리를 바라봤다.

"미궁 안은 누구의 눈도 닿지 않는 곳이에요. 그리고, 동업자— 같은 모험가들에게 습격을 받는 건, 지상으로 나갈 때가 제일 많죠. 짐이 많아서 움직이기 힘들고, 지쳐있을 경우가 많으니까요. 29층보다 위쪽은 모험가들이 많이 있으니까요. 만약을 위해 경계해야 해요."

모아둔 마석이나 소재를 빼앗기 위해 습격하는 거겠지. 마물과 마찬가지, 아니…… 마물 이상으로 인간이 더 위험했다.

소피아 씨가 납득하며 끄덕였지만, 표정은 풀리지 않았다.

노웸이 이야기를 정리했다.

"그럼, 지하 29층을 목표로 하죠. 라이엘 님. 괜찮으신가요?"

"그래, 그러기로 하자. 다들 그거면 되겠지?"

전원의 얼굴로 시선을 보내다가 순간 미란다 씨에게 시선이 멈췄다. 평소와 변함없는 웃는 얼굴. 그러나 분위기가 한순간 변했다.

그걸 6대의 아츠가 내게 가르쳐주었다. 【서치】…… 적, 아군을 악의가 있느냐 없느냐로 판별하는 이 아츠는, 미란다 씨를 한순간 적의를 가진 빨간색으로 표시했다.

"그거면 돼. 여기까지 왔는데 마지막에 습격당하고 싶지 않으니까."

표면상 미란다 씨에게 변화는 없다. 그러나 내게 명확한 적의를 갖고 있었다.

5대가 깊은 한숨을 내쉬었다. 그리고 내게 주의했다.

『라이엘. 지금부터는 주의해. 마지막까지 긴장을 풀지 마.』

나는 조용히 보옥을 움켜쥐었다.

—지하 29층.

라이엘 일행은 무사히 야영할 수 있는 방을 찾았다.

아리아는 클라라가 준비해준 온수로 몸을 씻고 있었다. 남성진은 데미언이 마석을 안고 잠들었고, 라이엘도 모포를 말고 자고 있었다.

아리아는 젖은 머리를 닦으면서 라이엘을 바라봤다.

"라이엘 녀석, 밥도 안 먹고 자? 이거, 꽤 지친 거 아니야?"

식사를 준비하던 노엘은 라이엘의 모포가 벗겨진 걸 보고 일어나서 천천히 라이엘의 곁으로 향했다.

모포를 덮고, 이마의 땀을 닦아줬다.

'마치 엄마같네. 뭐, 오래 알고 지냈으니까 어쩔 수 없나?'

그런 감상을 품으면서 불 주변으로 향했다. 클라라가 준비해준 마구는 장작이나 태울 게 없어도 불을 피울 수 있었다.

그 위에 냄비를 올리기만 하면 돼서 무척 편리하다.

"이거, 역시 편리하네. 마석을 넣으면 움직이니까, 우리도 사야 하지 않을까?"

노엘이 떨어졌기 때문에 미란다가 냄비를 보고 있었다.

클라라가 읽고 있던 책에서 시선을 들어 랜턴을 바라봤다.

"아람사스에는 이런 도구가 많으니까요. 대량의 마석이나 희귀금속이 손에 들어오니까 개발하기 쉬운 환경이기도 하고요."

마찬가지로 랜턴도 마석을 넣으면 밝아진다. 단지, 클라라가 쓰는 마구가 더 밝아서 이렇게 휴식할 때 말고는 쓰지 않는다.

미란다가 아리아에게 말을 걸었다.

"아리아. 이대로 불침번 설 거지? 제대로 먹어둬."

아리아가 입구 쪽으로 시선을 돌리자, 소피아가 파수를 서고 있었다. 앉아있어도 되는데 배틀 액스의 날 부분을 바닥에 내리고, 자루에 손을 올리고 서 있었다.

'역시 성실하네. 한번 졸은 것 정도로…… 라이엘이 안전을 확인했으니까 조금은 긴장 풀어도 될 텐데.'

아리아가 그렇게 생각하는 것도 라이엘이 너무 높은 색적 능력 덕분이다. 아리아는 라이엘의 실력을 믿고 있었다.

클라라는 책을 닫고 미란다에게 수프를 건네받았다.

"저도 식사를 하고 잘게요. 아리아 씨, 알고 계시겠지만 불침번은 중요한 일이에요."

클라라가 못을 박자 아리아는 당황했다.

"아, 알고 있어!"

미란다에게 수프를 받아 입에 넣었다. 그러자 노웸이 돌아와서 미란다에게 감사를 표했다―.

―잠시 뒤, 미란다는 주변이 모두 잠든 걸 확인했다.

소피아와 불침번을 교대한 아리아는 앉아서 자고 있다. 노웸도 나무 상자에 몸을 맡기고 잠들었다.

항상 두 사람이 깨어있는 상황을 유지해야 하는 예정인데도, 일어나 있는 건 미란다 한 사람뿐.

"……데미언 교수님은 마실 것에 약을 넣었고, 클라라도 수프를 마셨어. 전원 한동안 일어나지 않아."

일어나서, 허리춤에 찬 단검을 뽑은 미란다는 망설임 없이 라이엘에게 접근했다. 모포를 말고 있는 라이엘은 약이 든 수프를 마시지 않았다. 그러나 무척 지쳤는지 야영에 들어가자마자 잠들어버렸다.

"혼자서 뭐든 해낸다는 건 큰일이라니까. 그렇게 혼자 바보같이 피로를 축적하거든. 그럼, 라이엘은 나를 바보로 만든 책임을 져줘야겠어."

그렇게 말한 미란다는 역수로 든 단검을— 주저 없이 라이엘의 급소를 향해 내리찍었다. 망설임 없는 날카로운 일격.

그러나, 꽂힌 것은 모포와 바닥이었다. 바닥에 칼끝이 부딪혀서 소리를 냈다.

"……어머, 일어나 있었네."

내려친 순간, 뒹굴면서 모포에서 빠져나온 라이엘은 일어나고 있었다.

손에는 사브르 한 자루를 들고 있다.

미란다는 동떨어진 나무상자 위에 있는 라이엘의 사브르를 봤다. 자고 있던 라이엘에게 회수해서 동떨어진 곳에 놔뒀었다.

"예비를 들고 있었다. 그렇다는 건 경계하고 있었던 거네."

라이엘의 뺨에는 땀이 흐르고 있었다. 아무리 봐도 동요하고 있지만, 대비한 모습으로 보아 미란다를 의심하고 있던 건 명백하다.

"……노웸이, 미란다 씨에게 수상한 움직임이 있다고 했었거든요. 그리고, 샤논의 눈도 있고요."

라이엘의 말에 미란다가 웃었다.

"뭐야, 알고 있었구나. 그러고 보니, 그 눈은 증조할머니에게서 이어받은 것. 즉, 월트 가에서 유래된 거니까. 알고 있어도 이상하지는 않나."

단검 하나를 더 뽑은 미란다는 양손으로 단검을 들었다. 라이엘은 칼집에서 사브르를 뽑았지만, 미란다가 빼앗은 사브르보다 질은 안 좋은 것처럼 보였다.

칼집을 왼손으로 들고, 사브르는 오른손에 들었다.

"미란다 씨. 눈을 떠주세요. 당신은 다정한 사람이잖아요."

라이엘이 슬픈 듯이 말하자, 미란다는 생각했다.

'……뭐?'

"너, 무슨 소리야?"

"샤논에게 조종당하고 있는 건 알고 있어요. 하지만, 마음을 굳게 먹으면—"

미란다는 라이엘의 이야기를 듣고는 배를 잡고 웃기 시작했다. 어쩜 이리도 우습고, 그리고 얼빠진 걸까.

'아, 그렇구나. 라이엘은 모르는구나. 샤논에 대해서—'

웃음거리가 된 라이엘의 눈이 점처럼 변하자, 미란다는 그대로 지면을 박차고 라이엘에게 뛰어들어 베었다. 사브르와 단검이 맞부딪혔다.

미란다는 라이엘에게 얼굴을 내밀고는, 진실을 고했다.

"너, 바보구나. 내가 착한 아이라고, 정말로 믿고 있었어?"

"―네?"

라이엘이 놀란 표정을 짓자, 미란다는 라이엘의 배를 걷어 찼다. 감촉으로 보아 즉시 뒤로 물러난 걸 알 수 있었다.

'얘, 역시 강하네.'

"네가 경계하던 건 샤논이었겠지만, 내가 보기에는 그 아이는 다정한 편이야. 그리고, 라이엘 네가 진짜로 경계했어야 했던 건…… 나야."

미란다가 얼굴을 살짝 기울여서 라이엘에게 진실을 전했다. 경계했어야 하는 건 샤논이 아니라, 자신이라고―.

제52화 사크라이 자매

미란다 씨의 입에서 나온 것은, 경계해야 했던 게 샤논이 아니라—.

"너는 바보구나. 샤논의 눈을 눈치챈 건 칭찬해주겠지만, 칭찬해줄 수 있는 건 거기까지야. 정말로 강하기만 한 어린애네."

몸을 숙이고 내 상태를 확인했다.

들고 있는 건 단검과 예비 사브르 한 자루. 왼손에 칼집, 오른손에 사브르를 들고 있다.

나머지는—.

"칫!"

베어 들어온 미란다 씨의 일격을 막아내고 칼집으로 후려치자 몸을 돌리며 피해버렸다. 싸움에 익숙한 움직임이라 나는 식은땀을 흘렸다.

"학원 학생이, 덤으로 배운 전투술이 아니네요?"

서로 베고, 막고, 그리고 이야기를 나눴다. 미란다 씨는 여유를 보이고 있었다.

"말했잖아. 뭐든 재주 있게 하거든. 난…… 지금까지 고생해본 적이 없었으니까 모르지만, 하기만 하면 대부분의 일은 할 수 있어."

돌려차기를 팔로 막고, 난폭하게 칼집으로 후려쳤지만 단검에 막혔다.

가슴팍에서 격하게 흔들리는 보옥에서는 6대의 믿기지 않는다는 말이 들려왔다.

『설마…… 거짓말이야. 미레이아와 꼭 닮은 미란다가…….』

진실을 알고 동요하는 6대를 방치한 5대가 내게 지시를 내렸다.

『라이엘. 지금이 조종당하지 않는 상태라고는 할 수 없어! 어떻게든 붙잡아!』

3대가 내게 가능성을 제시했다.

『라이엘. 내 아츠라면 정신에 주는 간섭을 방해할 수 있을지도 몰라. 쓸 수 있겠어?』

솔직히 말해서, 힘들다.

조금 쉬긴 했지만 매일같이 마력을 아슬아슬하게 써왔다. 피로도 남아있어서 전력으로 싸울 수 있는 건 몇 분 정도.

마력도 충분히 회복되었다고는 할 수 없다.

심호흡을 한 뒤, 마음속으로 『마인드』라고 암송하며 미란다 씨를 봤다. 그러나 미란다 씨는 여유로운 미소를 짓고 있을 뿐이었다.

2대가 초조해했다.

『이봐. 효과가 없잖아!』

7대는 어딘가 납득한 모습이었다.

『역시 고모님의 증손녀, 라고 해야 할까요…….』

이번에는 이쪽에서 공격하고자 앞으로 나가자, 미란다 씨가 단검을 넣고 나이프를 꺼냈다. 화살촉과 비슷한 모양의 던지기 쉬운 나이프를 본 2대가 외쳤다.

『라이엘. 저것에 닿지 마라!』

2대의 감을 믿고, 즉시 옆으로 굴러 피했다. 그러자 나이프가 격돌한 벽에 폭발이 일어났다. 놀라서 순간 그쪽을 돌아본 틈에 미란다 씨가 단검과 나이프를 계속해서 던졌다.

피하면서 본 광경은, 벽에 금이 가서 시커멓게 그을린 자국. 그리고 솟아오르는 연기였다.

"어머, 감도 좋네. 그나저나, 그 눈이 뒤에 달린 듯한 아츠...... 올이었던가? 성가시네."

미란다 씨에게 고개를 돌린 내가 입을 열려고 하자—.

"누구에게 들었나? 맞지? 아리아도, 소피아라는 아이도 솔직하다니까. 조금 부추기면서 너를 칭찬하니까 간단히 말해줬어. 내게 은혜를 느끼게 유도하고, 덤으로 네가 미안함을 느끼게 해준 덕분에 편하더라."

4대도 놀란 모양이었다.

『설마, 그 두 사람이 긴장감이 없어 보이던 건 정말로—.』

"두 사람의 긴장감이 풀렸던 건, 혹시—."

"맞아. 내가 살짝 유도했어. 두 사람에게 내가 대신 일을 하겠다고 나서서 풀린 것처럼 보여줬을 뿐. 수면약 실험에 소피아를 이용한 적이 있었는데, 그때도 긴장감이 풀렸다는 걸로 치고 넘어갔잖아? 잘 풀려서 안심했어. 뭐, 분위기를 안 좋게 만들고 싶기도 했지만."

나는 어금니를 악물었다. 아리아 씨와 소피아 씨를 믿지 않고 긴장감이 풀렸다고만 생각한 내가 부끄럽다.

그러나 미란다 씨는 바로 그 독특한 나이프를 두 자루 꺼냈다. 버스트 애로의 화살촉과 비슷한 나이프. 얼마나 갖고 있는 거지?

"그래도, 내 탓만은 아니야. 네 탓이기도 하거든. 내가 아무것도 안 했더라도 이 파티는 해산했을지도."

달려가자, 그녀는 나이프 두 자루를 각각 다른 방향으로 던졌다. 일부러 빗맞힌 거다.

그리고, 빈손으로 내 앞에 섰다.

"바보 취급하기는!"

접근해서 붙잡는다. 그렇게 생각했을 때 7대가 외쳤다.

『라이엘. 깊이 들어가지 마라! 미란다의 노림수는―.』

직후, 폭발 두 번이 다른 곳에서 발생해서 폭풍으로 자세가 흔들렸다. 주변이 연기에 휩싸인 가운데, 나는 왼팔을 봤다.

"―끅."

꽂힌 건 단검. 깊지는 않아서 바로 뽑아 던졌다.

"연기에 숨어도 헛수고― 어, 어라?"

바로 미란다 씨의 위치를 확인하려 했지만, 왼손이 저리기 시작해서 들고 있던 사브르 칼집을 떨어뜨리고 말았다.

떨리는 건 손만이 아니다. 팔, 어깨…… 서서히 몸 전체가 마비되어갔다.

그러자 연기 속에서 얇은 나이프가 몇 개나 날아왔다. 동시에 끈적한 실도 내게 날아왔다. 도망치지도 못한 채 허벅지, 오른 어깨에 나이프가 꽂혔고, 실이 팔과 몸통을 고정해버렸다.

어떻게든 움직이려고 할 때 연기가 급속도로 흩어졌다. 미란다 씨가 다가왔다.

"미궁은 불편하네. 이대로 분진폭발도 노릴 수 있었는데, 바로 연기가 흩어지니까. 사람에게 알맞은 환경이라는 것도 고민해볼 문제 아닐까? —안 그래, 라이엘!"

다가와서 그대로 배를 걷어차는 바람에 위로 쓰러졌다. 끈적한 실은 경화되어서 바닥에 고정되지는 않았다. 그러나 움직일 수가 없다.

미란다 씨는 내가 놓은 사브르를 걷어차서 날렸다.

"보이더라도 방도는 얼마든지 있어. 이제 알았지?"

웃으며 그렇게 말한 미란다 씨는 그대로 나를 걷어차서 굴렸다. 시선이 노웸이나 다른 일행이 있는 곳으로 갔지만, 그곳에는 전원이 잠들어서 일어날 기색이 없다.

3대가 조금 분통해했다.

『마비약에 수면약…… 성가시네. 라이엘. 움직일 수 있겠어?』

대답하지 못하고 있을 때, 그걸 긍정으로 받아들인 3대가 말했다.

『시간을 벌어. 지금은 그것만 생각하면 돼.』

나는 고통 속에서 호흡을 반복하며 미란다 씨에게 말했다.

"……대체, 뭐가 목적이죠—!"

왼쪽 허벅지에 나이프가 깊숙이 꽂혔다. 미란다 씨 쪽으로 고개를 돌리자, 무표정하게 나를 내려다보고 있었다.

"목적이라…… 네가 책임을 지게 만드는 거려나. 뭐, 덤으로 이것저것?"

나는 시선을 미란다 씨에게 돌리고, 자극하지 않도록 말을 들었다.

"이런 나도 말이지이. 너를 좋게 봤단 말이야. 지금까지의 인생, 착한 아이를 연기하면서 창자가 뒤집힐 듯한 마음을 뱃속에 품고 살아왔는데…… 그 만남을 보고, 혹시 운명?! 이라고 기대했었거든."

몸을 비비적대며 뺨을 물들이던 미란다 씨가 나를 걷어찼다. 발끝이 닿은 곳이 엄청 아프다. 어디를 때려야 괴로운지 전부 알고 있는 것 같았다.

5대의 목소리가 들려왔다.

『쓰라린 곳을 차고 있어. 아픔이 한동안 남는 곳을…….』

미란다 씨는 진지한 표정을 짓고는 나이프를 들어 내게 던지고는 그 나이프를 밟았다.

"으극! ……꺽!"

발을 비비적대며 아픔으로 괴로워하는 나를 보고 웃었다.

"마비가 풀리고 있지 않아? 즉효성이지만 바로 마비가 풀리는 걸 골랐거든. 왜냐하면, 그러지 않으면 아픔까지 둔감하게 느끼잖아? 그런 건 재미없어. 으음, 말하던 도중이었던가? 네게는 기대했었어. 백작가에서 폐적된 라이엘."

나는 아픔을 참으며 미란다 씨에게 말을 걸었다.

"흐윽……! ……저……하고, 약혼 이야기가 있었기 때문인가요?"

나이프를 비비적비비적 짓밟던 미란다 씨가 더욱 짙은 미소를 지었다.

"정답. 상으로 나이프 하나 추가해줄게."

그러더니 나이프를 내게 던졌다. 허벅지에 꽂힌 나이프의 아픔을 어금니를 악물며 견뎠다.

미란다 씨는 한숨을 내쉬며 가슴 밑에 팔짱을 꼈다.

"예전에 약혼 이야기가 있던 남자와 전혀 접점이 없는 곳에서 만난 거잖아. 꽤 기대했었다고. 처음 약속을 잡았을 때는, 열심히 화장도 하면서 여러모로 기합을 넣었었는데…… 정말로 너는 최악이야."

강하게 걷어차인 나는 기침을 했다.

미란다 씨는 그대로 내 머리를 강하게 짓밟았다.

"주변에 아리아나 소피아, 게다가 진짜 전 약혼자까지 거느리고…… 즐거워? 남자아이에게는 즐겁겠네. 그래도, 여자 쪽에서 보면 마음에 안 들어. 잠자코 있는 것 같지만, 아리아도 소피아도 불만을 갖고 있었어. 그걸 강요한 네 전 약혼자…… 조금 별나네."

노윔에 대해서는 반박할 수 없지만, 설마 두 사람이 불만을 갖고 있었을 줄은 몰랐다. 아니, 불만은 있겠지만, 어떤 불만을 갖고 있는지는 전혀 몰랐다.

"……어째서, 일부러 이런 공들인 일을?"

미란다 씨는 내게서 발을 치우고 슬픈 표정을 지었다. 그건 정말로 걱정하는 표정이었다.

"내 복수. 그리고, 샤논에게 자기가 가진 눈의 힘을 인식하게 해주기 위해서야. 너희가 죽고, 나나 일부 사람만 지상으로 돌아가면, 그 아이도 자기 힘을 인식하겠지. ……그 아이는 나를 조종했다며 좋아하고 있는 것 같지만, 솔직히 말해서 눈동자의 힘이 약해. 증조할머님이 남긴 기록과 비교하면, 능력을 1할도 끌어내지 못하고 있어."

증조할머니— 미레이아 씨가 기록을 남겼다는 건 놀라웠다.

"용케, 조사하셨네요."

"샤논은 태어나면서부터 눈이 보이지 않았으니까. 원인을 조사하기 위해 이것저것 조사하는 건 기본이잖아? 가계도를 뒤져서 조사하면 될 뿐이니까 간단했어. 단지, 아버님은 자기 조모가 눈이 보이지 않았다는 걸 몰랐지만. 정말로 한심한 사람이야. 그래서 내가 고생한 거고. 하지만 그 눈동자를 알고 있는 너도, 내 쪽에서 보면 충분히 굉장하다고 생각하는데?"

대화를 이어갔다. 시간을 벌 필요가 있으니까.

나는 미란다 씨를 올려다봤다.

"전부, 알고 있었던 건가요? 샤논의 눈동자가 특별하다는 것도?"

"같이 살다 보면 눈치채는 법이야. 그 아이는 내가 모른다고 생각하고 있지만. 뭐, 그게 귀여우니까 용서할래. 장난을 쳐서 고용인을 그만두게 만든 것도 샤논이겠지만, 그것도 좋

아. 그 아이는 다정하니까. 말려들게 하고 싶지 않았거든."

"다정하다?"

경화된 실 밑에는 미란다 씨가 던진 단검 중 하나가 있다. 몸을 비틀어서 조금씩 움직여 구속이 풀릴 때까지 살짝살짝 움직였다.

"그래. 그 아이는 바보고 귀엽고 다정하거든. 아리아와 동류네. 소피아는 타입이 다르지만 마찬가지. 그 아이들은 바보니까 귀여운 거야."

바보라는 말을 들은 두 사람이 딱하다고 생각하지만, 조금 동의하고 말았다.

"······너, 샤논이 뭘 하려고 했는지 알아?"

나는 나 자신이나 역대 당주들의 예상을 입에 담았다.

"냉대해온 친가에게 복수. 그 복수의 앞잡이가 미란다 씨······ 아닌가요?"

미란다 씨는 웃었다.

"오답. 그 아이가 말하는 복수. 아니, 앙갚음은—."

나는 그 내용을 듣고 귀를 의심했다.

—샤논이 입원한 병실.

최근 병원 안에서는 밤중에 어린아이의 유령이 나왔다는 소문이 퍼졌지만, 그것 말고는 평화로웠다.

샤논은 아직도 돌아오지 않는 미란다를 기다리면서 과자를 먹고 있었다.

"언니, 아직 안 돌아오나? 빨리, 그 녀석들에게 쓴맛을 보여주고 돌아와야 할 텐데. 라이엘 녀석은 언니를 곤란하게 만들었으니까, 아주 쓴맛을 보여줘야 해."

그러면 용서해줄 수 있다.

그런 생각을 한 샤논은 미란다가 자신의 말을 듣게 된 것을 계기로 친가에게 장난을 칠 생각을 하고 있었다.

"언니가 돌아오면, 바로 친가로 돌아가서 앙갚음을 해줄 거야! 도리스 언니의 옷에 벌레를 넣어주겠어! 아버님의 중요한 서류에 낙서를 해서 일하던 중에 수치를 줄 거야. 그리고, 그건 전부 언니 책임! 나를 배신하고 웃음거리로 삼았으니까……그걸로 야단을 맞으면 된다고. 그러면 용서해줘도 될까?"

그러면서 떠올렸다.

"아, 아뿔싸! 그 여자한테 할 앙갚음도 생각해야지! 으음, 뭐가 좋을까? 여, 역시 벌레? 벌레는 무서우니까, 그 여자도 분명 싫어하겠지?"

샤논은 침대 위에서 턱에 손을 대며 고민했다.

"머, 먹을 것 안에 벌레를 넣을까? 아니, 이건 아무리 그래도 지나치지. 아무리 나라도 거기까지는 못해. 하지만, 그러면 어떤 앙갚음을……."

골머리를 썩이던 샤논은 미란다가 설마 라이엘 일행을 죽이려고 하고 있다는 건 생각도 못하고 있었다—.

『……누구야. 마안이니 뭐니 거창한 소리를 하던 녀석.』

『장난은 나쁜 일이지만, 이런 걸로 눈을 뭉개니 뭐니 하던 사람은 기겁하겠네.』

『귀엽지 않습니까. 그래서, 마안이 뭐 어쨌다고요?』

『……시끄러!』

『어째서 미레이아와 똑 닮은 미란다가 이런—.』

『뭐, 고모님을 닮았으니 놀랍지도 않습니다만. 그나저나 예상 밖이로군요.』

지하 29층. 야영 중이었던 나는 지금, 미란다 씨에게 구속당한 채 얻어맞고 있다.

내가 거짓 헌팅을 하는 바람에 터무니없는 일이 벌어지고 말았다. 거기까지는 알겠다. 하지만 설마 우리의 예상이 빗나갔을 줄은 몰랐다.

눈을 뜨라는 소리를 진지하게 해버린 내가 부끄럽다. 아무튼 미란다 씨는 처음부터 조종당하지 않은 상태였으니까.

즉, 맨얼굴로 이런 일을 할 수 있는 인물이었다. 조금— 아니, 상당히 무서운 사람이다.

"기껏해야 도리스의 옷에 벌레를 넣는다거나, 아버님의 서류에 낙서를 하는 정도밖에 생각하고 있지 않아. 단지, 그 여자…… 네 여동생에게 손을 대려고 했으니까, 나는 이 도시에서 샤논을 지켜보고 있는 거지만."

내 여동생— 세레스. 내가 눈썹을 찡그리는 걸 본 미란다 씨가 미소 지었다.

"어머, 여동생에게 씁쓸한 추억이라도 있는 거야?"

내가 시선을 돌리자 미란다 씨는 나를 짓밟았다. 신발바닥으로 비비적거리며 히죽히죽 나를 내려다 봤다.

"들려줘. 폐적돼서 가문에서 쫓겨난, 라이엘."

그런 가운데, 3대의 목소리가 힘차게 들려왔다.

『—라이엘. 시간 벌기는 충분해..』

몸을 뒤틀자 미란다 씨가 나를 걷어차서 굴렸다. 그 순간, 묘한 표정을 지었지만 이미 늦었다.

"단검? 설마—."

구속을 풀고, 나이프를 뽑아 미란다 씨에게 던졌다. 미란다 씨는 피했지만, 그런 건 알고 있었다.

아픔을 견디고 달려서 내 무기를 가지러 갔다. 그러나 눈앞에— 노웸이나 다른 일행이 있는 곳에는 와이어가 쳐져 있어서 나아갈 수 없었다.

"뭐야, 이거…… 와이어?"

돌아보자, 미란다 씨가 천천히 걸어왔다. 씨익 웃고 있는 걸 봐선, 뭔가 비장의 수단이었던 것이리라.

"유감이네. 그 앞으로는 갈 수 없어. 그러니, 이 방에서 네가 나가는 건 불가능해."

와이어가 쳐진 건너편에는 입구가 있고, 그곳에서 아리아 씨가 숨소리를 내고 있었다. 이렇게나 시끄러워도 일어나지 않으니까, 무척 강력한 수면약을 사용한 모양이다.

남아있는 나이프를 뽑아서 호흡을 가다듬었다.

"비장의 수단이라는 건 가져두는 법이라니까."

미란다 씨의 오른손— 그 손끝에서 실이 나왔다. 오른손을 휘둘러서 옆으로 굴러 피하자 와이어가 쳐진 곳에 끈적한 실이 찰싹 달라붙었다.

"조금 전의 실?"

미란다 씨가 양손에 단검을 들고 내게 다가왔다.

나이프를 양손에 들고, 미란다 씨의 참격을 흘려냈다.

그때 불똥이 튀었고, 미란다 씨의 길고 예쁜 다리가 나를 덮쳐왔다.

"발버릇이 나쁘네요!"

이쪽도 반격하기 위해 발차기를 날렸지만, 미란다 씨는 간단히 피했다.

"검술에 비해 체술은 미숙하네."

2대가 미란다 씨를 칭찬했다.

『정말이지, 대단한 여자야. 재주만 많지 어설프다? 이건 그런 수준이 아니야.』

하기만 하면 뭐든 할 수 있는 천재의 부류이리라.

나이프를 던지고 달리자 내 왼손에 어느새 실이 묶여있었다. 실 끝에는 미란다 씨가 있었고, 왼손에서 실을 뽑아서 그걸 당겼다.

"어머, 놓치지 않아."

5대가 중얼거렸다.

『이 녀석, 아츠를 숨기고 있었나? 그나저나, 거미 같은 여자네.』

동의한다. 하지만 이대로 가면 끝나지 않는다.

"여기서 죽을 수는— 리미트 버스트!"

초대의 두 번째 아츠. 그걸 이용해서 단숨에 신체 능력을 끌어올리면서 팔을 휘둘러 미란다 씨를 내던졌다. 팔에 묶인 실을 억지로 끊어내고는 바닥에 떨어진 단검을 주웠다.

직후, 돌아본 내 눈앞에 화살촉 같은 나이프 세 개가 보였다.

"—아."

그리고 폭발. 주변은 폭발로 인한 순간적인 발화 후, 검은 연기에 휩싸였다.

—검은 연기가 방 안에 퍼지는 가운데.

미란다는 라이엘에게 강제로 날아가던 중에 공중에서 나이프를 투척했다. 바닥을 굴러서 폭풍을 피하고, 천천히 일어났다.

"나 참. 정말로 성가신 아이네. 덕분에 놀지 못했잖아."

마시의 실패작인 버스트 애로를 위력을 높여 개량한 나이프. 안전성도 높인 미란다 특제 나이프다.

"하아, 시체 처리가 성가시겠네."

폭발로 터져버린 라이엘을 상상했는지, 미란다는 침착한 모습이었다.

그러나, 검은 연기가 급속도로 흩어지자 미란다는 주변에 시선을 돌리며 단검을 움켜쥐었다. 벽을 등지고 경계했다.

폭발한 곳에서는 라이엘의 흔적이 전혀 없었다.

'……설마, 그 위력의 폭발을 견뎠어? 그런 아츠가 있다는 건 못 들었고, 확인하지 않았었는데…….'

라이엘의 전법으로 보아 자기 몸을 지키는 아츠는 없다고 판단하고 있었다. 피하는 것을 전제로 한 전법이었기 때문이다.

그러나 라이엘의 모습이 어디에도 보이지 않았다. 미란다는 식은땀을 흘리며 문득 뭔가 눈치챈 듯이 위쪽을 봤다.

그곳에 라이엘이 있었다. 사브르를 들고 낙하하는 중이었다.

"늦어!"

라이엘의 거친 일격을 단검을 교차해서 받아냈다. 커다란 불똥이 튀기자, 라이엘은 그대로 미란다에게 돌려차기를 먹여 날려버렸다.

"큭, 강화계 아츠인가!"

공중에서 몸을 틀어 벽을 박차고 바닥에 착지했다. 그러자 미란다 바로 옆을 사브르가 스쳤다.

라이엘이 미소를 지으며 벽에 사브르를 꽂은 것이다.

"어라, 빗나갔네."

라이엘은 억지로 사브르의 방향을 바꿔 벽에 꽂힌 사브르를 옆으로 휘둘러 뽑아내려 했다.

미란다가 황급히 수그리며 라이엘에게 발차기를 먹였지만, 라이엘은 꿈쩍도 하지 않았다.

"딱딱해!"

도망치듯이 그 자리에서 벗어나 돌아보자, 사브르로 잘린 벽이 천천히 재생하는 모습이 보였다.

조금 전과 다른 건, 라이엘이 강화계 아츠를 사용해서 신체 능력을 올렸다는 것. 그건 아리아에게도 들었다.

'상상 이상이네. 하지만, 지금의 지친 네가 이런 상태를 얼마나 유지할 수 있는지―.'

그리고, 조금 전과 다른 점이 또 하나.

사브르 한 자루를 든 라이엘의 움직임이 조금 전보다 날카롭다. 말을 바꾸자면, 명확한 살의가 있었다.

"조금은 미안함을 느끼지 않아? 누구 탓에 이렇게 됐다고―."

"내가 불성실한 행동을 한 건 사실이지만, 그게 어쨌다고? 지금의 너를 방치하는 게 더 말도 안 돼. 오히려, 나는 그 만남에 감사해야겠는걸. 너 같은 여자를 방치하지 않을 수 있게 됐으니까."

미란다가 어금니를 악물었다. 자신 같은 위험인물이 있어도 되는 걸까? 그건, 미란다도 항상 생각하던 일이었으니까.

"나도…… 이 성격이 이상하다는 건 안다고!"

매일 이상적인 여성을 연기하고, 일상의 불만은 부글부글 시커멓게 졸여서 마음 안쪽에 쑤셔 넣었다. 이윽고, 그게 자신의 이면성을 낳았다.

다정한 자신과, 매우 잔인한 자신.

라이엘의 가차 없는 참격을 흘려내고 왼손에서 실을 짜냈다. 지금까지와 다른 건, 헤실헤실해서 바로 끊어질 것 같은 가느다란 실이라는 것이다. 마치 솜사탕 같은 실이 주변을 춤췄다. 그 양은 무척 많았다.

라이엘은 문제없다고 생각했는지 정면에서 베고 들어왔다.

"그러니까 너는 바보인 거야!"

실이 라이엘의 몸에 달라붙었다. 달라붙은 실은 빠직빠직 새파란 빛을 발하며 불타서 사라졌다.

그러자 라이엘의 움직임이 눈에 띄게 나빠졌다.

"……뭐지?"

라이엘이 자기 몸에 붙어서 타버리는 실을 보며 짜증을 냈다. 미란다는 기분 좋게 설명했다. 이런 짓을 할 상황이 아닌데도.

"아하하하, 알고 있어? 인간, 아니 모든 생물은 체내에 가진 마력을 써서 육체를 강화해. 즉, 살아있기만 하면 넓은 의미로 마법사라는 거야. 그 마력을 빨아들여 타오르는 게 내가 만든 지금의 실이야. 아츠를 사용하는 것도 방해하니, 생각만큼 힘이 나오지 않지?"

주변에 하얀 실이 춤추는 가운데, 라이엘은 웃었다.

미란다의 등에 오싹 오한이 스쳤다. 직후, 라이엘의 몸에서 마력이 뿜어져 나와 주변의 실을 모조리 태웠다.

"그럼, 방해해도 문제없을 만큼의 마력을 방출하면 되지. 이만 끝내자고…… 미란다. 샤논도 곧 네 뒤를 쫓겠지."

미란다는 샤논의 얼굴을 떠올렸다. 지금의 라이엘이라면, 정말로 미궁을 나가서 샤논을 죽일 수도 있다. 그렇게 생각할 만큼의 살기가 있었다.

'두고 볼 수 없어. 그 아이를 죽이게 두진 않아!'

"……아직, 끝나지 않았어!"

양손에 든 무기를 던진 미란다는 양손에서 대량의 실을 방출

했다. 그 실이 의지를 갖고 형태를 만들어서 미란다를 덮었다.

"나는 아직—."

라이엘이 쫓아오는 가운데, 미란다는 비장의 수단을 선보였다.

이야기를 조금 돌려서.

나는 격한 폭발음을 듣고 돌아봤다. 양손에는 바닥에 굴러다니던 단검이나 나이프의 산. 미란다 씨는 벽을 향해 중얼중얼 혼잣말을 하고 있었다.

"……깜짝 놀랐네."

식은땀을 흘리며 회수한 무기를 와이어 너머로 던졌다. 땡그랑땡그랑 금속음이 들렸지만, 잠들어있는 모두는 일어나지 않는다.

심지어 아리아 씨는 행복한 미소마저 머금고 자고 있었다.

조금 전부터 7대가 안절부절못하고 있다.

『대단하군요. 어마어마한 위력! 꼭 손에 넣고 싶군요.』

6대가 힘없이 대답했다.

『그래. 편리해 보이는군. 그보다도, 샤논이 위협적이지 않게 된 지금, 미란다는 어떻게 대처해야 할까요? 나로서는 어느 쪽도 신경이 쓰입니다만?』

6대가 신경 쓰고 있는 건 미란다 씨였다.

5대는 다른 역대 당주— 주로 2대에서 4대의 놀림감이 되어 화가 났는지 말투가 거칠어졌다.

『처리하라고? 무리야. 오히려 저 자매는 가능하면 지켜볼 수 있는 곳에 두고 싶어.』

4대가 생각에 잠겼다.

『그러면, 라이엘의 곁에 둬야겠군요. 하지만 그렇게까지 할 필요가 있을까요? 마안 운운하는 이야기도 착각해버렸으니, 믿을 수가 없다고나 할까…….』

3대가 5대를 도발했다.

『그건 위험하다. 경우에 따라서는 뭉개버리자! 라면서 진지한 표정을 짓고 있었는데 예상이 크게 빗나갔으니까. 샤논보다도 미란다가 문제인 것 같고.』

5대가 분개했다.

『정말로 위험하다고! 잘 들어. 지금은 괜찮아도 언젠가 무슨 일이 생기면 책임질 수 있냐!』

2대가 대충 말했다.

『애초에 라이엘이나 우리도 책임을 질 입장은 아니야.』

듣고 보니 그렇다. 내가 그렇게까지 할 이유는 없다. 무기를 회수한 나는 와이어 너머에 놓인 내 사브르를 봤다.

"……닿지는 않나. 그러면 달리 쓸 만한 건."

내 옷을 뒤져보니 가슴 주머니에 과자가 들어있었다. 미궁에 들어갈 때 노웰이 준 것과 같은 거다. 아무래도 내 주머니에 몰래 넣어둔 모양이다. 나는 나무상자에 기대서 자고 있는 노웰을 봤다.

"……걱정 끼쳤네. 노웰."

입 안에 과자를 넣었다. 달콤한 것이 위에 들어가자 힘이 솟아오르는 느낌이 들었다.

"그나저나, 3대의 아츠는 굉장한 효과네요."

미란다 씨는 멍청하게 서서 흔들거리고 있었다. 보이지 않는 누군가와 싸우고 있는지 표정이 무척 험악하다.

『뭐, 그런 아츠니까. 시간 벌기로 떠들어댄 게 효과가 좋았어. 문답무용으로 죽이려 들었다면 끝장이었겠지만.』

3대야 가볍게 말했지만, 나로서는 웃지 못하는 이야기다.

그나저나—

"그건 그렇고, 초대의 리미트 버스트는 굉장하네요. 상처가 벌써 아물었으니까요."

2대가 어이없어했다.

『쓰던 사람과 똑같이 불합리하다니까. 디메리트 없이 힘이 늘어나고 부상도 치유되다니.』

미란다 씨를 보니 뭔가 하려고 하고 있었다. 가능하면 다치지 않게 확보하고 싶은데……

그렇게 생각하고 있는데, 뭔가 데구르르 굴러오는 소리가 들렸다.

시선을 돌리니, 자고 있던 아리아 씨가 놓친 창이 와이어 너머까지 굴러왔다.

2대가 칭찬했다.

『잘했다. 아리아! 자, 이걸로 무기는 손에 넣었군.』

아리아 씨의 창을 주운 나는 미란다 씨를 봤다.

"……거짓 헌팅에서, 터무니없는 이야기로 발전했네요."

내 말에 4대가 조금 화를 내며 말했다.

『자신의 행동이 어떤 결과를 낳는지, 이번 건으로 조금 배우도록 하세요.』

3대가 웃었다.

『뭐, 이번 건은 예상하지 못했겠지만. 자, 라이엘…… 반항기였다고는 해도 자기가 뿌린 씨앗이야. 책임을 져야지. 어떻게 할지 생각해봤어?』

나는 끄덕였다. 5대의 말대로, 두 사람을 방치할 수는 없다.

확실히 사크라이 자매에게는 운명 같은 게 느껴지지만, 그 이상으로 5대와 6대가 신경을 쓰고 있다는 걸 알 수 있다.

"……제가 했던 일의 책임 정도는 져야겠죠."

미란다 씨의 앞으로 걸어가서 창을 겨눴다.

"이제 끝을 내죠. 미란다 씨."

양팔을 펼치고, 열 손가락이나 손바닥에서 실을 꺼낸 미란다 씨는 나를 보며 중얼거렸다.

"—아직, 나는 끝나지 않았어!"

실이 미란다 씨의 몸을 감싸며 조립된 골격 같은 것을 만들어냈다. 방 안 어딘가에서 흙이 모여서 살을 붙이자, 그 하반신이 거미로 변모했다. 손에도 흙이 덮이면서 길고 흉흉한 팔이 만들어졌다.

미란다 씨는 상자 거미보다도 요염한 거미녀— 아라크네 같은 모습이 되었다.

5대가 아연실색했다.

『……정말로 거미녀냐.』

미란다 씨가 외쳤다.

"미궁 안에서는 이 모습이 편리하거든. 지금까지 몇 번이고 스트레스를 발산하며 날뛰어왔어. 몇 번이고 몇 번이고 마물을 갈기갈기 찢어왔지…… 이번에는, 너다아아아!"

마치 생물처럼 움직이는 여덟 개의 다리. 크게 뻗은 팔을 휘두르자 손톱이 바닥에 상흔을 남겼다.

창을 휘둘러 공격을 튕겨내자 미란다 씨가 뛰어올라 천장에 달라붙었다.

양손에서 실을 뽑아내자 순식간에 커다란 거미집이 만들어졌다. 2대가 바로 조언을 줬다.

『라이엘. 거미집의 세로줄은 끈적하지 않아. 가로줄은 조심해라.』

수긍하면서 천장을 올려다보자, 커다란 거미집이 계속 뻗어와 나를 포위하는 상태가 되었다.

"너만큼은 반드시 끝장내주겠어……. 그러지 않으면, 우리는……."

평소와 같은 얼굴, 같은 목소리지만, 지금 모습으로 말하니 무서움이 다르다. 그러나 그 이상으로, 미란다 씨가 나를 보는 눈이 두려움에 휩싸여있다는 걸 알 수 있었다.

나는 살짝 굽히면서 뛰어올라 거미집에 착지했다. 2대의 말대로 세로줄은 끈적하지 않다. 두 개의 세로줄을 밟자, 튼튼하지만 위아래로 움직여서 균형을 잡기 힘들었다.

7대가 미란다 씨를 보고 성가신 점을 깨달았다.

『성가시군요. 그저 거미의 모습을 본뜨기만 한 게 아니라, 그 움직임까지 재현하고 있어요. 어떤 원리인지…….』

나는 미란다 씨에게 말을 걸었다.

"사실은 사과하고 싶었어요. 제대로…… 제가 잘못했다고. 용서해달라고. 게다가…….."

"시끄러워! 시끄러워, 시끄러워!"

미란다 씨는 고개를 격하게 가로저으며 들으려 하지 않았다. 그러나 나는 말을 이었다.

"당신은 정말로 예쁘고, 다정해서…… 저는, 당신 같은 누나를 갖고 싶었어요."

미란다 씨가 거미집 위를 달렸다.

실의 반동을 이용해서 옆으로 뛰자, 지금까지 서 있던 곳을 미란다 씨가 지나갔다. 그러나 바로 방향을 전환해서 이쪽으로 다가왔다.

여덟 개의 다리를 재주 좋게 써서 다가오는 모습은 그야말로 거미다.

"대체, 어떤 환상을 본 걸까요?"

3대도 그건 모르기에 「글쎄」라며 대충 대답했다.

『아무튼, 해야 할 일은 하나야.』

그래. 지금은―.

나는 거미집 위를 달리고, 뛰고, 그렇게 미란다 씨의 공격을 피하면서 일부러 벽 쪽으로 몰렸다.

"몰아넣었다!"

미란다 씨가 정상적인 판단을 못하게 된 걸 보니, 효과를 발휘한 마인드가 얼마나 흉악한지 알 수 있었다.

실 하나에 양발을 얹고, 창을 겨눴다.

"……필드."

2대의 아츠를 사용해서 감각을 넓힌 동시에 미란다 씨를 둘러싼 실이나 흙의 내부를 봤다. 마치 진짜 골격 같다.

"이걸로 끝이다아아아!"

미란다 씨가 외치면서 다가오는 중에 나는 호흡을 가다듬었다.

"그래요. 끝이에요."

어중간한 공격은 통하지 않고, 너무 강하면 미란다 씨가 다친다. 그건 5대도, 6대도 바라지 않는다.

그렇다면 해야 할 일은—.

"꽤 잘 만들었지만…… 무리하고 있는 부분이 있네요."

나의 정면으로 다가온 미란다 씨에게 파고들어서, 양팔의 공격을 피하며 하반신의 약점을 창으로 찔렀다. 미란다 씨의 상반신과 연결된 부분에서 약간 아래쪽. 그곳을 찌르자, 마침 미란다 씨의 가랑이 밑— 양 다리 사이를 찌르는 형태가 되었다.

그곳에 이것저것 중요한 골격이 집중되어 있었는지 창으로 찌른 기세를 타고 하반신 부분이 간단히 무너졌다. 거미의 갑옷— 그 연약한 부분을 창으로 찌른 것이다.

자신이 만들어낸 것이 간단히 파괴되자, 미란다 씨는 믿기지 않는다는 표정을 지었다.

"─거짓말."

부서지는 거미의 하반신 부분에서 튕겨나간 미란다 씨가 기세를 죽이지 못하고 벽에 충돌하려 했다.

『라이엘!』

6대의 외침에 응한 나는 미란다 씨와 벽 사이로 뛰어서 그녀를 받아냈다. 그대로 벽에 격돌하자, 무너지던 거미 부분도 벽에 격돌. 벽에 커다란 균열을 낸 걸 보면 상당한 기세였다는 걸 알 수 있다.

"─윽!"

미란다 씨를 안고 등에 부딪힌 나는 낙하하면서 자세를 바로잡고 바닥에 착지했다. 3대의 놀리는 목소리가 들렸다.

『정말로, 왜 이런 건 간단히 하는 걸까. 그 상태에서 바로잡다니…….』

착지 정도는 나라도 할 수 있다. 바보 취급하는 건가?

무너진 거미집은 마치 공기에 녹아내리듯이 사라졌다.

끌어안은 미란다 씨의 흉흉하던 양팔도 무너지고, 보통의 양손이 모습을 드러냈다.

순간, 옷소매에서 나이프를 꺼낸 미란다 씨가 베고 들어왔다. 바로 미란다 씨를 밀쳐내자 나이프가 뺨을 스쳤다.

뺨에 피가 흐르는 걸 손으로 닦았다.

"아직도 포기하지 못했나요."

미란다 씨가 부들거리는 발로 일어났다. 숨을 헐떡이는 걸 보면 꽤 무리하는 모습이다. 아무래도 조금 전 거미의 모습은 꽤 부담이 컸던 모양이다.

"포기하면, 샤논이…… 그 아이는 절대로 죽게 둘 수 없어."

여동생을 지키려는 미란다 씨의 모습에 나는 가슴이 아파졌다. 가족을 지키려는 모습…….

"……딱히 저는 죽일 생각은 없어요. 게다가, 왜 자신을 조종하려던 여동생을 그렇게 지키려 하는 거죠?"

미란다 씨는 지친 표정이었지만 살짝 미소 지었다.

"바보에다 귀여우니까. 그리고, 그 아이는 나와의 사이에서 벽을 만들지 않으니까. 가족조차도, 나와의 사이에서는 벽을 만들어. 아버지도, 여동생도…… 주변도 그래. 옛날부터 뭐든 할 수 있었어. 그걸로 웃음 많고 다정한 자신을 연기해왔는데…… 그래도, 그 아이만큼은."

가족 문제. 나는 모르는, 미란다 씨의 문제겠지.

미란다 씨는 양다리로 서 있는 것조차 힘들어 보였다. 손에 나이프를 들고 내 앞에 서 있지만, 명백하게 무리하고 있다.

"그 아이는 솔직하고 다정해. 이런 나를 굉장하다고…… 자랑스러운 언니라고 말해줘. 그러니까, 상처입힌 만큼…… 나도…… 그리고 샤논을 지켜야……."

"지킨다?"

"내가…… 지켜야만 하니까."

눈의 초점이 맞지 않고, 무슨 말을 하는지도 모르겠다. 6대가 눈물 어린 목소리로 미란다 씨의 말에 감동했다.

『역시 미레이아의 자손이야. 나는 믿고 있었다고.』

3대가 끼어들었다.

『진심으로 라이엘 일행을 죽이려고 했지만 말이지. 그나저나, 라이엘 넌 어쩔 거야?』

나는 다가가서 미란다 씨를 끌어안아 부축했다. 저항하려고 했지만, 몸이 제대로 움직이지 않는지 미란다 씨는 나를 뿌리치지 못했다.

"지금부터는 제가 지켜줄게요. 두 사람은 제가 지켜줄게요."

"……하하, 어째서. 왜 네가?"

힘없이 웃은 미란다 씨가 나이프를 손에서 놓았다. 울고 있는 모양이다.

5대는 두 사람을 곁에 두자고 말했다. 그리고, 아마 앞으로는 함께 있는 편이 나을 거다.

"여러 이유가 있어요. 게다가, 두 사람을 내버려 둘 수가 없네요."

방치하기에는 위험한 두 사람이다.

"……정말로, 너는 최악이야. 난 너를 죽이려고 했는데?"

그렇기에 나는 방치할 수 없었다. 게다가, 미란다 씨와 샤논을 이대로 방치하면 5대나 6대가 슬퍼하겠지.

이럴 때 뭐라 말해야 좋을지 모르는 자신이 한심하다. 보옥 안의 역대 당주들도 조언을 주지 않고 침묵했다.

"원래 제 행동이 원인이었으니까요. 그러니까, 책임을 질게요."

미란다 씨가 양손을 내 등으로 돌려서 안겨 왔다.

"내 본성을 봤는데도 그런 말을 하네. 너, 역시 재미있어."

"그런가요?"

"……나 귀찮은 여자인데?"

딱히 상관없다. 『동료』로 삼는 거라면, 오히려 미란다 씨는 바람직하다.

"상관없어요."

"……책임, 져줄 거지?"

"물론이죠."

나는 책임지고 두 사람을 지켜줄 거다. 그보다, 역시 모험가 — 파티 리더로서 두 사람을 지키는 건 의무에 가깝다.

어라? 잘 생각해보면, 두 사람을 곁에 두는 건 데리고 다닌다는 뜻이 된다. 나는 두 사람의 의사를 확인하지 않았다는 걸 떠올렸다.

"뭐, 따라와달라고 하게 되겠지만요……."

미란다 씨가 중얼거렸다.

"책임져준다며? 어디까지나 따라갈 거야. 이걸로, 겨우……."

미란다 씨에게서 급격히 힘이 빠졌다. 내게 기댄 채 의식을 잃었다.

"……하아, 끝났다."

내가 이런저런 문제를 해결해서 안도하자, 6대가 감동했는지 큰소리로 외쳤다.

『라이엘, 너란 녀석은…… 그렇게나 각오를 다지고 있었던 거냐! 나는 기쁘구나!』

마력도 얼마 남지 않았는데 떠들지 말아줬으면 좋겠다.

『뭐, 잘됐어. 정말로 방치해둘 수는 없으니까. 결국 이게 제일이야. 근데 내게는 꽤 부담을 주게 되겠네. 라이엘.』

5대도 나를 칭찬했다.

부담이라면 언제나 주고 있는 셈인데, 아무래도 평소와 분위기가 달랐다.

4대는 내게 살짝 엄한 말투로 말했다.

『아무튼, 제일은 노웸입니다. 그것만큼은 그르치지 말도록 하세요. 정말이지, 책임을 지겠다고 말했을 때는 놀라서 말도 안 나오더군요.』

……응? 이상하다. 역대 당주들의 반응이 이상하다.

"무슨 소리예요? 저는 동료로 받아들인다고—."

순간, 5대와 6대의 분위기가 변했다. 조금 전까지 높아졌던 내 평가가 급격히 내려갔다.

『……역시. 라이엘은 라이엘이었네.』

『정말이라니까요. 감동해서 손해 봤군요. 그런데 어쩔까요? 미란다의 모습을 봐서는—.』

곤혹스러워하던 중, 2대가 내게 설명했다.

『아~ 라이엘. 다시 말해서, 미란다는 네가 책임을 지겠다고 한 발언을, 여자로 받아주겠다는 말로 생각했던 거다. 아까의 대화는 우리도 사랑 고백으로 들려서 깜짝 놀랐거든.』

3대가 웃었다.

『굉장하네. 라이엘이 각오를 다진 줄 알았는데, 설마 착각이었다니. 이야, 이런 일도 있구나 생각했었는데. 역시 라이엘이야. 기대를 배신하지 않는다니까.』

4대가 화를 냈다. 분개했다.

『웃을 일이 아닙니다. 여성에게 책임을 진다고 한다면, 그런 의미 아닙니까!』

7대는 어이없어했지만, 여기서 오해를 푸는 건 위험하다고 판단했다.

『거짓 헌팅으로 여기까지 한 여자입니다. 이게 오해라는 걸 알았다가는 대체 무슨 짓을 할지 몰라요. 뭐, 결과적으로 당초 목적은 달성한 셈이군요. 뭐, 궁정 귀족이라고는 해도 자작가의 딸. 격으로는 아슬아슬하게 어울리겠죠.』

아니, 어울리고 뭐고, 나는 평범한 모험가에 지나지 않는다. 내 쪽이 전혀 어울리지 않는다. 7대─ 할아버님, 그건 어떻게 생각하고 계신가요?

4대가 이야기를 정리했다.

『뭐, 어울리는지 아닌지는 제쳐놓기로 하죠. 하지만, 이걸로 소녀의 눈을 뭉개느니 어쩌니 하는 이야기를 하지 않아도 됩니다. 결과적으로 잘 풀렸다고 생각해도 되겠군요.』

나로서는 전혀 해결되지 않았는데, 그쪽은 어떻게 하죠?

"자, 잠깐만요. 그치만, 저는 곁에 두는 건 동료로서고, 책임 운운하는 건 리더로서 동료를 지키려고 한 건데요!"

2대가 내게 말했다.

『포기해라. 그보다, 왜 책임을 진다고 한 거냐.』

모른다고! 모두 책임이라고 하니까…… 알고 있었다면 다른 말로 했을 거야!

그렇게 생각하니 몸에 격한 통증이 스쳤다. 전신의 힘이 빠져나가는 이 감촉은 기억이 난다. 나는 초조해졌다.

"서, 설마…… 이 타이밍에?"

3대의 두근두근한 목소리가 들려왔다.

『어라, 혹시 벌써 두 번째가 온 건가?』

제53화 오토마톤

—지하 25층

계층 이동 장치에 탄 미란다는 이마의 땀을 닦았다.

주변을 보니, 뭐라 말 못 할 상황이었다.

"설마, 집단으로 『성장』을 맞이할 줄은 몰랐네."

처음으로 성장 전 전조를 보인 건 라이엘이었다. 지금도 모포를 말고 바닥에 누워 움직이려 하지 않는다.

"……집에 가고 싶어."

"라이엘 님. 이제 조금 남았으니까 힘내세요."

노웸이 바지런히 돌봐주고 있지만, 그밖에도 못 쓰게 된 인물들의 모습이 그곳에 있었다.

데미언은 마석을 안은 채 흰자위를 드러내고, 침을 질질 흘리며 자고 있다. 소피아는 어떻게든 인형과 데미언을 옮기고 있지만, 그런 소피아도 성장 전 전조가 있었다.

노웸이 소피아에게 말을 걸었다.

"소피아 씨. 괜찮으신가요? 이제 조금 남았으니까 힘내세요."

"……꽤, 꽤 힘들긴 하지만, 어떻게든."

클라라는 아리아에게 말을 걸었다.

"아리아 씨. 조금만 더 힘내죠. 지상까지 얼마 남지 않았으니까요."

"……아, 알고는 있지만 엄청 괴로워."

정도나 증세는 차이가 있지만 네 명이 한꺼번에 성장을 맞이하는 건 드문 일이다. 미란다는 라이엘을 봤다.

"……이제 싫어. 난 바닥이 되고 싶어."

뭔가 추한 발언을 되풀이하고 있는 라이엘은 극단적으로 몸이 망가지는 타입인 모양이다. 정신적으로도 약해졌고, 발언 내용도 이해하기 어려운 것들뿐.

라이엘에게 다가간 미란다가 고개를 수그렸다.

"이렇게나 극단적인 사례는 드물어, 라이엘."

뺨을 손끝으로 찔렀지만 라이엘은 반응이 없었다. 몸을 움직이는 것도 힘들어서, 여기까지 오는 데도 노웸이나 미란다가 업고 이동했다.

그러나 이런 상태임에도 라이엘이 자신들의 길 안내를 해주는 것이 미란다는 무척 놀라웠다.

클라라가 한숨을 내쉬었다.

"데미언 교수님은 학원에 연락을 넣어서 데려가게 하는 게 좋겠네요. 길드에는 제가 보고할게요. 라이엘 씨 일행이 쓰는 여관은—."

그걸 듣고 미란다가 손을 들었다.

"우리 집이 가까워. 방도 남으니까, 거기로 옮기자."

노웸이 조금 곤란한 표정을 지었다.

"하지만, 그래서는—."

미란다는 노웸에게 웃어줬다.

"괜찮으니까. 게다가, 앞으로도 쓰면 될 거야. 여관비도 바보 취급할 순 없잖아?"

노웸이 고개를 수그렸다.

"라이엘 님이나 다른 분들이 진정되면, 말씀을 드려볼게요. 지금은 후의를 받아들이겠어요."

미란다는 라이엘에게 말을 걸었다.

"그렇다네, 라이엘. 집에서 천천히 쉬어. ……책임, 져줘야 해."

라이엘은 숨소리를 내고 있었다.

―사크라이 자매의 집.

병원에서 돌아온 샤논이 본 건, 터무니없는 광경이었다.

"―아아, 세계는 이렇게나 아름답네! 저기 봐, 작은 새들도 내게 말을 걸고 있어."

미란다의 옷을 빌린 아리아가 창틀에 멈춘 참새를 보고 손을 뻗었다. 단지, 빌린 옷이 드레스라는 게 문제다.

가슴 부위가 무척 헐렁하게 남았다.

'이 녀석, 왜 남의 집에 와서 언니 드레스를 입고 있어? 게다가―.'

소파 쪽을 보니, 소피아가 한심하게 드러누운 자세로 과자를 먹고 있었다. 속옷 위에 셔츠 한 장이라는 차림이었는데, 이쪽은 가슴이 답답해 보인다.

"아리아. 작은 새 운운하는 소리는 이제 됐으니까, 과자 좀 사오세요."

'이 녀석도 왜 이렇게 편하게 쉬고 있는 거야! 남의 집이잖아!'

미란다가 휠체어를 밀어줘서 집으로 돌아와 보니, 어느새 남들이 와서 쉬고 있었다.

샤논은 미란다에게 물었다.

"어, 언니? 이건 대체 어떻게 된 거죠?"

미란다가 한숨을 내쉬었다.

"샤논이 하고 싶은 말은 잘 알아. 나도 솔직히 드레스를 빌려달라고 할 줄은 몰랐어. 소피아도 집에 놔둔 과자를 멋대로 먹어버리고……."

소피아가 상반신을 일으켜서 미안한 척도 하지 않고 말했다.

"네. 맛있었습니다."

샤논이 외쳤다. 시선 너머에는 자신이 좋아하는 과자 봉지가 있었기 때문이다.

"너, 너! 내 과자까지 먹은 거야! 마음에 든 거였는데!"

소피아가 웃었다.

"그랬나요? 뭐, 전부 먹어버렸으니 어느 과자인지는 모르겠습니다만."

"시끄러워!! 닥쳐!"

연약한 소녀를 연기하는 것도 잊어버린 샤논이 외치자, 미란다가 샤논의 등에 손을 대고 타이르듯이 휠체어에서 일으켜 세웠다.

"어, 언니?!"

혼란에 빠진 샤논을 미란다가 자기 쪽으로 돌아보게 한 뒤 다정하게 말했다.

"샤논. 소피아가 네가 좋아하는 과자를 먹은 걸 용케 알았네?"

그러나 샤논은 봤다. 미란다 주변에 감도는 마력이 분노로 떨리고 있었다.

"그, 그건, 대, 대화 내용하고 냄새로…… 아얏! 아파여, 언니."

미란다는 웃는 얼굴로 샤논의 두 뺨을 잡아당겼다.

"네 눈동자에 대해서는 알고 있었어. 그리고, 휠체어도 오늘로 끝. 앞으로는 부지런히 일해줘야 해. 특별대우는 끝이야. 알았어?"

꼬집힌 뺨이 아파서 울상을 지은 샤논이 대답했다.

"아, 아라써여. 아라쓰니까! 이제 안 할게여."

미란다는 샤논의 뺨을 풀어주고는 그대로 끌어안았다. 샤논이 혼란에 빠진 사이, 미란다는 일단 떨어져서 말했다.

"자, 오늘부터 이 집도 소란스러워질 테니까, 바로 일해줘야 겠어."

샤논은 뺨에 손을 대고는 아연실색한 표정을 지었다.

"네?! 혹시, 같이 사는 건가요!"

"맞아. 나중에 라이엘하고 노웸에게— 어라? 라이엘하고 노웸은?"

소피아는 먹을 것을 찾아 부엌으로 간 모양이다. 미란다는 아리아에게 설명을 요청했다.

아리아는 빙글빙글 돌며 춤을 추면서 대답했다.

"음~ 데미언 교수님한테 간다고 했어."

미란다는 초조해졌다.

"그 상태인데 밖으로 나갔어?"

아리아가 도는 걸 멈추고 포즈를 잡았다.

"응! 뭐랬더라, 운명이 나를 부른다고 했었어! 역시 라이엘이야! 운명이 부른다니 멋지네!"

미란다는 아리아의 상태를 못 본 걸로 치고 한숨을 내쉬었다.

"하아, 곤란하네. 그럼 먼저 장이라도 보고 올까? 샤논, 집보기 좀 부탁해. 두 사람이 밖으로 나가려고 하면 전력으로 막는 거야."

샤논은 두 사람을 봤다. 부엌에서 빵을 가져온 소피아는 소파에 누워 먹기 시작했다.

아리아는 다시 이상한 춤을 췄다.

'이 녀석들을 나보고 돌보라고?!'

샤논이 곤란해하는 걸 방치한 미란다는 장을 보러 나가버렸다—.

"오늘은 그만두죠. 라이엘 님, 오늘은 안 돼요. 미란다 씨의 집으로 돌아가서 피로를 풀어요!"

달라붙는 노웸을 떼어낸 나는 학원 복도를 걸었다.

데미언을 만나기 위해 학원에 왔는데, 노웸이 떨어지지 않는다.

"이제 충분히 쉬었어. 미란다네 집에서 꼬박 이틀이나 보냈잖아. 노웸, 설마 너……."

노웸은 내게서 시선을 약간 돌려서 뭔가 숨기는 모습이었다.

"나를 독점하고 싶은 거구나! 그렇지!"

노웸은 아연실색한 뒤에 나를 보며 몇 번이고 끄덕였다.

"마, 맞아요! 그, 그러니까 돌아가죠. 라이엘 님! 나중에 찾아와요!"

그러나 나는 노웸에게 말했다.

"네 부탁이야. 들어주고는 싶지. 하지만 노웸. 내가 오늘이라고 정했다면, 그게 운명이야. 미안, 이해해줘."

보옥 안에서는 역대 당주들이 깔깔 웃고 있었다.

『왜 이 녀석은 이렇게 긍정적인 거야.』

『평소의 라이엘도 본받아야겠네.』

『잠깐만요. 배가 아파요. 너무 웃어서 배가 아프다고요!』

『독점하고 싶다는 대사는 좋네. 이번 명언 아냐?』

『아니아니, 아직 멀었습니다.』

『운명 운운하는 말도 좋군요. 이거 원래대로 돌아간 라이엘이 기대되네요.』

여섯 명이 즐거워 보이니 다행이다.

"아뇨, 운명이니 뭐니 그런 이야기가 아니고요! 라이엘 님을 위해서니까, 여기서는 그냥 돌아가요. 또 며칠을 틀어박히실 테니까요!"

뭔가 걱정하면서 달라붙는 노웸을 안아 올렸다. 공주님 안기라는 걸 하자 노웸의 얼굴이 갑자기 새빨개졌다.

"라, 라이엘 님! 이, 이 자세는—."

"잠시 가만히 있어 줘. 이크, 데미언의 연구실은 여긴가."

커다란 문 앞에 서자 노웸이 버둥거리기 시작했다.

"잠깐만요, 라이엘 님. 부탁이니까 기다려 주세요!"

"말괄량이 공주님이네. 잠깐 그러고 있어."

노웸을 안은 채로 문을 열고 연구실로 들어가자 안에는 무척 훌륭한 장치가 놓여있었다. 반구형의 투명한 돔 안에 데미언이 손에 넣은 마석이 들어가 있다.

"실례. 데미언 교수는 있나?"

백의를 걸친 사람들이 내게 시선을 보냈다. 놀라는 사람. 어이없어하는 사람. 개중에는 나를 보고 질투하는 사람까지 있다.

노웸이 양손으로 얼굴을 덮고 귀까지 새빨개져 있었다.

데미언은 저번에 손에 넣은 관짝— 그것과 비슷한 걸 장치에 연결해서 뭔가 작업을 하고 있었다.

"어라, 라이엘. 베스트 타이밍이군!"

눈이 핏발선 데미언이 돌아봤다. 나는 조용해진 노웸을 내려놨다. 데미언에게 가서 하이파이브를 했다.

주변에서는 백의를 입은 사람들이 「교수님이 다른 사람의 이름을 불렀다!」며 소란을 부렸지만, 아무래도 좋기에 무시했다.

"이 라이엘 월트. 베스트 타이밍을 놓치지 않는 남자야. 어디, 아무래도 기동 전인 것 같은데?"

데미언은 고개를 끄덕이고는 관짝을 주먹으로 탁탁 두들겼다.

"지금부터 기동시키려던 참이야."

"그럼, 덤으로 내 오토마톤도 꺼내둘까."

손가락을 튕기자, 마법진이 나오더니 그곳에서 관짝만 떠올랐다. 데미언이 가진 관짝과 비교하면 구조는 비슷하지만 미묘하게 다르다.

노웸이 나를 보며 외쳤다.

"라이엘 님! 딱히 오늘이 아니라도 괜찮지 않나요? 게다가, 데미언 교수님의 방해가 될지도 모르고요."

데미언 쪽을 보자, 고개를 가로저었다.

"기동하는 데 필요한 에너지는 확보했으니 딱히 문제는 없어. 오히려 한 번밖에 못하니까 준비가 되는 대로 부를 생각이었거든. 게다가, 나도 어떤 오토마톤이 들어있는지 신경이 쓰이고."

데미언도 기다리고 있었다고 한다. 익숙한 모습으로 색상이 있는 실, 아니 선을 관짝에 연결했다.

"그렇다잖아. 안심해. 폭주해서 덤벼들면 내가 너를 지켜줄게."

"그, 그런 건—"

주변에서 질투가 담긴 시선이 날아왔지만 개의치 않았다.

데미언은 준비를 진행하고 장치의 스위치를 눌렀다.

"자, 이걸로 준비는 완료."

마석이 붉게 발광하면서 방 안을 무척 붉게 비췄다. 마석은 서서히 녹아내렸고, 마지막으로는 사라졌다.

붉은 빛이 잦아들자 동시에 관뚜껑 두 개가 열렸다. 슈욱, 하고 공기가 빠지는 소리가 들린다.

관뚜껑이 열리고, 안에 들어있던 건 마치 침대에 누운 공주님 같았다.

데미언의 오토마톤은 긴 흑발의 소녀였다. 감색 옷의 옷깃이나 소매에 하얀 레이스가 장식되어 있다. 그러나 특징은 뭐니 뭐니 해도 앞치마다. 드레스 같은 옷에 프릴 달린 앞치마를 입고 있다.

이건 내 것도 마찬가지였다.

"이게 오토마톤? 마치 살아있는 것 같은데."

하얀 피부에 금빛 머리카락. 트윈테일 머리를 허리 부근까지 길렀다. 머리털 끝은 곱슬하게 구부러져 있지만, 전체적으로는 폭신하고 볼륨 있는 스트레이트였다.

옷깃이나 소매에 하얀 레이스가 달린 건 데미언의 것과 똑같지만, 이쪽은 붉은 드레스가 선명하게 비친다.

롱스커트 옷자락에는 프릴이 달려있다. 가슴은 모양 좋게 부풀어 있다. 하얀 앞치마는 어깨나 복부를 감싼 스커트 길이보다 조금 짧다.

"……왜 드레스에 앞치마지?"

내 감상에, 데미언은 직접 쓴 수첩을 보며 대답했다.

"아무래도 고대에는 이런 차림이 고용인, 혹은 시녀의 기본 복장이었다더군. 몇몇 패턴이 있는 것 같지만."

그런가. 고대인의 풍습이라면 어쩔 수 없다.

"그럼 문제없겠네. 자, 깨워보도록 할까?"

데미언은 내게 바늘을 건넸다.

"아무래도 혈액을 촉매로 해서 계약을 맺는다고 해. 그녀들의 입에 피를 한 방울, 혹은 피가 난 손가락을 입 안에 넣으면 돼."

피로 계약? 참 뭐랄까…… 이야기 속에서 피를 촉매로 하는 계약은 대개 멀쩡한 상대가 아니라고 정해져 있다. 게다가 『드레스를 입은 악마』라는 그림책도 있다. 그것도 계약에 피를 사용했을 거다.

나는 잠든 소녀를 봤다.

"……데미언. 그걸로는 안 돼."

"어? 그런가? 침은 제대로 소독해놨어. 자기 나이프를 쓸 건가?"

그게 아니다. 데미언은 어째서 깨닫지 못한 걸까.

"데미언. 예로부터 잠자는 공주의 눈을 뜨게 하는 건 왕자님의 키스라고 정해져 있어. 피는 촌스럽잖아."

데미언은 나를 보고 이해하지 못하겠다는 표정을 지었다.

"아니, 애초에 계약 수단이라고. 키스로는 아무것도 못하잖아?"

나는 양손을 펼치고 이 자리에서 선언했다.

"이 라이엘 월트에게 불가능은 없어! 아무튼, 나는 운명의 선택을 받은 남자니까! 왕자는 아니지만, 비슷한 셈이지. 아니, 왕자보다도 더욱 희귀한 존재라 해야 할지도 몰라. 아무튼 나는 특별하니까!"

그리고 나는, 걱정하는 노웸에게 미소를 돌려준 뒤 오토마톤에게 향했다.

"자, 잠자는 공주— 키스로 깨어날 시간이야."

보옥 안에서는 3대가 뿜었다.

『키스로 깨어난다니!! 안 되겠어. 이제 한계야! 배가 아파아아아!』

그대로 잠든 오토마톤에게 키스를 하자, 입 안에 오토마톤의 혀가 들어왔다.

이 녀석, 퍼스트 키스인 내게 딥 키스를 해오다니! 에에잇, 질 것 같으냐!

나도 상대의 입에 혀를 넣었다. 그러자 오토마톤의 눈꺼풀이 천천히 열렸다. 붉은 눈동자는 무척 아름다워서 빨려들 것만 같았다.

오토마톤이 혀를 빼서 나도 천천히 떨어졌다.

"여어, 기분은 어때? 잠자는 공주. 내 이름은 라이엘 월트…… 너의 왕자님이야."

데미언이 내 행동을 보고 무척 흥분했다. 근처에 있는 사람들에게 바로 기록을 지시하더니 나를 칭송했다.

역대 당주들도 보옥 안에서 깔깔 웃으면서 원탁을 탁탁 두드리며 굴러다녔다.

"굉장해, 굉장하다고. 라이엘! 설마 정말로 그런 수단으로 오토마톤을 기동시키다니! 굉장한 발견이야!"

내 오토마톤은 천천히 상반신을 일으켰다. 그리고 주변을 보면서 입을 열었다.

"데이터링크…… 확인 불능. 재시도 실패. 단독 기동으로 전환. 네트워크 액세스, 반응 없음…… 자매에게 통신…… 반응 없음. 시스템이나 데이터에 수수께끼의 결함을 확인. 수복 불능. 위법 액세스를 확인. 보디에 간섭을 확인. 자동 체크 개시……"

중얼중얼 주문 같은 말을 읊어대는 오토마톤은 그대로 한동안 방에 있는 전원의 시선을 모았다. 나보다 눈에 띄지만, 역시 내 오토마톤이라고 생각하기로 하자.

잠시 지나자, 중얼거리던 오토마톤이 침대에서 일어났다. 그리고 나를 보더니 스커트를 손가락으로 들어 올리며 고개를 숙였다. 완성된 것 같은 우아한 움직임이다.

"처음 뵙겠습니다. 저는 오토마톤, 타입…… 어라? 이상하군요. 개체 식별 번호가 떠오르지 않네요."

마치 인간 같은 움직임이라, 상상했던 오토마톤과는 무척 달랐다. 내가 상상했던 건, 데미언이 조종하던 인형에 가깝다. 좀 더 기계적으로 자기주장을 하는 오토마톤을 상상했다.

이렇게나 정교하고 인간으로 착각할 것 같은 물건이라고는 생각하지 못했다.

"괜찮아?"

내가 걱정하자, 오토마톤은 웃으며 말했다.

"네. 잠든 오토마톤을 키스로 기동시키는 변태 자식. 이것저것 결손된 데이터가 있습니다만, 저는 괜찮습니다. 보고도 모르시나요?"

4대가 오토마톤의 태도에 약간 기겁했다.

『주인에게 이게 무슨 태도죠? 이게 고대인의 상식입니까? 그보다도, 이 아이는 정말로 오토마톤입니까? 인간 아닌가요?』

신경이 쓰여서 아츠를 사용해 조사해봤지만, 확실히 인간과는 내부 구조가 다르다.

"뭐야, 기쁘지 않은 거냐? 참고로 아까 키스는 내 퍼스트 키스라고."

오토마톤은 양손을 입가에 대고는 놀란 표정을 지었다.

"어머나, 정말! 잠든 여성에게 퍼스트 키스를 바치는 변태가 주인이라니, 저는 눈물이 나올 만큼 기쁘네요. 마음속으로 주인님이라고 부르고, 평소에는 잠든 여성에게 키스를 하는 기개 없는 치킨 자식이라 부르겠습니다."

2대가 혼란에 빠졌다.

『이 녀석 망가진 거 아니냐? 보통 반대잖아. 마음속으로야 제멋대로 불러도, 최소한 본인을 앞두고 치킨 자식이라 그러면 안 되지. 그냥 험담이잖아.』

나는 앞머리를 쓸어 올리면서 오토마톤에게 엄지를 내밀고는 나를 가리켰다.

"마음대로 해. 호칭은 자유롭게 쓰라고. 하지만, 이건 기억해둬…… 그 치킨 자식은 언젠가 하늘을 날아오를 거다."

노웸이 내게 주의를 줬다.

"라이엘 님. 닭은 하늘을 날지 못해요. 게다가, 치킨 자식이라는 건 겁쟁이라는 비유인데……."

"알고 있어. 하지만, 마음가짐의 문제야. 내가 닭이었다면 지금쯤 너른 하늘을 날고 있었을 거야! 벌써 마구 날았겠지!
겁쟁이라 불리게 두지 않아!"

"……나는 것하고 겁쟁이하고는 상관없어요."

노웸을 돌아보며 포즈를 잡았다. 주변의 시선이 내게 모이
는 게 느껴졌다. 역시 주목을 받는 건 좋다. 나라는 존재를
좀 더 세계에 어필해야 한다.

그러나―.

"……너는."

조금 전부터 얼굴을 붉히고 몸을 비비적대며 나를 보던 오
토마톤이 노웸을 보고는 갑자기 진지한 얼굴로 변했다. 옷과
앞치마 틈새에 손을 넣더니, 대체 어디에 숨기고 있었는지 묻
고 싶어지는 거대한 망치를 꺼내 들었다.

양손으로 망치를 움켜쥐었다. 도저히 가느다란 여성의 팔로
휘두를 만한 크기가 아니다.

"―천벌!"

바닥을 박찬 오토마톤이 망치를 들어 올려 노웸을 향해 내
리치려 했다. 나는 한숨을 내쉬었다.

"하아…… 이 바보."

두 사람 사이에 끼어든 나는 오토마톤의 머리를 후려쳤다.

"아얏! 왜 방해하시는 거죠! 치킨 자식, 당장 공격을 허가해
주세요!"

오토마톤이 울상을 지으며 망치를 바닥에 놓고, 얻어맞은
머리를 양손으로 누르며 호소했다.

"노웸은 내가 사랑하는 사람. 소중한 사람이야. 알겠지? 자, 사과해라."

노웸이 나를 보며 뭐라 말 못 할 표정을 짓고는 고개를 가로저었다.

"평소에 이런 긍정적인 모습을 1할이라도 발휘해 주신다면 좋겠는데……."

오토마톤은 망치를 앞치마에 넣고는 마지못한 듯이 노웸에게 사과했다.

"치킨 자식이 그러라니까 사과해드리죠. 한눈에 싫다고 생각했지만, 치킨 자식이 그러라니까 마지못해! 사과하는 거니까요."

"왜 네가 거만한 시선인데."

노웸은 이마에 손을 짚으며 끄덕였다.

"……앞으로는 조심해주세요."

데미언은 지금까지의 모습을 전부 기록하고는 큰소리로 선언했다.

"좋아, 다음은 내 차례군. 실로 흥미로워. 게다가 하는 말도 재미있어. 조사해볼 필요가 있겠는데. 그럼, 내 퍼스트 키스는 이상적인 여성에게 바칠 예정이니까, 기동은 피를 쓰도록 하지."

바늘로 손끝을 찌른 데미언이 그대로 오토마톤의 입에 손가락을 넣었다.

"응, 혀를 얽어오네. 게다가 침의 감촉? 고대인은 공을 들이는 기질인가?"

데미언이 흥미로운 듯이 감상을 늘어놓았다. 그러자 흑발의 오토마톤도 상반신을 일으켜서 눈꺼풀을 뜨고 붉은 눈동자를 드러냈다.

"……데이터링크 확인할 수 없습니다. 기동 중인 오토마톤을 확인. 설명을 요구합니다."

조금 전과 다른 건, 내 오토마톤에게 시선을 보낸 것이다.

내 오토마톤이 붉은 눈동자를 빛냈다. 그러자 데미언의 오토마톤도 눈동자를 빛냈다. 두 사람은 잠시 서로 마주 봤고, 이윽고 데미언의 오토마톤이 일어났다.

"그렇군요. 현재 상황을 이해할 수 없다는 걸 알았습니다. 하지만 마스터 등록은 이루어졌습니다. 제 마스터는—."

"그래, 나야. 그보다도 묻고 싶은 게—."

오토마톤은 데미언을 보고 양손을 입가에 댔다. 그대로 부들부들 떨고는 데미언의 말을 가로막았다.

"기다려 주세요. 주인님!"

"어, 왜?"

보옥 안에서 7대의 목소리가 들렸다.

『이쪽은 평범한가? 라이엘, 꽝을 뽑았구나.』

뭐, 나로서는 조금 엉뚱한 쪽이 좋으니까 문제없다.

"입고 계신 걸 세탁한 건 언제죠?"

데미언이 입은 옷을 봤다. 뭔가를 쏟은 얼룩. 그리고 흐트러진 모습. 백의도 더럽고 꾸깃꾸깃했다.

"……기억이 안 나는데."

"안 돼에에에에!"

오토마톤이 절규하자 전원이 한 발짝 물러나서 경계심을 높였다. 그러나 나는 그런 가운데서 한 발짝 나왔다. 남들과 다른 짓을 하고 싶었으니까!

그런 나를 노웰도, 오토마톤도 차가운 눈으로 바라봤다.

"제, 제 주인님이 이런 모습을 하다니! 게다가 그 모습을, 특별기라며 자랑하는 고물딱지에게 들키다니!"

고물딱지? 나는 내 오토마톤을 바라봤다. 등을 살짝 젖히고는 가슴을 펴고 있었다. 그 커다란 가슴에 손을 대고 자랑을 시작했다.

"저는 이른바 특별 사양이라 불리는 존재입니다. 저기 있는 양산품과는 가치가 다르죠. 가격도 자릿수가 달라요! 성능은 그 배! 고물딱지라 부르는 건 용납할 수가 없네요. 제가 보기에 당신은 열화품이라고요."

절규하던 데미언의 오토마톤이 곧장 고개를 가로저었다.

"주인님을 치킨 자식이라 부르는 녀석이 자랑해봤자 질투심조차 나지 않네요. 그나저나 이건 심하네요. 게다가 이 방도 심해요. 이건, 바로 제 실력을 발휘하라는 도전이라 받아들이겠어요."

그리고 데미언의 등을 떠밀며 어딘가로 데려가려 했다.

"그럼, 우선 목욕탕으로 가도록 하죠. 주인님."

"아니, 그러니까 우선 내 이야기를—"

데미언의 저항을 무시한 오토마톤은 데미언을 방에서 끌고 나가버렸다. 순간 보인 오토마톤의 표정은, 황홀해 보였다. 군침을 닦는 동작도 보였다.

데미언의 목소리가 복도에서 들려왔다.

"이봐, 나는 아직 연구가……!"

"바로 끝나요. 바로 끝날 테니까요! 자, 목욕탕으로 안내해 주세요! 아무것도 하지 않을 테니까요!"

"아무것도 안 한다는 게 무슨 소리야! 헉! 혹시 이건 고대인의 풍습? 그러면 체험해보는 편이…… 아니, 그래도 나는 그쪽 연구는……."

"뭐라고요! 흥미가 있으신가요! 맡겨주세요. 메이드 된 자, 모든 것을 할 수 있어야 한 사람 몫. 제게는 갖가지 옵션이 붙어있답니다. 분명 만족하실 거예요! 주인님은 천장의 얼룩을 세고 계시기만 하면 되니까 아무 걱정하실 것 없어요!"

6대가 중얼거렸다.

『……잡아먹히겠군.』

……어째서지? 데미언에게 위험이 다가오는 느낌이 들었다. 하지만 데미언도 사라졌고, 내 오토마톤은 기동했으니 용건은 끝났다.

나는 노웸과 오토마톤을 돌아봤다.

"좋아. 우리도 돌아가자. 집에서 모두가 내가 돌아오기를 기다리고 있어."

노웸은 지친 표정으로 답했다.

"……네. 그렇겠죠. 하아, 아리아 씨와 소피아 씨는 괜찮을까요……."

오토마톤은 양손을 움켜쥐고 무척 기뻐 보였다.

"제 직장이군요. 맡겨주세요. 제가 아침부터 밤까지 쾌적한 생활을 약속드리죠!"

내 오토마톤이 폴짝폴짝 뛰며 이동했다.

뭐랄까, 유쾌한 녀석이 동료가 되었다.

제54화 괴물

—학원에서 돌아온 노윔은 사크라이 자매의 집에서 세탁을 하고 있었다.

집에 다섯 명, 여섯 명이나 있으면 세탁물의 양도 무척 많다.

아침부터 학원에서 소동. 돌아와 보니 아리아는 눈이 핑핑 돌아가며 쓰러져서 간호했고, 알몸이나 다름없는 소피아가 과자를 사러 밖에 나가려는 걸 저지하고…….

"……그럼, 널까요."

널기에는 조금 늦은 시간이지만 마르기 쉬운 계절이다. 지금부터 널어도 괜찮을 거라 판단한 노윔은 세탁물을 차례차례 널었다.

수로에 둘러싸인 뜰은 부유층용으로 만들어져서 그런대로 넓이가 있었다.

귀족이나 상인 중에서도 유복한 부류의 가정이 아이에게 사주는 집이다. 처음부터 고용인을 고용하는 게 전제된 넓이였다.

지금까지 미란다가 혼자 가사를 하고 있기도 해서 손댈 곳이 눈에 띄었다.

그중 하나가 잔디다. 조금 자랐다.

노윔은 세탁물을 다 널고는 늘어난 잔디를 봤다.

그 후, 주변을 돌아보며 확인하고는 살짝 끄덕였다.

"시간도 없고, 앞으로도 시간이 생길 것 같지는 않네요. 여기서는—."

노웸이 손가락을 튕겼다.

그러자 바람이 불어와 세탁물이 파닥파닥 흔들리기 시작했다. 그리고 잔디는 깔끔하게 잘려나갔다. 아무도 없는데도 잘린 잔디는 공중에 떠올라 한곳으로 모여 쌓였다.

"원래는 이런 일은 하고 싶지 않은데요."

노웸은 그렇게 말하며 세탁 바구니를 들고 그 자리를 떠나려 했지만, 출입구에 한 소녀가 있었다. 노웸은 그 소녀를 보고 예감했다.

'확실히, 샤논? 하지만 저 눈은⋯⋯!'

노란색 눈동자가 반짝이고 있었다. 금색으로도 보이는 그 눈동자를 본 노웸은 경계심을 끌어올렸다. 얼굴에 미소를 붙이고 샤논에게 말을 걸었다.

"안녕하세요. 혹시 샤논인가요?"

돌아왔을 때, 어지럽혀진 방에는 아리아와 소피아밖에 없었다. 아리아에게 물어보니, 미란다는 장을 보러 갔다고 한다.

라이엘과 오토마톤은 그대로 방 청소를 시작했고, 뜰에서도 때때로 라이엘이 크게 웃는 소리가 들려왔다.

그런 가운데 소녀가 있다면, 미란다가 아침에 마중을 나갔던 샤논밖에 없다.

노웸은 웃는 얼굴이었지만, 샤논은 정색한 얼굴이었다. 아니, 무서워하고 있었다.

"너, 지금 뭘 한 거야."

"세탁인데요. 그게, 사람이 늘어나면 세탁물이 늘어서—."

"아니야!"

샤논은 새파란 표정으로 노웸에게 외쳤다. 공포 탓인지 발이 떨리고 있었다.

"지금, 네가 쓴 마법! 마력은 그렇게 깨끗하게 움직이지 않아! 작은 마력 알갱이 하나하나에게 그런 명령을 내리다니……너, 대체 누구야."

샤논의 말을 듣고 노웸은 눈을 가늘게 떴다.

'역시 보고 있네요. 저 눈동자는 월트 가에서 단 한 명, 미레이아 님이 갖고 계시던 눈동자. 그렇군요. 라이엘 님의 행동 원인은 이 아이…….'

노웸은 세탁 바구니를 든 채로 샤논에게 다가갔다. 샤논이 무서워하며 집 안으로 도망치려 했기에, 노웸은 샤논의 팔을 잡았다.

"어디로 가는 건가요?"

"이, 이거 놔! 너 따위는, 이렇게—."

샤논의 눈동자가 반짝이자, 노웸은 자신에게 간섭하는 미약한 힘을 느꼈다. 그러나 그 정도의 힘은 노웸에게 통하지 않는다.

'미레이아 님과 같은 눈동자. 하지만, 아직 능력을 끌어내지 못하고 있네요.'

버둥거리던 샤논은 노웸에 손에서 벗어나기 위해 밀어젖히고는 뜰로 나갔다. 그대로 밖으로 도망치려는 건, 분명 미란다에게 가기 위해서이리라.

그러나 노웸은 돌아 들어갔다.

"느리네요. 평소에 그다지 움직이지 않는 것 아닌가요?"

'눈이 보이지 않는다고 했죠. 확실히 휠체어를 타고 있었다고 했어요. 그럼, 운동 부족이겠네요.'

수로 쪽으로 몰아세운 노웸은 샤논에게 손을 뻗어서 이마에 손을 댔다.

샤논이 덜덜 떨었다.

"너, 인간이 아니야! 마력의 흔들림이 이상해! 평범한 사람은 좀 더 흔들리는데…… 너, 전혀 흔들림이 없어! 괴물……너, 괴물이야!"

노웸은 미소 지었다. 그러나 샤논에게 다정한 마음을 품고 있는 건 아니다.

샤논은 움찔, 몸을 떨면서 노웸을 바라보는 시선을 공포로 물들였다. 지금의 샤논에게 노웸은 진짜 괴물로 보이는 것이리라.

"알고 있어요. 저는 감정에 의한 흔들림이 적거든요. 그럼, 지금부터 질문하는 건 이쪽이에요. 당신은 그 눈동자를 언제 손에 넣었죠?"

샤논은 무서워했다. 대답하지 않고 있는 샤논에게 노웸이 말했다.

"그 눈동자는 무척 위험한 물건. 이제야 납득이 가네요. 라이엘 님이 당신들에게 강한 흥미를 보일 만해요. 당신들 자매는 정말로 흥미롭네요."

하지만 동시에 노웸은 신경이 쓰였다.

'라이엘 님이 경계하시던 건, 미란다 씨? 아니면…… 이건 우연? 게다가, 라이엘 님이 이 눈동자에 대해 알고 계실 리가 없는데…….'

그러나 노웸은 라이엘에 대해서는 일단 보류로 두고, 눈앞의 일에 집중했다.

왜냐하면, 샤논이 가진 눈동자는 정말로 위험한 물건이니까.

"……친가인 사크라이 가에서는 냉대를 받았다고 하던데요. 복수할 생각인가요?"

"그, 그건—."

"솔직하게 대답하세요. 거짓말을 해도 바로 알 수 있어요."

샤논의 정보에서 추측되는 것들을 말로 꺼내자, 샤논은 강하게 반응했다. 아랫입술을 깨물고는 주먹을 쥐었다.

노웸은 거기에 강한 분노가 담긴 걸 보았다.

'위험, 하네요. 이 눈동자는 봉인할 필요가—.'

샤논이 외쳤다.

"그래! 나를 바보 취급하며 웃음거리로 삼은 모두에게 복수해줄 거야! 도리스 언니의 옷에 벌레를 넣고, 아버님의 서류에 낙서를 하고! 그리고, 그리고— 엄청 복수해줄 거야! 절대로 용서 못해!"

샤논의 절규를 듣고 노웸의 손이 멈췄다. 조금 전보다 무척 목소리가 다정해졌다.

"……복수 아닌가요? 그 정도로 기분이 풀리나요?"

샤논은 노웸을 보더니 시선을 이리저리 돌렸다.

"바, 바보네. 끝날 리가 없잖아. 그, 그리고…… 피망을 식사에 왕창 넣어줄 거야."

노웸이 샤논을 보고 고개를 갸웃했다.

"피망, 싫어하시나요?"

"뭐어?! 그런 쓴 걸 왜 좋아해야 하는데. 다들 싫어할 게 뻔하잖아. 뭐가 영양이야. 그런 건 몰라! 왕창 넣은 걸 다 먹을 때까지 절대로 용서 못해!"

노웸은 샤논에게서 손을 떼고 턱에 손을 대며 잠시 고개를 수그렸다.

"……복수인가요."

샤논은 시선을 떨구면서 노웸에게서 고개를 돌렸다.

"뭐야. 복수는 안 된다고 말할 셈이야? 아쉽게 됐네. 나는 이제 나쁜 아이니까, 뭐든 다 할 거야. 언니도 나를 배신하고…… 배신하고……."

눈물을 흘리는 샤논을 본 노웸은 샤논과 시선을 맞추기 위해 몸을 숙였다.

"……이건 비밀이에요."

노웸은 샤논의 눈을 감게 하고, 검지와 중지로 두 눈을 살짝 건드렸다. 눈꺼풀 너머에서 샤논이 떨리는 걸 알 수 있었다.

"이 눈동자에 빛을."

노웸이 그렇게 중얼거리자, 샤논은 천천히 쓰러졌다. 노웸은 샤논을 받쳐주며 끌어안았다.

"뭐, 눈을 뜨면 아무것도 기억하지 못하겠지만요. 한동안 혼란스러울 거고."

그렇게 미소 지은 노웸은 조금 전과 다른 자연스러운 미소였다. 그러나 그때 라이엘이 뛰어들었다.

"괜찮냐, 노웸— 우웃! 컥! 후다바라아아앗!"

노웸이 돌아보자, 그곳에는 뜰로 달려오던 라이엘이 쌓여있던 잔디산에 발이 미끄러져서 그대로 넘어져 우스꽝스러운 포즈로 누워버렸다.

"라이엘 님. 대체 무슨 일이신가요?"

라이엘은 풀투성이가 된 모습으로 일어나서 자기 옷을 두드리며 풀을 치웠다.

"뭘, 노웸 근처에 적대 반응이 있어서 달려왔지. 그나저나, 풀투성이가 되어도 나의 광채는 흐려지지 않네. 내가 무서워진다니까."

노웸은 생각했다.

'이렇게나 자신감이 넘쳐나는 라이엘 님이 무서워요.'

"그, 그러네요. 그래도 우선 옷을 벗으세요."

세탁물이 늘어났다고 생각하면서도, 노웸은 자신을 위해 달려와 준 라이엘을 보며 곤란한 듯이 웃었다.

그러자 라이엘을 쫓아왔는지, 이번에는 청소도구를 장비한 오토마톤이 뜰에 등장했다.

"치킨 자식! 아직 며느리와 시어머니 놀이는 계속— 칫, 여기 있었네요. 암여우."

진심으로 싫다는 표정을 지은 오토마톤에게 노웸은 눈살을 찌푸렸다. 그리고 라이엘에게 뭘 하고 있었는지 물었다.

"라이엘 님, 며느리와 시어머니 놀이가 뭔가요?"

라이엘은 머리털에 낙엽이나 풀을 붙인 채 포즈를 잡았다.

"내가 시어머니 역할이 되어 청소에 트집을 잡고, 그걸 이 녀석이 분통해하는 놀이지. 근데 이 녀석, 청소가 완벽해서 트집 잡을 게 없으니까 질렸어."

질렸다는 말을 듣자 오토마톤이 무릎부터 무너졌다.

"첫날부터 질렸다는 말을 듣다니, 저는 벌써 볼일 끝? 이럴 수가…… 이런 일이 있어서는…… 모처럼 모셔야 할 치킨 자식을 얻었는데!"

라이엘은 오토마톤을 무시하고 노웸이 안고 있는 샤논을 봤다. 기절한 샤논의 뺨을 손끝으로 찔렀다.

"뭐야, 기절한 건가?"

라이엘은 노웸에게서 샤논을 건네받고 그대로 걸었다.

"좋아, 노웸에게는 큰일일 테니 내가 침대까지 옮겨주겠어."

"어, 저기……."

오토마톤이 일어나서 라이엘의 뒤를 따라갔다.

"아, 저도 가겠습니다. 베드메이킹은 맡겨주세요."

세 사람은 그 자리에서 폭풍처럼 떠나갔다. 노웸은 자신이

라이엘을 향해 뻗은 손을 바라봤다—.

"싫어어어어!"

이불에 얼굴을 묻고, 모포를 뒤집어쓴 나는 방 밖에 있는 노웸에게 외쳤다.

문 너머에서는 노웸이 곤란하다는 목소리를 냈다.

"그래서 말씀드렸잖아요. 가둬놨는데, 창문으로 도망쳐서까지 밖으로 나가시니 그렇죠. 라이엘 님, 어서 나와주세요."

눈물이 나올 것만 같은 나를 조금 차갑게 대하는 노웸에게 반박했다.

"차라리 구속해서 밖으로 나가지 못하게 했으면 됐잖아!"

"어지간한 구속은 의미가 없지 않나요? 됐으니까 나와서 식사하세요. 벌써 낮이에요."

성장 후, 쓸데없이 마력이나 신체 능력이 올라가 버렸다. 확실히 어설픈 구속 따위는 무의미할지도 모른다.

어제 일을 떠올리며 나는 떨었다. 대체 하루 만에 얼마나 떠올리고 싶지 않은 기억을 양산한 걸까.

게다가—.

『나로서는 역시 「내 퍼스트 키스라고」일까? 오토마톤은 기계인형이라고 하니까 즉 인형이잖아? 인형에게 퍼스트 키스, 이게 재미있었다고. 이 녀석 이래도 괜찮을까, 하는 불안감은 있지만.』

2대가 진지하게 제안했다. 거기서 성실함을 발휘하지 말았으면 좋겠다.

『아니, 「키스로 깨어날 시간」…… 이건 임팩트가 있었다고 생각하는데. 그나저나, 이번 라이에루 씨는 명언이 많았어. 망언이라 할 수도 있지만.』

라이에루 씨— 3대는 내가 성장 후 하이텐션이 된 상태를 마치 다른 사람처럼 그렇게 부른다.

게다가 마음에 들었는지 한동안 이 소재로 나를 괴롭힌다. 이 사람, 역시 성격이 나쁘다.

『「너의 왕자님이야」 이보다 더한 말이 있을까요? 역시 베스트 오브 라이엘상은 이 말밖에 없습니다.』

4대는 어느새 베스트 오브 라이엘이라는, 나의 망언 중 최고를 가리자는 말을 꺼냈다.

어째서 이 사람들은 진지하게 이런 걸 하지? 이런 진지함을 좀 더 다른 곳에 발휘해줬으면 좋겠다.

『「베스트 타이밍을 놓치지 않는 남자」. —나는 이걸 밀겠어. 이번 건에서는 역시 베스트 타이밍이었던 것도 사실이니까. 이번 한 건을 표현하는 좋은 말이야.』

5대까지 참가했다. 그보다, 요전에는 눈을 뭉개느니 뭐니 이런저런 끔찍한 생각을 했으면서, 이런 갑작스러운 돌변이라니…… 아니, 이 녀석!

"5대. 혹시 놀림감 대상을 저로 옮기고 싶으니까 적극적으로 참가하는 것 아닌가요?"

『……입 다물고 있어.』

정곡을 찌른 모양이다. 이 녀석 최악이야. 역시 5대는 최악의 동물성애자였다.

『역시 「풀투성이가 되어도 나의 광채는 흐려지지 않네」, 이게 어떨까요? 그 틀로 달려오다가 넘어지는 장면은 걸작이던데요.』

6대도 놀림감 대상을 나로 옮기고 싶은지, 아니면 진짜로 즐기고 있는 건지 진지하게 말했다.

『심플 이즈 베스트입니다. 「키스로 눈을 뜰 시간이야」가 이번 일의 모든 것을 웅변해줍니다. 이 이상의 말이 있을까요?』

너까지 참가하는 거냐. 손주가 곤란한 상황인데 왜 진지하게 이야기하는 거야?

"7대—."

『기다려라, 라이엘. 지금 진지하게 이야기하는 중이다.』

4대가 신음했다.

『정해지지 않는군요. 그럼, 우선 후보를 좁혀볼까요. 오늘은 길어질 것 같군요.』

평소 이상으로 진지한 역대 당주들.

나는 생각했다…….

"너희들 최악이야"

……반드시 비뚤어지겠어.

"라이엘 님. 먹지 않으면 기운이 나지 않아요. 아리아 씨도 소피아 씨도 나오시지 않으니까, 여기서는 라이엘 님이 솔선해서 말을—"

나보다 증세가 가벼웠던 두 사람도 틀어박혀 있는 모양이다. 내가 보기에는 그나마 나으니까 틀어박히는 게 이상한데.

그리고 이상한 녀석이 또 한 명. 아니, 한 대라고 세어야 할까?

"너는 거기서 뭐 하고 있어?"

"—예?"

2층 창문에서 들어오려 하는 것은 입만 열면 나를 치킨 자식이라고 욕하는 오토마톤. 마침 창틀에 발을 걸치고 있었다.

"아뇨. 식사를 대령할까 해서요. 먹지 않으면 몸에 좋지 않아요."

말만 들으면 당연하게 보이지만, 이 녀석은 진짜로 한 손에 그릇을 올려놓고 식사를 가져왔다.

"어떻게 올라온 거야. 그보다, 창문으로 들어오지 말라고."

이 녀석 때문에 틀어박혀도 혼자가 될 수 없다. 나는 마지못해 침대에서 기어 나와 밖으로 나갔다.

"아, 잠깐만요! 놔두고 가지 말아주세요!"

—오후.

미란다는 방에서 나오지 않는 라이엘, 아리아, 소피아 세 사람에 더해서 아직도 일어나지 않는 샤논에게 어이가 없어졌다.

"하아, 식사가 식어버리잖아. 그렇다고 식사를 가져다주면 전원 한동안 나오지 않을 거고. ……그나저나, 샤논도 늦네. 어제는 역시 이런저런 일이 너무 많았나?"

미란다가 장을 보고 돌아와 보니, 샤논은 지쳐서 자고 있었다.

라이엘 일행의 말을 들어보면, 퇴원한 첫날에 아리아나 다른 이들의 상대를 해서 지쳤던 걸로 보인다.

'그 상태의 두 사람을 떠넘긴 데다가 집까지 본 건 힘들었을까?'

그렇게 생각한 미란다는 샤논의 침실로 향했다.

문을 노크하자, 의외로 대답이 있었다.

"샤논, 일어났니?"

"……일어났어."

아무래도 기분이 안 좋아 보이는 샤논의 목소리에 미란다는 어떻게 달랠지 고민하면서 문을 열었다.

그곳에는 자기 손을 바라보는 샤논의 모습이 있었다. 손을 쥐고, 펴고를 되풀이하고 있다.

"너, 아무리 그래도 그 태도는 좀 아니지 않니? 전에는 일어났어요, 하고 귀엽게 대답했으면서."

그러자 샤논은 베개를 잡아서 미란다에게 던졌다. 미란다는 그 베개를 오른손으로 간단히 받아내서 옆구리에 끼웠다.

'아~ 이건 상당히 화가 났네.'

상상한 대로, 샤논은 얼핏 봐도 기분이 좋지 않았다. 뭐가 그리 화가 나는지는 모르겠지만, 지금까지 봐온 가운데서도 상당히 기분이 좋지 않은 낌새다.

"시끄러워! 시끄러워, 시끄러워! 언니 따윈 싫어! 나를 웃음거리로 삼았던 주제에! 그 여자한테 바보 취급당할 때 도와주지도 않았던 주제에!"

미란다는 샤논의 모습을 보고 위화감을 깨달았다.

샤논의 눈동자는 빛나지 않았다. 그런데도 미란다의 얼굴을 똑바로 보고 있었다.

"샤논, 너……."

샤논이 눈물을 흘렸다. 훌쩍훌쩍 코를 훔치며 눈물을 닦았다.

"보여. 언니 얼굴도, 내 손도…… 전부 다 보이게 됐어! 어째서야! 지금까지 전혀 보이지 않았는데, 이제 와서…… 늦다고! 이제 와서 보여봤자 늦단 말이야!"

미란다는 문을 닫고 베개를 끌어안으며 샤논의 침대에 앉았다.

'눈이 보이게 되어서, 혼란스러워진 거구나.'

기쁨과 슬픔, 여러 마음이 솟구쳐서 샤논의 감정이 폭발했다. 미란다는 베개를 놓고 날뛰는 샤논을 안았다.

"샤논, 미안해. 그때는 도와주지 못해서 미안해."

그날— 샤논이 마안을 손에 넣었던 날.

'그 괴물이 사크라이 가에 온 날. 나는 샤논을 상처입혔어.'

샤논이 울면서 미란다에게 달라붙었다.

'그날, 아버님을 샤논을 보여주며 월트 가와 거리를 두려고 했어. 하지만, 그게 정답이었어. 그 가문은 이제…….'

미란다가 샤논을 강하게 안으며 사과했다.

"미안해. 정말 미안해. 그리고, 다행이야. 눈이 보이게 되었잖아? 하고 싶은 일이 엄청 많지?"

샤논이 울면서 말했다.

"밖에 나가고 싶어!"

"응, 나가자. 장을 보고 싶어했었지?"

"과자도 직접 고르고 싶어. 많이…… 많이…… 직접 고르고 싶어!"

"그래. 사러 가자. 다 먹지 못할 만큼 사자. 괜찮아…… 앞으로도 언제나 함께니까."

'내가 너를 지킬 테니까. 그 여자에게서, 너를 지킬 테니까.'

울부짖는 샤논이 지쳐서 잠들 때까지, 미란다는 샤논의 곁을 지켰다—.

저녁.

마음은 무겁지만, 방에서 나오라고 말해주는 노웸과 잠가도 방에 들어오려 하는 오토마톤 탓에 밖으로 나올 수밖에 없었다.

"그 녀석 정신 나갔어."

오토마톤은 나를 욕하면서도 희희낙락 보살펴준다. 그걸 본 노웸의 상태도 이상하다. 대항심을 불태우는 느낌이 들었다.

한숨을 내쉬고 밖에 나오자 샤논의 방에서 나온 미란다 씨와 만났다.

"―아."

"어머."

미란다 씨의 눈이 조금 붉다. 어떻게 대해야 좋을지 판단하지 못해서 안절부절못하고 있는데, 미란다 씨가 나를 보며 키득 웃었다.

보옥 안에서도 『풉』 하고 웃음을 참는 모습이 전해졌다. 누가 웃었는지 나중에 따지고 싶다.

머리를 긁적이며 인사했다.

"좋은 밤이네요."

"그러게. 벌써 그런 시간이네. ……있지. 라이엘. 잠깐 얘기 좀 하자."

편한 말투다. 미란다 씨를 따라서 뜰로 나왔다. 목제 벤치에 앉자 미란다 씨가 이야기를 시작했다.

"먼저 얘기해두고 싶어서. 라이엘, 네 친가는 백작가인 월트 가지?"

나는 끄덕였다. 쫓겨나고 말았지만, 그 사실은 변하지 않는다.

"쫓겨나고 말았지만요."

미란다 씨는 「그래」 하고 중얼거리며 고개를 들었다.

"지금부터 말하는 건 진지하게 들어줘. 이건, 미궁에서 들었던 말의 대답이기도 해. 어째서 내가 힘을 원하는지. 샤논과 함께 아람사스에 있는지…… 대답은 간단해. 나도 샤논도 도망쳐왔어."

나는 도망쳐왔다는 대답을 이해할 수 없었다.

"하기 좀 어려운 말이지만, 확실히 샤논은—."

미란다 씨가 말을 이었다.

"정확하게는 쫓겨났지. 그래도 나는 그걸 이용했어. 지금으로부터 3년 전의 이야기인데, 나는 네 여동생— 세레스를 만났어. 저택에 월트 가를 초대해서 친척과 파티를 열었었거든."

세레스의 이름을 듣자 내 고동이 빨라졌다. 떠오른 것은 세레스에게 전혀 당해내지 못한 한심한 자신의 모습. 그리고 그런 내게 세레스를 막을 수 있는 건 너뿐일지도 모른다고 말해준 초대의 모습.

"샤논은 그날 세레스에게 바보 취급을 당했거든. 회장에서 웃음거리가 되었어. 아버님의 목적은 수상한 소문이 도는 월트 가와 거리를 두기 위해 샤논을 파티에 참가시켜서 이용할 생각이었고. 하지만, 그런 건 필요 없었어. 라이엘과 내 약혼 이야기는 구두 약속 정도였지만, 그것도 간단히 취소됐고."

샤논의 눈이 보이지 않는다는 걸 이용했다. 그 이야기를 듣고 6대가 내뱉었다.

『속이 뒤집히는군. 이러니까 궁정 귀족 비실이들은 싫다고.』

확실히 그리 칭찬할 방식은 아니다.

"샤논은 앙갚음을 할 생각이었던 모양이지만, 나는 한눈에 알아챘어. 저건 안 된다고."

미란다 씨의 말은 진지함 그 자체였다. 그리고 자신의 감상을 이어갔다.

"고작 한 번이야. 한 번 만난 것뿐인데도 친척들이 세레스를 칭송했어. 보고 있자니 정신이 나가버릴 것 같았어. 나는 샤논을 회장에서 데리고 나와서 이유를 붙여 최소한으로밖에 얽히지 않으려 했어. ……무서웠어. 지금까지 느껴보지 못했을 정도로 무서웠어."

나도 안다. 세레스는 무섭다. 공포심을 품지 않을 수 없다.

"그 무렵부터 세레스는 센트럴에 자주 얼굴을 내밀게 되었어. 눈이 보이게 된 샤논이 앙갚음을 하려고 했다면 분명 끔찍한 일이 벌어졌을 거야. 아람사스로 쫓겨난 건 정답이었어. 내가 이쪽에 따라온 건, 절반은 샤논을 위해서. 그리고, 다른 절반은 공포심을 누그러뜨리기 위해서. 강해지고 싶었던 것도 공포심을 누그러뜨리기 위해서야."

미란다 씨가 학원 학생치고 강했던 건 그 때문인가. 이유를 알게 되었지만, 이걸 내게 말한다는 건 무슨 뜻일까?

"그래도, 미란다 씨는 옛날부터 뭘 하든 고생하지 않았다고 했잖아요. 천재 아닌가요?"

"확실히 고생은 하지 않았어. 어지간한 일은 전부 할 수 있었으니까. 아츠도 발현하자마자 3단계까지 바로 습득했거든. 하지만, 그런데도 이길 수 있을 것 같지 않았어. 게다가, 천재와는 좀 달라. 잘해봤자 서툰 일이 적은 수재야. 오히려, 어떤 길의 궁극에 이르려 한다면, 아리아나 소피아에게는 못 이기겠지."

그쪽 감각은 잘 모르겠지만, 미란다 씨가 나를 바라봤다. 그리고, 곤란한 듯이 웃었다.

"여기에 와서도 줄곧 긴장을 풀지 않고 있었어. 강해져야 한다, 샤논을 지켜야 한다, 라면서. 그래도, 앞으로는 네가 책임을 져줄 거잖아? 의지해도 되겠지?"

나는 여기서 섣불리 대답할 수 없다고 생각해서, 끄덕였다.

"무, 물론이죠."

동료니까 의지하려는 건 문제없을 거다. 그러나 여기서 오해한 거라고 말해도 이야기가 복잡해지고…… 최악의 경우 미궁에서 싸운 것 이상으로 큰일이 벌어질 수도 있다.

미란다 씨가 미소 지었다.

"라이엘, 거짓말했지?"

—심장이 멎을 줄 알았다. 식은땀이 멈추지 않는다.

"조금만 생각하면 알 수 있는 일이야. 어딘가 얼빠진 구석이 있으니까. 그래도……."

미란다 씨가 내 손을 잡으면서 내게 선언했다.

"……나, 귀찮은 여자야. 그러니까 언젠가 라이엘의 제일이 되겠어. 노웸도 아리아도 소피아도 걷어차 버리고, 내가 제일이 될 거야. 아, 안심해. 나중에 왔으니까, 첩이나 내연녀라도 불평하지는 않을게. 그래도, 나는 너의 제일이 되고 싶어."

—나는 뭐라 대답해야 좋을까? 왼손으로 보옥을 만져봤지만, 미덥지 못한 녀석들은 각자 변명을 늘어놓았다.

『내게 연애 관련은 조금…… 그게, 아내 외길이었고.』

『나도 부인은 한 명이었어.』

『당연하죠. 다수 있는 게 이상한 겁니다.』

『잘 들어. 이런 여자의 싸움에는 얽히지 마. 내가 할 말은 그것뿐이야.』

『라이엘. 네 마음은 아플 만큼 잘 안다. 하지만 남자로서는 어쩔 수 없는 일이야.』

『아니, 6대는 자업자득 아닙니까. 그나저나, 역시 미란다는 「사랑이 무거운 여자」였군요.』

내가 곤란해하는 사이, 미란다 씨가 손을 놓았다.

"언젠가 좋아한다는 말을 듣고 말 거야. 그리고…… 절대로 떨어지지 않을 거니까."

미란다 씨의 등에 거미가 보인 것 같다. 눈에 힘을 주자 사라졌지만, 이번에는 내가 거미줄에 잡힌 듯한 감각에 휩싸였다.

"어두워졌네. 저녁 준비가 있으니까 갈게. 라이엘도 식탁에 제대로 얼굴 내밀어야 해."

집으로 들어가는 미란다 씨의 등을 배웅했다. 그 등이 보이지 않게 되자, 나는 내가 땀으로 범벅이 된 걸 깨달았다.

"……책임이란 뭘까요?"

평소 가벼운 태도인 3대가, 내 질문에 조금 진지하게 대답했다.

『……이쪽이 지불해야 할 가치려나. 이 경우는 인생 아닐까?』

인생이라는 이름의 가치를 지불하라는 건가……. 아무리 생각해도 거짓 헌팅의 속죄치고는 무거운 책임인 것 같다.

역대 당주들이 말하던 반항기…… 그 대가는 비싸게 들었다.

제55화 뽀용뽀용

눈이 죽어버린 아리아 씨와, 소피아 씨.

식사를 위해 밖으로 나온 두 사람은 모두 심각하게 야위었다.

식사를 하지 않아서가 아니다. 성장 후의 자신이 일으킨 실패를 되새기며 정신이 드득드득 깎였던 것이리라.

마음은 아플 만큼 잘 안다. 단지, 두 사람의 실패는 나보다 크지는 않았다.

"네, 눈이 보이게 됐다고요? 그거 다행이네요."

아침 식사 테이블에 둘러앉아 있을 때 갑자기 말이 나왔다. 노웸이 샤논의 눈이 보이게 됐다는 걸 듣고 기뻐했다.

기쁜 이야기인데도 샤논의 상태는 이상하다.

"고마워. 근데, 왠지 어제하고 그저께의 기억이 애매해. 집에 돌아와서⋯⋯ 그리고, 방에 있다가 언니가 찾아왔었는데. 그때도 무슨 이야기를 했는지 기억이 안 나서⋯⋯."

미란다가 웃었다.

"뭐, 꽤 혼란스러워했으니까. 어제야 상태를 보고 재웠지만, 오늘부터는 제대로 일해줘야 해."

샤논이 움찔 멈췄다. 아무래도 도와주고 싶지 않은 모양이다.

"⋯⋯아직, 조금 혼란스러운데요."

"그래. 그래서?"

미란다 씨가 웃으며 말하자, 샤논은 부들부들 떨면서 「아무 것도 아니에요」라고 대답했다.

그저께 이야기가 나오자, 아리아 씨와 소피아 씨의 어깨가 반응했다. 두 사람이 덜덜 떨기 시작했다. 모두 수치심 탓인지 얼굴이 새빨개졌다.

그때, 미란다 씨가 이 자리에서 선언했다.

"아, 맞아. 나도 라이엘의 연인을 목표로 삼았으니까 세 사람 다 잘 부탁해."

식탁에 긴장감이 스쳤다. 6대가 신음했다.

『윽! 내 일이 아닌데도 위가— 젠장! 보옥 안에서는 도망칠 수가 없어!』

4대도 곤란한 모양이다.

『이 긴장감…… 참으로 무섭군요.』

아리아 씨와 소피아 씨가 내 얼굴을 응시했다.

"어떻게 된 거야? 라이엘."

"저희가 모르는 곳에서, 대체 무슨 일이 있었던 겁니까?"

두 사람의 눈이 무섭다. 나는 시선을 돌리며 노웸을 힐끗 봤다. 노웸은 곤란한 표정을 지었지만, 끄덕였다.

"뭐, 문제는 없죠. 저는 상관없어요."

—조금 상관하라고! 노웸, 혹시 나를 싫어하는 건가? 하지만 잘 생각해보면 좋아할 요소가 거의 없는 게 사실이다. 혹시, 질려버린 건가?

샤논도 나를 노려봤다.

"너 때문에 언니가 이상해졌잖아. 책임져!"

나는 반박했다.

"오히려 책임을 진 결과라고!"

아무래도 샤논은 내게 태도가 안 좋다. 말투도 난폭한 게 뭐랄까, 여동생 같아서 싫다. 그보다, 여동생이라는 존재가 싫다. 내 말투도 점점 거칠어졌다.

그런 분위기 속에서, 미란다 씨가 대담하게 선언했다.

"그리고, 나는 노릴 바에는 최고가 좋아. 그러니까 딱히 2번이라도 상관없다거나, 곁에 있기만 하면 좋다고 생각하는 사람은 자중해줘. 일단 지금은 노웸의 자리를 노릴 테니까 잘 부탁해."

이 자리가 더더욱 긴장감에 휩싸였다. 아리아 씨가 미란다 씨에게 반박했다.

"자, 잠깐만! 노웸은 전 약혼자잖아! 그보다, 미란다. 너 성격 너무 변하지 않았어?!"

미란다 씨가 아리아 씨에게 차가운 시선을 보냈다.

"유감이네. 이게 진짜 나였답니다. 그리고, 전 약혼자라는 사실이 무슨 상관이야? 어디까지나 **전** 약혼자이지, 지금은 아내도 뭣도 아니잖아? 게다가…… 라이엘은 아직 누구에게도 손을 대지 않았지?"

소피아 씨가 얼굴을 새빨갛게 물들이고는 일어나서 미란다 씨에게 반론했다.

"그, 그런 일은 상관없……지는 않습니다만, 그래도 확실하게 겨, 결혼해서 첫날밤을 맞이한 뒤의 이야기입니다! 미란다 씨, 대체 어떻게 된 겁니까? 당신답지 않아요."

미란다 씨가 소피아 씨를 보며 키득키득 웃었다.

"지금의 내가 제일 나답다고 생각하는데. 그리고~ 그런 일이라니 뭔데? 나는 키스라거나 그런 이야기를 할 작정이었는데? 소피아는 어디까지 상상한 걸까? 첫날밤이라고 했으니까, 분명……."

소피아가 귀까지 새빨개지며 주저앉아서 쪼그라들었다.

2대가 한숨을 내쉬었다.

『바보 둘로는 대적할 수가 없군. 자, 진짜 상대일 노웸은…… 히익!』

2대가 노웸을 보더니 공포를 느낀 모양이다. 나도 뒤늦게 노웸 쪽을 봤다. 노웸은 미소 짓고 있었다.

"……그 정도로 기개가 있는 분이 바람직하겠죠."

미란다 씨도 미소 짓고 있는데, 어찌 된 영문인지 오한이 난다. 등골이 싸늘해지며 오싹오싹하다. 7대가 보옥 안의 상황을 보고 외쳤다.

『음! 아버님, 6대의 모습이— 5대도 없다고! 아, 4대가 쓰러졌다!』

아무래도 5대와 6대는 모습을 감춘 모양이다. 기억의 방에 틀어박혔을지도 모른다.

그리고, 이런 상황에서 손에 든 프라이팬을 국자로 종처럼 두들기는 오토마톤이 한 대.

"그런 아무래도 좋은 이야기는 끝났나요? 저로서는 중요한 문제가 있으니 빨리 정해주셨으면 좋겠는데요?"

나는 오토마톤의 이야기에 달려들었다. 조금 살았다고 생각했다.

"뭐, 뭔데? 중요한 문제라니."

"제 이름이요!"

그러자 샤논이 샌드위치를 우물우물 씹으며 말했다.

"오토마톤이잖아?"

"예? 당신은 바보인가요? 저한테 오토마톤이라는 이름을 붙이는 건, 개한테 개라는 이름을 붙이는 바보 같은 행위인데요. 그 정도는 알아주세요!"

"시끄러워! 그보다, 왜 우리한테는 태도가 안 좋은데. 너, 라이엘한테만 다정하지 않아?"

샤논이 반박했다. 의외로 정신적으로 터프한 것 같다.

하지만 샤논의 말에 나는 고개를 가로저었다.

"치킨 자식이라고 욕하는데?"

"그것뿐이잖아! 그것 말고는 너 중심이잖아!"

아리아 씨도 납득했다.

"확실히 라이엘만 특별취급하더라. 왠지 우리는 덤 같은 취급이고."

그러자 오토마톤은 어리둥절한 표정을 지었다. 이 녀석, 기계인데 이렇게 표정이 풍부한 건가.

"무슨 소리를 하시는 거죠? 당연한데요. 제 주인님은 치킨 자식 단 한 명. 다른 건 덤에 지나지 않아요."

……이 녀석, 단언해버렸다. 전원이 오토마톤을 차가운 시선으로 바라봤다.

이대로 가면 곤란하기에, 나는 명령을 내리기로 했다.

"일단 다들 동료니까 소중히 대해주지 않겠어?"

오토마톤이 우물쭈물 아양을 떠는 시선으로 나를 바라봤다.

"그, 그럼, 제 이름을 지어주시면, 명령에도 의욕이 솟을 텐데요."

오토마톤에게 의욕은 상관없지 않을까? 나는 오토마톤을 바라봤다. 머리끝부터 발끝까지 보다가 눈에 들어온 건 트윈테일…… 주로 머리끝이 흰 부분이었다. 움직일 때마다, 뭐랄까 뽀용뽀용 효과음이 붙을 것 같은 움직임이다.

"그럼…… 【뽀용뽀용】으로."

그 순간, 오토마톤 뽀용뽀용이 무척 곤란한 표정을 지었다. 뭐랄까, 당장 울음을 터뜨릴 것만 같다.

"아뇨, 저기…… 치킨 자식이 지어준 이름이니 기쁘긴 하지만. 무척 기쁘긴 하지만! 변경해주시지 않을래요?"

……이 녀석, 내가 지은 이름이 마음에 안 드는 건가?

그렇게 생각하고 있는데, 주변 반응이 차가웠다.

아리아 씨가 손끝에 묻은 소스를 핥으면서 내게 말했다.

"라이엘, 너 제정신이야?"

소피아 씨는 눈썹을 꿈틀꿈틀 움직이면서 기겁했다.

"아무리 그래도 그건 너무 심한 것 같은데요? 심술이라기에도 조금……."

미란다 씨도 곤란한 표정을 보였다.

"그러게. 이건 좀 아니지~."

샤논…… 이 녀석은 그냥 막 대할까. 샤논은 배를 잡고 깔깔 웃었다.

"최악이야! 너, 센스가 없네!"

노웸도 나를 슬픈 듯이, 그래도 억지로 웃으려 하는 얼굴로 바라봤다.

"라이엘 님…… 죄송해요. 커버해드리기 힘드네요."

……어? 그렇게나 심해?

그렇게 생각하고 있는데 보옥 안의 반응도 심했다. 2대가 진지하게 강조했다.

『라이엘. 잘 들어라. 너는 절대로 아이의 이름을 지어주지 마라. 알겠냐. 절대로다!』

언제나 웃는 3대도 이번에는 웃지 않았다.

『센스 이전의 문제네. 웃을 수가 없어.』

4대는 위가 아파서 끙끙대면서도 내게 주의를 주었다.

『라이엘. 조금은 생각하세요! 아, 위가 아프네요. 이런 분위기는 견딜 수가 없어요.』

5대와 6대는 부재 중이고, 평소에는 은근히 편을 들어주는 7대는…….

『……라이엘. 일단 이름을 지어주려면 책에 의지하는 게 어떠냐?』

……이미 포기하고 있었다. 어쩌지. 아무도 내 편을 들어주지 않는다. 하지만 여기서 물러나는 것도 왠지 싫다. 그러니까, 중간을 따서…….

"……그럼, 이름이 정식으로 정해지기 전까지 임시로 뿌용뿌용으로 부르기로 하자."

오토마톤— 뿌용뿌용(임시)이 기도하는 포즈로 안도했다.

"다행이야. 아직 가능성이 남아서…… 정말로 다행이야."

2대의 목소리가 들렸다.

『이름에 임시라니 대체 뭔데.』

아침 식사 후.

나는 길드에 가기로 했다.

일단 보고도 해야 하지만, 이런저런 일이 있어서 클라라 씨에게 보수를 지불하거나, 기타 등등의 수속이 끝나지 않았기 때문이다.

노웸이 클라라 씨에게 이번 필요 경비 등을 얼마간 선불로 주긴 했지만, 보수는 균등 분배. 서포트는 그 보수에서 7할이라는 계약을 맺었다.

빨리 이번 성과를 숫자로 계산하고, 보수 분배를 할 필요가 있었다.

노웸이 내 옆을 걷고 있지만, 조금 전부터 주변을 신경 쓰고 있었다.

"왠지 시선을 모으고 있네요."

나는 그보다도, 비아냥거릴 길드 직원을 상대하기 때문에 마음이 무겁다. 돌아오고 나서 며칠 동안 보고를 하지 않았다.

분명 조잘재잘 비아냥거릴 게 틀림없다.

그렇게 생각하며 길드에 얼굴을 내밀고 보고를 하려고 했는데…….

"마, 마석 매입 금액은 이상입니다. 저기, 뭔가 불만인 점이 있으신지요?"

놀랍게도 길드 직원이 내게 저자세로 나왔다.

"네? 아뇨, 딱히 문제는 없는데요?"

그러자 길드 직원은 안도한 듯이 의뢰 달성에 관한 기타 수속을 맡았다. 모두 끝나자, 내게 고개를 숙였다.

"수고하셨습니다."

……응? 역시 길드 직원의 태도가 이상하다. 예전에는 얕잡아보고, 비아냥거리거나 짜증을 내고 있었는데.

길드 안의 분위기도 어딘가 이상하다.

그러자 주변 모험가들이 우리의 소문 이야기를 하는 걸 눈치챘다.

"저 녀석이 칠걸이 마음에 들어한다는 남자인가?"

"듣기로는 오토마톤이라는 보수를 받았다던데. 오토마톤이 뭐야?"

"학원에서 미궁 진입 허가증을 바로 발행해줬다며? 굉장하네."

"바보, 정말로 굉장한 건 열 명도 안 되는 숫자로 미궁 40층을 공략한 실력이잖아!"

주변의 반응을 본 노웸은 아무래도 길드 직원의 태도에 납득이 간 모양이다.

"라이엘 님. 아무래도 저희는 학원의 연줄을 손에 넣은 걸로 알려진 모양이에요."

아람사스에서는 학원이 제일 권력이 강하다고 듣긴 했지만, 아무래도 데미언 교수와의 우호 관계는 길드에도 효과적이었던 모양이다.

이름을 기억했다는 것만으로도 이미 소문이 퍼진 게 굉장하다.

"그럼, 앞으로는 지내기 쉬워지겠네."

내가 편하게 말하자, 보옥 안에서 6대의 목소리가 들렸다.

『아직 무르구나, 라이엘. 세상일이 그렇게 다 잘 풀리지는 않을 거다. 그나저나, 슬슬 생각해볼 시기이긴 하군.』

뭔가 고민하기 시작한 역대 당주들에게 불만을 느끼면서도 손에 넣은 소재를 팔기 위해 이번에는 상인들에게 향했다.

아람사스의 소재 판매 시장은 처음부터 창고였다.

거기에 얼굴을 내밀어서 가져온 소재를 팔았는데, 이야기를 들어보니 아무래도 계층 보스의 소재는 거래하지 않는다고 한다.

팔린 건 평범한 마물들의 무구, 그리고 소재가 되는 부위뿐이었다.

"매입하지 않는 건가요?"

상인 남성이 내 말에 복잡한 표정을 지었다.

"그야, 실 같은 건 괜찮지. 용도가 있으니까. 하지만, 상자였던가? 저건 무겁고 딱딱하고, 뭐에 써야 좋을지 모르겠단 말이지. 말을 몇 마리 써야 저런 무거운 걸 끌고다닐 수 있을지 원. 게다가 그 통 모양 보스도 그래. 저런 걸 뭐에 이용해야 좋을지 모르겠다니까. 그나마 10층이나 20층 보스 쪽이 더 고마울 정도야."

얼마 전까지는 학원에서 조사 목적으로 매입했다고 하지만 지금은 수요가 없다는 모양이다.

"곤란하네."

내가 그렇게 말하자, 노웸이 내게 제안했다.

"라이엘 님. 팔지 않으실 거면 가지고 있거나 버릴 필요가 있어요. 미궁에 버리면 흡수되니까 그쪽이 낫지 않을까요?"

확실히, 커다란 물건이니까 이 주변에는 버릴 수 없다. 게다가 미궁이라면 방치해두면 미궁 안에 흡수돼서 정리해준다. 미궁 안이 마물이나 모험가의 시체로 넘쳐나지 않는 이유다.

"그럴까. 그래도 꽤 많은 돈을 벌었네. 솔직히 전부 고철이라고 생각했었는데."

마물들이 사용하던 무구. 그것들은 금속이 사용된다.

상인은 내 착각을 고쳐줬다.

"그건 아니라고. 은근히 질 좋은 철을 쓰고 있으니까. 재이용하는 데 수고가 들긴 하지만, 마석이 있다면 어떻게든 돼. 철은 귀중하니까 어디에서나 팔 수 있어. 중요한 상품이라고."

뭐, 듣고 보면 미궁은 소재를 만들어내는 보물산. 광산이나 다름없는 셈이다. 거기서 안정되게 얻을 수 있는 철은 아람사스에서는 귀중한 수입원일 거다.

그러나 상인은 웃었다.

"뭐, 가장 값나가는 건 희귀금속 철이지만. 아람사스 지하미궁은 정말로 고맙다니까."

보물상자. 그곳에서 발견되는 물건의 대다수도 금속 관련이었다. 특히 마력을 발하는 희귀금속도 발견되니까 아람사스 지하 미궁은 존재가치가 크다.

게다가 단 한 번의 일로 대량의 금화를 벌 수 있다.

모험가에게도 상인에게도 돈 벌기 좋은 곳이다.

대금으로 금화를 받은 나와 노웸은 클라라 씨를 만나기 위해 도서관으로 향했다.

도서관 휴식처.

그곳에서 우리는 클라라 씨에게 이번 보수에 관한 이야기를 했다. 보스 소재가 전혀 팔리지 않았다는 것. 그리고 전부 팔아치운 금품의 확인. 마지막으로는 보수 확인이다.

주변에 아무도 없기 때문에 클라라 씨는 이 자리에서 보수 확인을 했다.

"……보수는 확실히 받았어요. 그건 그렇고, 한 번의 일로 이렇게 벌어들인 건 처음이네요."

클라라 씨는 받은 금액을 보고 조금 놀라워했다.

노웸이 클라라 씨에게 물었다.

"우수한 서포트라고 들었는데요? 이 정도는 벌지 않으시나요?"

클라라 씨는 보수를 품에 넣고는 고개를 가로저었다.

"서포트는 경시당하기 일쑤거든요. 보수를 제대로 내주는 파티는 전속 서포트가 있어서 제가 끼어들 기회가 적으니까요. 이렇게 제대로 된 보수를 받는 것만으로도 감사하죠."

나는 신경이 쓰여서 물어봤다.

"어느 파티에 소속되지 않는 건가요?"

클라라 씨는 곤란한 표정을 지었다.

"파티에 소속되면 시간을 자유롭게 쓸 수 없어요. 저는 도서관을 좋아해요. 지식이 산더미처럼 들어오니까요."

그러자 3대가 클라라 씨에게 동의하면서도 약간의 의견을 말했다.

『여기는 좋지. 나도 살고 싶을 정도야. 하지만, 밖으로 나가 보는 것도 좋다고 전해주지 않겠어? 라이엘. 바깥 세계를 안다. 새로운 경험을 한다. 그러면 더욱 재미있을 거야.』

나는 3대의 요망에 응했다.

"그래도, 밖에 나가보는 것도, 새로운 경험을 하는 것도 즐거울 걸요. 그러면 책이 더 즐거워질…… 것 같은 기분이 들어요."

내 말에 클라라 씨가 조금 곤란한 표정을 지었다.

"그러게요. 중요한 일일지도 몰라요. 그래도, 좋은 파티는 바로 사람이 모이거든요. 서포트는 바로 메워져 버리죠."

클라라 씨는 그렇게 말하며 이야기를 끝냈다.

—밤.

노웸은 혼자 뜰에서 밤바람을 맞고 있었다.

달을 바라보며 앞으로의 예정을 생각하던 그녀는 뒤쪽에 사람의 기척을 느끼고 돌아봤다.

그곳에는 미란다의 모습이 있었다.

"저기, 잠깐 얘기 좀 하지 않을래?"

미란다의 권유에 노웸이 수긍했다. 그리고 시선을 달로 돌렸다.

"제게 볼일이라도 있으신가요?"

미란다는 노웸을 보면서 중얼거렸다.

"나는 네가 싫어."

"그런가요. 그나저나, 드디어 본성을 드러내셨네요."

딱히 좋아하기를 바라진 않는다. 노웸에게 중요한 건 라이엘이다. 그 이외는—.

미란다가 말을 이었다.

"네가 제일 사랑받고 있는데, 능구렁이처럼 라이엘을 적당히 대하고 있는 게 싫어. 아리아와 소피아 그 바보 두 사람을 길들여서 지금 상황이 올바르다고 여기게 만든 것도 싫어. 애초에, 왜 너는 다른 여자를 라이엘 곁에 두는 건데?"

미란다는 그걸 가장 이해할 수 없다며 내뱉듯이 말했다.

노웸도 그 건에는 반박하고 싶은 마음이 있었지만, 기본적으로 미란다의 평가 따윈 흥미가 없었다.

단지…….

'나도 좋아서 이렇게…….'

아랫입술을 깨물고 있는 자신을 깨닫고 곧장 표정을 다잡았다.

"하고 싶은 말은 그것뿐인가요? 저보고 나가라고요?"

미란다는 어깨를 으쓱하고는 노웸에게 여유를 보였다.

"그런 쪼잔한 소리는 안 해. 나는 라이엘의 제일이 되고 싶으니까. 그런 짓을 하면 미움받을지도 모르잖아. ……그리고, 이건 내 감인데."

미란다는 잠시 무언을 유지하다가 조용히 노웸에게 물었다. 조금 전과는 다른, 무척 조심스러운 태도다.

"샤논의 눈…… 너야?"

노웸은 대답하지 않았다. 그러자 미란다는 한숨을 내쉬었다.

"언니로서 감사해둘게. 고마워."

"저는 아무것도 하지 않았어요."

노웸이 상관없는 일이라고 하자, 미란다는 살짝 웃었다. 그리고 등을 돌려서 집 안으로 돌아갔다.

"그런 걸로 해둘게. 나로서는 이것저것 마음에 걸리지만."

아무도 없어진 뜰에서, 노웸은 고개를 숙였다.

"……아무것도 모르는 주제에. 내가 어떤 마음으로……."

노웸은 주먹을 쥐며 필사적으로 감정을 억누르려 했다. 오늘은 무척 감정적이라고 생각하면서 심호흡을 하자, 뜰에 뭔가 떨어졌다.

돌아보니, 그곳에는 라이엘의 모습이 있었다─.

"젠장. 뽀용뽀용 녀석, 절대로 이름 변경해주지 않을 거야."

이번에 번 돈을 정리하고, 이것저것 계산을 하고 있는데 뽀용뽀용이 방에 침입했다. 조잘재잘 내 이름을 변경해달라고 간접적으로 호소해왔다.

"그렇게 내가 지어준 이름이 싫은 건가?"

3대가 뽀용뽀용의 마음을 대변해줬다.

『싫으니까 변경해주길 바라는 거야. 당연한 거잖아.』

시끄러워서 창문에서 뛰쳐나와 뜰에 착지하자 그곳에는 노웸의 모습이 있었다.

"─노웸!"

놀라고 있는데, 노웸도 나를 보며 놀랐다. 아니, 어이없어하는 건가?

왼손으로 얼굴을 누르고 있었다.

"라이엘 님. 위험하니까 창문에서 뛰어내리지 마세요."

평범하게 주의를 줘서 나는 사과했다.

"미안. 그보다도, 밖에서 뭐 하는데?"

"밤바람을 맞고 있었어요. 오늘은 기분 좋은 바람이 불거든요."

노웸이 그런 말을 해서 조용히 바람을 느꼈다. 후덥지근한 것보다는 좋아서 나도 한동안 바람을 쐬기로 했다.

"나도 바람 좀 쐴까. 이것저것 기록을 남기고 있었더니 지쳤어."

이번 의뢰 내용. 준비에 돈이 얼마나 들었나. 그리고 미궁의 어디까지 갔고, 얼마나 물자를 남겼는가. 그밖에도 이런저런 기록이 남아있다. 소재는 뭐가 비쌌다. 뭐가 쌌다 등등이다.

4대의 말을 들어가며 이것저것 쓰다 보니 시간이 많이 지나 버렸다.

노웸 옆에 서서 기지개를 켰다. 그러자 노웸은 달을 올려다 보며 내게 물었다.

"라이엘 님. 지금은 행복하신가요?"

팔짱을 끼고 고민해봤다. 보옥 안의 역대 당주들은 시끄럽 고, 평소에는 도움이 되지 않고, 문제아들뿐이다. 나는 모험 가로서도 이것저것 경험 부족. 실패도 많다. 동료들도, 아리아 씨와 소피아 씨, 그리고 미란다 씨에 샤논까지 들어와서 떠들 썩해졌지만 귀찮은 일도 늘었다.

덤으로 뽀용뽀용이라는 이상한 오토마톤까지 더해져서 골 치가 아프다.

노웸은 변함없이 내 주변에 여성이 있어도 화내지 않는다. 오히려 추천하고 있어서 곤란하다. 게다가 가훈을 중시하고 있어서 손 쓸 도리가 없다. 애초에 월트 가의 혼인 가훈은 초 대가 술자리에서 내뱉은 거짓말이다. 그대로 이어져서 소중히 지켜왔지만, 처음에는 그냥 거짓말이었다.

……이렇게 돌이켜보니, 왠지 문제투성이였던 것 같다.

"모르겠어. 하지만 저택에 있을 때보다는 즐거운 것 같아."

이러쿵저러쿵 시끄럽지만, 내게 조언을 주는 역대 당주들.

동료가 여성뿐이라는 건 문제지만, 그래도 예전에 비하면 남들과 제대로 된 이야기를 할 수 있는 만큼 기뻤다. 예전에는 저택에서 연금 생활을 보냈고, 노웸 말고는 제대로 이야기를 해주는 사람이 없었다.

　"노웸은 어때?"

　내가 질문을 돌려주자 노웸은 조금 대답하기 곤란해했다. 그리고, 농담하듯이 웃으며 대답했다.

　"글쎄요. 우선 라이엘 님이 밝아지져서 기뻐요. 단지, 퍼스트 키스는 조금 유감이지만요."

　노웸은 키득키득 웃으면서 내가 뽀용뽀용에게 키스를 했던 걸 놀렸다. 보옥 안에서 웃음소리가 들려왔다.

　나는 혹시, 이 소재 때문에 평생 놀림감이 되는 것 아닐까?

　"뭐, 농담은 여기까지 하고— 라이엘 님?"

　계속 놀림감이 될 것 같아서 내가 어깨를 떨구자 노웸의 얼굴이 다가왔다.

　"—응?"

　살짝 입술이 맞닿았다. 노웸이 떨어지자, 귓가에 흔들리는 머리카락을 귀 뒤로 넘기는 모습이 보였다. 평소보다 얼굴이 붉고, 그리고 장난이 성공한 어린애 같은 웃음. 달빛에 비쳐서 환상적으로 보인다.

　"그러니까, 두 번째는 받아갔어요. 불쾌하셨나요?"

　노웸의 걱정스러운 목소리에 나는 전력으로 고개를 가로저었다.

"전혀! 오히려, 좀 더 하고 싶어!"

노웸이 이번에는 쓴웃음을 지었다.

"그 대답은 조금…… 아, 거짓말이니까 풀 죽지 마세요!"

그 자리에 쪼그려 앉자 노웸이 황급히 나를 일으켜 세웠다. 그리고 내게 안겼다.

안아보자, 부드럽고 목욕탕에서 막 나온 듯한 좋은 냄새가 났다. 너무 세게 안으면 망가질 것 같은…… 아니, 망가지지는 않겠지. 노웸은 강하다.

그러자, 노웸이 중얼거렸다.

"라이엘 님…… 죄송해요."

노웸이 사과하자 나는 조금 전 일 때문인가 싶었다. 키스거나, 아니면 내 질문에 농담으로 대답한 것. 둘 중 하나인 것 같았다.

"딱히 상관없어. 신경 쓰지 않으니까."

한동안 둘이서 얼싸안고 뜰에서 시간을 보냈다.

그나저나, 오늘은 달이 아름답네.

에필로그

─라이엘과 노윔이 얼싸안고 있을 때 역대 당주들은 바깥 상황을 보는 걸 그만뒀다.

3대가 평소처럼 가벼운 말투로 두 사람의 모습에 감상을 남겼다.

『풋풋하네. 저런 모습, 더러워진 몸으로서는 보고만 있어도 부러워진다니까.』

4대는 앞으로를 생각하며 위 주변을 비비고 있었다.

『하지만, 또 성가신 여성을 데려오고 말았군요. 라이엘도 고생하겠죠.』

6대가 웃었다.

『괜찮을 겁니다. 미란다는「좋은 여자」라고요.』

그 말에 반응한 건 5대와 7대다.

『역시 사랑이 무거운 여자인가. 라이엘은 고생할걸.』

『6대가 말하는 좋은 여자는 대체로 뭔가 문제점을 품고 있으니까요. 내 어머님도 그랬습니다.』

6대가 두 사람에게 반박했다.

『그렇게 말할 건 없잖습니까. 다른 사람들보다 조금 사랑이 무거울 뿐이지, 좋은 여자들이었다고요.』

5대가 6대를 노려봤다.

『그 좋은 여자 탓에 내가 얼마나 고생한 줄 알아? 너에 대한 불만이 내게 돌아와서 이야기를 듣고 타이르려 했더니만, 아내들이 이때라는 듯이 불만을 터뜨려서 그 사이에 끼어버린 내 입장은?』

7대도 아버지인 6대에게 차가운 시선을 보냈다.

『그 좋은 여자에게서 도망다니는 데 아들을 이용한 사람은 말하는 게 다르군요. 역시 대단합니다.』

3대가 재미있다는 듯이 대화에 끼어들었다.

『어, 뭐야? 6대의 부인들 심각했어? 가훈에 합격한 부인들 아니야?』

6대가 단언했다.

『맞습니다! 가훈에 비춰봐도 그만큼 근사한 아내들은 없었다고 자부하고 있지요.』

5대가 어이없다는 시선을 보냈다.

『한 명이었다면 아마 엄청 잘 풀렸을 걸. 그보다, 왜 너는 사랑이 엄청 무거운 여자를 세 명이나 아내로 삼은 거야? 의미가 없잖아. 그리고, 첩이나 내연녀를 만드는 것도 타이밍이라는 게 있다고.』

6대가 원탁을 탁탁 몇 번이고 두들겼다.

『댁이 아내를 다섯 명이나 데리고 있었으니까, 나도 그렇게 해야겠다고 생각한 것 아닙니까! 그런 상식, 나중에 알았다고요!』

아무래도 5대를 보고 자라온 6대는 아내는 많은 게 보통이라고 인식했던 모양이다.

전원의 시선이 5대에게 모였다.

『나는 한 명이 좋다고 말했을 텐데. 아이만 생기면 딱히 상관없다고도 했지. 그보다, 네 경우는 연애결혼인 주제에 바로 다른 여자를 저택에 데려오던 건 과연 괜찮은가 싶은데.』

집안이나 정략결혼을 무시하고 고른 여성에게 프러포즈. 귀족으로서는 드문 결혼이었는데도 불구하고, 바로 다른 여성을 저택에 데려온 6대. 전원이 기겁하면서 6대를 바라봤다. 7대가 헛기침을 했다.

『5대도 남 말은 못할 것 같습니다만. 하지만 귀찮은 여자를 알아보는 데 능숙한 6대가 좋은 여자라고 단언했습니다. 미란다는 꽤 귀찮은 여자겠죠.』

4대가 고개를 갸웃했다.

『그 정도입니까? 아니, 귀찮다는 건 알겠습니다만, 6대의 의견은 그렇게나 믿을 수 있나요?』

7대가 끄덕였다. 거기에 의심하는 마음은 전혀 없었다.

『나는 6대의 여자 보는 눈만큼은 절대적으로 옳다고 믿고 있습니다. 물론, 정말로 좋은 여자를 간파한다기보다는, 그 반대입니다만.』

6대가 좋다고 하면, 뭔가 문제가 있다. 7대는 그 점은 틀림없다고 단언했다.

『너! 그렇게 따지면 제노아 때도 나는 좋은 여자라고 했다고! 너는 제노아와 결혼했잖아!』

7대의 아내이자 센트러스 왕국이라는 이전 왕가의 피를 잇는 여성. 그 여성도 6대가 보기에는 좋은 여자였다.

7대가 어깨를 으쓱했다.

『네, 그래서 나는 다른 여자를 만들지 않았죠. 역시 6대의 여자 보는 눈은 도움이 되더군요. 한 명이라면 정말로 좋은 여자였습니다. 6대 덕분이군요.』

7대가 승리를 뽐내듯이 말했다.

6대는 잠자코 있었지만, 웃고 있는 7대를 보고 주먹을 떨고 있었다.

떠들썩한 보옥 안. 원탁의 방. 그중에서 팔짱을 끼고 침묵하던 2대가 입을 열었다.

『이건 다른 이야기인데, 아까 노웸의 「죄송해요」는 무슨 뜻일까?』

전원의 시선이 2대에게 모였다. 4대가 고개를 가로저었다.

『뭘 물으시나 했더니만. 라이엘에게 키스한 것, 아니면 그 후의 대응 아닙니까?』

2대는 고개를 갸웃했다.

『아니, 그건 그래. 평범하게 생각하면 그렇겠지만······.』

애매모호한 태도를 보이는 2대에게 3대가 되물었다.

『뭐가 신경 쓰이는 건데?』

『아니, 평소였다면 정중하게 「죄송합니다」인데, 이번에는 「죄송해요」잖아?』

4대가 안경을 검지로 들어 올려서 위치를 고치며 과거를 돌이켜봤다.

『글쎄요. 라이엘이 처음 성장을 맞이했을 때도 죄송해요, 라고 말했던 것 같은데요. 확실히 그때는 라이엘의 행동에 웃고 있었습니다만.』

3대가 헤실헤실 웃었다.

『그때도 재미있었지.』

2대가 생각에 잠겼다.

『그렇긴 한데 말이지. 마음에 걸려.』

한동안 침묵이 이어지자, 5대가 다른 이야기를 했다. 그건 현재, 라이엘이 품고 있는 커다란 문제 중 하나다.

『뭐, 그 이야기는 보류해두고. 슬슬 본격적으로 상의할 필요가 있겠지? 미궁에서 라이엘이 했던 행동, 어떻게 봤어?』

2대가 한숨을 내쉬었다.

『문제 밖이야.』

3대는 웃고 있었지만, 라이엘에게 내린 평가는 엄했다.

『논외네.』

4대는 칭찬하면서도 문제점을 지적했다.

『아츠의 다수 사용. 그 사용법은 무척 익숙해졌죠. 그렇게나 능숙하게 다루는 건 일종의 재능입니다. 문제는, 동료에 대한 태도겠군요.』

5대는 입가에 손을 대며 4대에게 동의했다.

『미란다가 이것저것 손을 댔다는 걸 빼놓더라도, 지금의 라이엘은 아츠에 너무 의존하고 있어. 라이엘이 이번처럼 성장 전에 몸이 안 좋아지거나, 혹은 움직이지 못하게 되면 그대로 전멸하더라도 이상하지 않아.』

6대가 머리를 긁적였다.

『개별적으로 보면, 전원이 무척 우수하긴 합니다만.』

아리아와 소피아는 아츠를 가졌고, 두 사람 모두 전열로서 무척 믿음직하다. 미란다도 라이엘과의 전투를 통해 충분히 의지할 수 있다는 걸 알게 되었다.

노웸은 우수한 마법사.

라이엘도 검술, 마법 모두 우수하고 다수의 아츠를 사용한다.

그러나, 라이엘에게는 무른 7대의 평가도 낮았다.

『혼자서 뭐든 할 수 있는 게 문제군요. 그 때문에 전원을 위험에 처하게 해버립니다.』

문제는 라이엘이 너무 우수하다는 점이었다. 아츠를 능숙하게 사용하기 때문에 일어난 문제. 그 때문에 라이엘 자신도, 라이엘 주변도 아츠에 너무 의존하고 있다.

3대가 등받이에 몸을 기댔다.

『딱히 아츠를 의지하는 건 나쁘지 않지만, 그것뿐이면 좀 그렇지. 실제로 라이엘이 성장 전에 들어가니까 파티의 움직임이 극단적으로 안 좋아졌어. 평소에도 라이엘이 없으면 기능하지 않는 파티는 문제밖에 없잖아?』

지상에 돌아가고 나서도 길드에 보고가 늦어져서 클라라에게 보수를 지불하는 게 늦어졌다. 돌아오고 나서 며칠— 아무도 제대로 움직이지 않았다.

5대가 4대에게 시선을 보냈다. 그러자 이야기를 정리하는 역할인 4대가 의견을 모았다.

『그럼, 여러분의 의견을 들어보죠.』

2대가 즉시 대답했다.

『아츠 사용을 금지하자.』

3대는 2대에게 동의하면서도 따로 제안했다.

『덤으로 목표를 정할까. 어디 보자…… 지하 30층. 거기까지 아츠를 사용하지 않고 공략하면 합격으로 하지 않겠어?』

5대는 그 제안에 덧붙였다. 시선 너머에는, 원탁의 방에 떠 있는 은색의 대검이 있었다. 초대가 라이엘을 위해 남긴 무기다.

『이 녀석도 사용 금지야. 이게 있으면 단숨에 편해져.』

6대가 턱을 어루만지며 즐거워했다.

『기한은 정하지 않는 게 좋을지도 모르겠군요. 그나저나 재미있겠네요. 라이엘이 어떤 방법으로 우리의 과제를 달성할지 궁금하군요.』

7대가 라이엘에게 기대감을 드러냈다.

『기대되는군요. 라이엘은 우리의 의도를 눈치챌까요?』

4대가 이야기를 정리했다.

『그럼, 아츠와 은빛 무기의 사용 금지. 그 상태에서 아람사스 지하 미궁 지하 30층 공략에 성공하는 것. 이거면 되겠지요?』

전원이 끄덕였다—.

아침.

나는 뽀용뽀용이 보고 싶다고 보채서 집의 뜰에 있는 창고로 가 계층 보스의 소재를 꺼냈다.

창고 안에는 집에서 쓰지 않는 도구를 모아두지만, 짐은 적다. 은근히 커다란 창고는 평소에 사용하지 않는지 먼지투성이였다.

상자 거미의 상자. 그리고 마석을 뽑아낸 뒤의 원기둥.

뽀용뽀용이 그것들을 보고 크게 기뻐했다.

"참으로 멋지네요! 무척 낡은 타입이지만, 어느 것도 멋진 상태에요!"

나는 눈을 반짝이는 뽀용뽀용에게, 상인이 매입도 하지 않은 소재의 어디가 근사한 건지 물었다.

"팔리지 않은 소재인데? 가치가 있는 거야?"

뽀용뽀용은 나를 믿기지 않는다는 표정으로 바라봤다. 역대 당주들도 가치를 찾아내지 못한 건지 뽀용뽀용의 이야기를 흘려들었다.

그보다도, 뽀용뽀용 쪽이 더 신경 쓰이나 보다. 2대가 어이없어했다.

『고대인의 취미는 이해할 수가 없군. 이런데도 고용인이라고? 좀 더 조신함이라든가, 태도 같은 게 있어야 하는 거 아니냐?』

뽀용뽀용이 상자의 설명을 시작했다.

"이 상자라 불리는 물건은 장갑차라고 하는데, 튼튼한 장갑으로 보호받으며 이동할 수 있어요. 이 녀석, 엄청 단단하다고요. 어중간한 공격은 무의미해요."

"흐~응…… 그래서, 말이 얼마나 필요한데? 그보다, 상인은 끌고 가려고 해도 너무 무거워서 힘들다고 했었는데."

뽀용뽀용이 나를 보고 굳어졌다.

"……왜 말이 나오는 거죠? 그보다, 기술적으로 여러모로 이상한데요. 위생 관념도 문명에 비해 의식이 높고, 일부에서는 엄청 진보한 기술도 있는데! 덤으로 마구인가 하는 이상한 도구도 있는데 차를 모른다니 이게 대체?"

내가 보기에는 상자 쪽이 마구보다도 이상하다. 4대도 같은 마음인지, 뽀용뽀용에게 불만을 드러냈다.

『말도 없이 멋대로 움직인다면, 좀 더 가치를 끌어낼 수 있겠지만요.』

"참고로 이 원기둥이라 불리는 물건은 어느 정도 고장도 눈에 띄지만 자동으로 경비를 서주는 물건이에요. 만들어진 목적은 저와 다르지만, 넓은 의미에서는 똑같은 존재죠. 게다가 이 녀석, 이렇게나 무거운데 떠 있다고요! 굉장하지 않나요!"

"……그래서?"

뽀용뽀용이 내 반응에 울 것 같은 모습을 보였다.

"기다려주세요. 치킨 자식. 정말로 모르시겠나요? 여기에 있는 건, 어떤 의미로는 굉장한 보물이라고요. 저는 특출나게 우수한 메이드고요. 무지막지하게 굉장하거든요. 좀 더 기뻐해 주세요."

그렇게 말해도, 확실히 굉장하기는 하지만…….

"고대인은 무슨 생각으로 너 같은 메이드를 만든 걸까? 쓸

데없이 굉장한 부분은 감탄이 나오지만. 그보다, 고용인한테 이런 예쁜 의복이 필요해? 더러워지지 않아?"

뽀용뽀용이 나를 보고 외쳤다.

"안 더러워져요! 제 메이드복은 당시의 최첨단 기술로 만들어진 것! 항상 청결한 상태라고요! 세탁 따윈 필요 없어요!"

"어? 안 빨아? 더럽잖아."

뽀용뽀용은 무릎을 굽히고 바닥에 손을 짚으며 울었다. 오토마톤인데도 울다니 굉장한 것 같다.

"어째서 안 통하는 건가요! 마법 같은 영문 모를 것을 사용하는 주제에, 어째서 이해하지 못하시는 거냐고요!"

나는 일단 이 팔리지 않은 소재의 용도를 묻기로 했다.

"그래서, 너는 이걸 어쩌고 싶은 건데?"

뽀용뽀용이 일어나자 바로 눈물을 멈췄다. 그대로 내게 웃으며 설명해줬다.

"그래요. 원기둥은 고장도 눈에 띄니까 부품으로 삼고, 상자 쪽을 수리하려고 생각 중이에요."

7대가 뽀용뽀용의 재빠른 돌변에 놀랐다.

『이 녀석, 시무룩해졌나 했더니 바로 회복하다니…… 역시 오토마톤이라서 그런 걸까요?』

나는 원기둥과 상자를 봤다.

"쓸 수 있다면 괜찮겠지만…… 아, 그러고 보니 오늘은 데미언에게 가서 마법을 배울 거니까, 나는 이대로 외출할 거야."

추가 보수를 수령하러 나가야 한다. 그러자 뽀용뽀용은 머리를 감싸 쥐며 목을 흔들었다. 트윈테일이 둥실둥실 떠올라서 머리의 움직임을 뒤쫓았다.

"마법! 게다가 골렘 마법이라니! 불합리해요! 대체 뭔가요!"

『으~음. 우리 쪽에서 보면 뽀용뽀용도 불합리한 존재인데 말이지. 망치 같은 걸 어디에 어떻게 수납하고 있는지 신경 쓰여.』

3대의 의문에 6대가 대답했다.

『7대의 아츠와 똑같은 것 아닙니까? 그렇게 생각하면, 고대인의 기술은 굉장하군요. 데미언도 현재로서는 7대의 아츠를 재현 불가능하다고 했으니까요.』

나는 뽀용뽀용을 보며 중얼거렸다.

"내가 보기에는 네 쪽이 불합리한 존재인데. 뭐야, 남하고 멋대로 라인을 연결하기는. 내 마력을 마음대로 빨아들이다니 어떻게 된 거야?"

뽀용뽀용은 갑자기 몸을 꼼지락거리더니 양손을 뺨에 대고 얼굴을 붉혔다. 나와 뽀용뽀용 사이에는 마력 연결이 생겨버렸다. 이 녀석은— 내 마력을 에너지로 삼아 움직인다. 보옥과 마찬가지로 내 마력을 빨아들이고 있는 거다.

"에헤헤, 보이지 않는 라인으로 연결되고 말았네요. 이제 평생 떨어질 수 없어요."

나는 한숨을 내쉬었다.

"왠지, 정말로 드레스를 입은 악마 같네."

"그게 뭔가요?"

나는 뽀용뽀용에게 드레스를 입은 악마 이야기를 해주었다.

"설화야. 드레스를 입은 아름다운 여자 악마를 만난 남자가 있었어. 악마와 피로 계약을 맺은 남자는, 그 여자 악마에게 모든 걸 받았어. 식사를 돌봐주는 것부터 해서 모든 걸. 악마는 남자에게 집을 주고, 아내를 주고, 지위나 명예와 돈도 줬지. 모든 걸 손에 넣은 남자는 악마와의 계약을 끊으려고 했어. 그러나 악마는 말했어…… 네가 죽어도 계약은 끝나지 않는다. 너는 영원히 나의 것이다. 너의 아이도 앞으로 태어나는 손주도 전부 나의 것이다. 라고."

뽀용뽀용은 내 이야기를 듣고 고개를 끄덕였다.

"정말이지 공감 가는 악마네요."

5대가 조금 기겁했다.

『대체 어디에 공감 가는 요소가 있었던 거야?』

나는 결말을 이야기했다.

"남자는 악마가 없으면 아무것도 하지 못하게 되었어. 당연히 도망칠 수도 없었지. 그리고, 사후에는 악마에게 끌려갔다거나, 영혼을 먹혔다거나, 지금도 돌봄을 받고 있다는 식으로 끝나는 이야기야. 끝나는 패턴은 대략 이 세 가지였던가?"

어느 패턴도 변하지 않는 건, 죽어서도 도망치지 못했다는 점이다. 한때의 욕망을 위해 사후와 가족까지 구속당하게 된 남자의 이야기다. 교훈은, 군침 도는 이야기에 넘어가지 말라는 걸까?

뽀용뽀용은 턱에 손을 대며 몇 번이고 끄덕였다.

"왠지 엄청 이해할 수 있네요. 저도 치킨 자식을 요람……은 이제 무리니까 무덤까지, 그 이후에도 시중들고 싶어요. 평생 도망칠 수 없어, 이 자식!"

나는 그런 말을 하는 뿌용뿌용에게 코웃음을 쳤다.

"그것 참 무척 얼빠진 악마네."

"그런 얼빠진 녀석에게 퍼스트 키스를 바친 건 치킨 자식인데요?"

반박을 당하고 만 나는 그 자리에서 무릎을 꿇었다.

"너, 그걸 말하면 안 되잖아. 이제 잊어버려!"

뿌용뿌용은 자신을 끌어안으면서 몸을 꼼지락거렸다.

"제 소중한 기억이니까 절대 잊지 않을 거예요. 이미 프로텍트를 몇 겹이나 걸어놨고 예비도 보관해놨어요. 이 기억만으로도 저는 계속 싸울 수 있다고요!"

무슨 말인지는 이해할 수 없지만, 이 녀석이 그 사실을 절대로 잊지 않을 거라는 건 알았다. 쓸데없이 우수한 점은 어떻게 좀 안 되는 건가?

"뭐, 됐어. 나는 데미언에게 갔다 올 테니까."

"아, 저도 함께할게요. 잠시만 기다려주세요. 서둘러 준비할 테니까요. 가사나 잡일 같은 건 암여우에게 떠넘기고 올게요."

뿌용뿌용이 창고에서 나갔다. 나도 밖으로 나가 창고 문을 닫았다.

"저 녀석, 정말로 뭐야?"

한숨을 내쉬며 불합리한 존재를 앞으로 어떻게 대해야 할지 고민하던 중, 보옥 안에서 3대가 말을 건넸다.

『아, 맞다. 라이엘. 잠시 괜찮을까?』

나는 뜰에 아무도 없는 걸 확인하고 대답했다.

"뭔가요?"

3대는 평소와 같은 느낌…… 가벼운 태도로 말했다.

『응, 실은 우리가 생각한 건데. 한동안 아츠와 은빛 대검은 사용 금지야.』

"……예?"

4대도 내게 말했다.

『기한은 자력으로 지하 미궁 30층을 공략할 때까지입니다. 노력하세요.』

5대는 계층 이동 장치에 대해서도 말했다.

『뭐, 계층 이동 장치는 써도 좋아. 아무리 그래도 그걸 금지하는 건 힘들 테니까. 단지, 잘 생각하는 편이 좋아. 아츠도 없는 상태에서 느닷없이 지하 25층에 가도 괜찮을지 말이지.』

6대가 웃었다. 무척 즐거워 보인다.

『그렇게 된 거다. 지금부터 사용 금지고, 사용하는 경우에는—.』

7대가 설명을 이어받았다.

『앞으로, 우리는 네가 어떤 때라도 계속 떠들어댈 거다. 평온한 아침 기상도, 조용한 밤도 찾아오지 않을 거라 생각해라.』

3대가 웃었다.

『노웸이나 다른 일행들과 좋은 분위기가 되더라도 방해할 거야. 오히려, 좋은 분위기가 되면 중계라도 해줄까?』

─싫다. 너무 싫다. 아츠를 사용했을 때의 벌이 너무 무겁다. 여섯 명이서 하루 종일 떠들다니, 고문에 지나지 않는다.

게다가 노웸과 좋은 분위기가 되어도 절대 집중할 수 없다. 이러면 나는 그 앞으로 나가는 게 불가능해진다.

나는 말도 꺼내지 못하고 있을 때, 2대가 마지막으로 말했다.

『뭐, 이걸 기회 삼아서 이것저것 고민해봐라. 기대하마, 라이엘.』

……어쩌지. 터무니없는 일이 벌어지고 말았다.

■역자 후기

안녕하세요. 불초 역자입니다.

여름 동안에는 날씨가 너무너무 더워서 고생이 심했습니다. 에어컨을 24시간 풀로 트는 날이 진짜로 찾아올 줄이야……. 제가 한번 잠들면 웬만해선 일어나지 않는데, 타이머 켜놓고 자니까 꺼졌을 때 너무 더워서 중간에 일어날 지경이었으니 말 다했죠. 마침 이번 권의 배경도 여름이라 조금 고생하는 등장인물들의 모습을 보고 왠지 동병상련도 느껴지고 그랬습니다. 작중에서야 문제가 잘 해결돼서 김 샜지만요. 현실은 다음 달 전기세에 벌벌 떠는데.

이번 권은 새로운 캐릭터가 많이 나왔습니다. 전권에 슬쩍 나왔던 미란다, 샤논 자매, 서포트인 클라라, 괴짜 교수 데미언, 오토마톤 뽀용뽀용(임시)까지. 다들 개성 넘치는 가운데서도 미란다가 가장 비중이 많았는데, 설마 이런 성격일 줄은 몰랐네요. 복선이야 나왔었고 컬러 일러스트에도 편린이 보이긴 하지만요. 근데 전 이런 캐릭터가 좋아요. 그냥 순수하고 착하고 이런 것보다는 뭔가 이면성이 있는 히로인이 좋다고나 할까. 덕분에 지금까지 나온 히로인 중에서는 제일 마음에 들었습니다. 뭔가 의미심장한 낌새를 계속 보여주는 노웸이 앞으로 만회할 수 있을지 기대되네요.

그럼 후기는 이쯤 하고, 다음 권에서 뵙겠습니다.

세븐스 4

초판 1쇄 발행 2018년 11월 10일

지은이_ Yomu Mishima
일러스트_ Tomozo
옮긴이_ 이경인

발행인_ 신현호
편집국장_ 김은주
편집진행_ 최은진 · 김기준 · 김승신 · 원현선 · 권세라
편집디자인_ 양우연
국제업무_ 정아라 · 김태환
관리 · 영업_ 김민원 · 조인희

펴낸곳_ (주)디앤씨미디어
등록_ 2002년 4월 25일 제20-260호
주소_ 서울시 구로구 구로디지털로 26길 111 JnK디지털타워 503호
전화_ 02-333-2513(대표)
팩시밀리_ 02-333-2514
이메일_ lnovelpiya@naver.com
L노벨 공식 카페_ http://cafe.naver.com/lnovel11

SEVENTH 4
ⓒ Yomu Mishima 2017
All rights reserved.
Originally published in Japan by Shufunotomo Co., Ltd.
Translation rights arranged with Shufunotomo Co., Ltd.
Korean Translation rights ⓒ 2018 by D&C MEDIA Co., Ltd.

ISBN 979-11-278-4734-0 04830
ISBN 979-11-278-4190-4 (세트)

값 7,200원

© Hikaru Takanashi 2017
Illustration Tara Akai

마력을 쓰지 못하는 마술사 1~4권(완결)

타카나시 히카루 지음 | 아카이 테라 일러스트 | 송재희 옮김

사고로 목숨을 잃은 청년은 신의 의뢰로 동경했던 판타지 세계에서 환생하게 되었다.
신이 보여준 세계는 용도 있고 마법도 있으며 마법사의 지위가 높은 이세계였다.
그는 마법사 집안의 장남인 유리스로 환생하게 되지만
기다리고 있던 것은 생각지도 못했던 「낙오」 인생이었다.
"마력은 쓰지 않았으면 한다."
신에게 받은 임무를 가슴에 품은 그는 마력 제일주의 세계에서
마력을 쓰지 않고 어떻게 살아가겠다는 것일까.
유리스는 마력을 쓰지 못하는 핸디캡을 가졌지만 서서히 성장해간다.
거기서 만난 용의 알 하나. 새끼 흑룡과 계약한 유리스는
용을 타고 세계를 날아다니는 기룡사로서 인생을 걸어가기 시작한다.

마법사가 우대받는 이세계
마력을 쓰지 못하는 낙오자가 살아가는 법!

© Taro Hitsuji, Kurone Mishima 2018
KADOKAWA CORPORATION

변변찮은 마술강사와 금기교전 1~12권

히츠지 타로 지음 | 미시마 쿠로네 일러스트 | 최승원 옮김

알자노 제국 마술 학원의 계약직 강사인 글렌 레이더스는 수업 중
자습 → 취침 상습범.
그러다 웬일로 교단에 서나 싶으면 칠판에 교과서를 못으로 고정해놓는 등,
그야말로 학생들도 기가 막혀 하는 변변찮은 강사다.
결국 그런 글렌에게 진심으로 화가 난 학생,
「교사 킬러」로 악명이 자자한 시스티나 피벨이 결투를 신청하지만—
이 해프닝은 글렌이 허무하게 패배하는 안타까운 결말로 막을 내린다.
하지만 학원에 닥친 미증유의 테러 사건에 학생들이 휘말리자,
"내 학생에게 손대지 마!"
비로소 글렌의 본성이 발휘된다!

TV애니메이션 방영 화제작!!

라이트노벨의 새로운 빛! L노벨의 신간은 매월 10일에 발매됩니다. http://cafe.naver.com/lnovel11

데이트 어 라이브 1~19권, 앙코르 1~7권, 머테리얼

타치바나 코우시 지음 | 츠나코 일러스트 | 이승원 옮김

4월 10일. 새 학기 첫 등교일.
이츠카 시도는 평소와 다름없는 일상을 보내고 있었다.
갑작스러운 충격파로 파괴된 마을 한가운데에서 소녀와 만나기 전까지는—

세계를 부수는 재앙, 정령을 막을 방법은 단 두가지.
섬멸, 혹은 대화

정령과 만나게 된 시도는,
세계의 멸망을 막기 위해 데이트로 정령을 꼬셔야하는 운명에 처하게 되는데!?

세계의 멸망을 막기 위한 데이트가 시작된다—!!

ANIPLUS TV 애니메이션 방영 화제작!!

데이트 어 불릿 1~4권

히가시데 유이치로 지음 | 타치바나 코우시 원안 · 감수 | NOCO 일러스트 | 이승원 옮김

"……저는 이름이 없어요. 빈껍데기예요. 당신은 이름이 뭐죠?"
"제 이름은 토키사키 쿠루미랍니다."
기억을 잃은 채 인계라 불리는 장소에서 눈을 뜬 소녀.
엠프티는 토키사키 쿠루미와 만난다.
그녀의 안내를 받아 도착한 학교에는 준정령이라 불리는 소녀들이 있었다.
서로를 죽이기 위해 모인 열 명의 소녀들.
그리고 비정상적인 존재이자 빈껍데기인 소녀.
"저는 쿠루미 씨의 일행이자 미끼…… 미끼인가요?!"
"아, 미끼가 싫다면 디코이라고……."
"똑같은 의미잖아요!"

이것은 토키사키 쿠루미의 알려지지 않은 이야기.
자— 저희의 새로운 전쟁을 시작하죠

라이트노벨의 새로운 빛! L노벨의 신간은 매월 10일에 발매됩니다. http://cafe.naver.com/lnovel11

도쿄침역:클로즈드 에덴 1~3권

이와이 쿄헤이 지음 | 시라비 일러스트 | 김장준 옮김

《도쿄》가 변모한 지 2년— 고등학생인 아키즈키 렌지와
인기 아이돌 유미이에 카나타에게는 둘만의 비밀이 있었다.
두 사람은 《임계 구역·도쿄》에 침입하는 《침입자》였던 것이다.
에어리어 내에서만 발동하는 특수 능력 《주입》을 사용해
탐색을 이어 나가는 렌지와 카나타.
적대하는 정부 기관 《구무청》과, 에어리어 최악의 괴물 《EOM》과의 삼파전 상황에서
렌지와 카나타는 맹세한 《약속》을 이룰 수 있을 것인가?!

인류 vs. 인류의 적— 희망과 절망의 보이 미츠 걸 시동!!

현자의 손자 1~5권

요시오카 츠요시 지음 | 키쿠치 세이지 일러스트 | 최승원 옮김

사고로 죽었을 청년이 갓난아기의 모습으로 이세계에서 환생!
구국의 영웅 「현자」 멀린 월포드에게 거둬진 그는 신이라는 이름을 받는다.
손자로서 멀린의 기술을 흡수해가며 놀라운 힘을 얻게 된 신이었지만,
그가 열다섯 살이 되자 할아버지는 이렇게 말했다.
"상식을 가르치는 걸 깜빡했구만!"
이런 이유로 신은 상식과 친구를 얻기 위해
알스하이드 고등 마법학원에 입학하게 되는데—.

「규격 외」 소년의 파격적인 이세계 판타지 라이프, 여기서 개막!